SOPHIE FAWN

Rhythm and Love

SAMMY & JAYDEN

im.press

Sophie Fawn führt ein Doppelleben: Tagsüber arbeitet sie als Informatikerin, abends versinkt sie in erträumten Geschichten. Ihren ersten Roman schrieb sie bereits in der siebten Klasse und konnte seitdem den Stift kaum aus der Hand legen. Ob sexy Rockstar, frecher Kobold oder geflügelter Wolf – sie alle sind in ihren Werken vertreten. Heute schreibt sie am liebsten im Beisein ihrer Hunde, die zu ihren Füßen schlafen, während sie Figuren und Welten zum Leben erweckt.

Jayden – Verträge

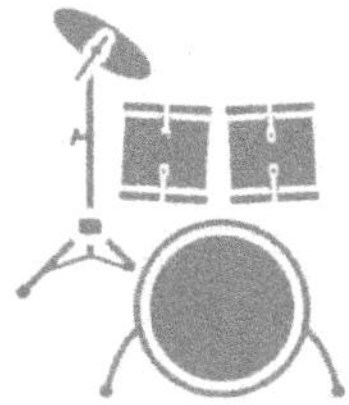

Logan und Noah gingen vor. Ich betrat das Büro mit den verglasten Außenwänden als Letzter und schloss die Tür hinter mir.

Die Mitte des klimatisierten Raumes dominierte ein Besprechungstisch. Rundherum standen Besucherstühle – todschick und unbequem. Ein klares Zeichen dafür, dass wir noch längst nicht das erreicht hatten, wovon wir träumten.

Dieses Büro verlangte nach maßgeschneiderten Anzügen, aber meine Bandkollegen trugen Cargoshorts. Logan hatte sich mit einem Tanktop und Noah mit einem alten Metallica-Shirt für den Termin herausgeputzt. Ich trug ausgefranste Jeans, Turnschuhe und ein verwaschenes Shirt mit langen Ärmeln. In diesem Büro hätten unsere Klamotten allenfalls als Putzlappen gedient, aber Ella bevorzugte vermutlich hochwertige Microfaser.

Sie saß am Ende des ovalen Tisches in ihrem Chefsessel. Warum wir herkommen sollten, hatte sie uns nicht verraten. »Setzt euch.« Wie immer trug Ella ein schwarzes Kostüm, das ihre langen Beine und den vollen Busen betonte. Unsere Managerin sah heiß aus und wenn sie – wie heute – die Haare zu einem strammen Zopf nach hinten gebunden hatte, strahlte sie eine Dominanz aus, die selbst gestandene Männer zu unterwürfigen Memmen werden ließ.

Ich zog einen Stuhl nach hinten und setzte mich auf das kalte Leder. Armlehnen hatte das Ding nicht. Um auf dem Glastisch keinen Fleck zu hinterlassen, legte ich eine Hand auf den Beinen ab. Den anderen Arm stützte ich nur mit dem Ellenbogen auf. Den Ärmel hatte ich über den Daumen gezogen und fuhr damit an meiner Unterlippe entlang. Ich fühlte mich wie der kleine Junge, dem ein Gespräch mit dem Direktor bevorstand.

Ella stand auf und verschränkte ihre Arme vor der Brust. »Ich habe eine gute und eine schlechte Nachricht.«

»Die schlechte zuerst«, sagten Logan und ich wie aus einem Mund.

Wir hatten unsere Ersparnisse zusammengeworfen, um ein Demotape aufzunehmen und Ella zu engagieren. Heute war unser dritter Termin bei ihr. Langsam fragte ich mich, ob sie unser Geld lediglich für Glasreiniger ausgab.

Sie schwieg, bis sie unsere ungeteilte Aufmerksamkeit genoss. »Es sind ein paar Bedingungen an den Vertrag geknüpft.«

»Was?« Ich stützte mich mit den Handflächen auf die Tischplatte. Hatte sie etwas von einem Vertrag gesagt?

»›Flux of Jade‹ müsste noch diesen Sommer auf Tournee gehen und das Album bewerben.«

Noah sprang auf. »F-of-J!« Er zog Logan in eine Umarmung und klopfte ihm einige Male auf den Rücken. Ein Stuhl kippte nach hinten, aber keiner kümmerte sich darum.

»F ... of ... J«, wiederholte Logan unsere Abkürzung betont langsam. Jeden Buchstaben grölte er durch das Büro.

»Wir haben den Vertrag?« Irgendjemand hatte Gummibänder an meine Mundwinkel gespannt. Sie zogen sich bis zu den Ohren.

»Den Plattenvertrag für F-of-J und eine Zusage für die Tour durch neun Bundesstaaten in sieben Wochen. Ein zweites Album ist optional, also freut euch nicht zu früh.«

Meine Eltern würden durchdrehen, besonders meine Mom, aber das war mir egal.

»Wir haben es geschafft!« Logan schlug mir auf die Schulter.

»Hey, geht das auch vorsichtiger?«, brummte ich und rieb über die Stelle.

»Das muss gefeiert werden«, sagte Noah. »Heute Abend in Logans Garage?«

»Klar, Alter.« Logan grinste ebenso bescheuert wie ich.

Ich hob den Stuhl auf. »Bin dabei.«

»Jungs, setzt euch wieder! Feiern könnt ihr später. Ihr seid hier, um den Papierkram zu erledigen.«

Ich ging an den Platz zurück, an dem meine Hände bereits Spuren auf dem Glas hinterlassen hatten.

Ella öffnete eine schwarze Mappe und holte Unterlagen hervor. Drei Papierstapel, die oben zusammengetackert waren. Jedem von uns reichte sie einen davon.

»Das sind eure Verträge. Sie regeln die Anzahl der Songs auf dem Album, die Länge der Auftritte und natürlich eure Gagen und Tantiemen.«

»Yes.« Noah blätterte die erste Seite um. Seine Augen flogen über den Text.

»Außerdem verpflichtet ihr euch für die nächsten zwei Jahre keine Freundin zu haben. Harte Drogen sind tabu. Und ihr unterschreibt, dass ihr gesund seid.«

Ella zog einen Kugelschreiber aus ihrer Ledermappe.

»Noch Fragen?« Ihr Blick war eiskalt.

»Nope.« Logan nahm ihr den Stift ab und unterschrieb, ohne zu zögern. Den Kuli reichte er an Noah weiter, dann war ich an der Reihe.

Ich starrte auf die Liste mit unseren Pflichten. Das Plattenlabel behielt sich vor, ärztliche Gutachten und einen Drogentest anzufordern. Mein Magen zog sich zusammen und mir wurde übel.

»Mach schon, Alter!« Logan gab Ella seine Ausfertigung des Vertrags.

Mein Magen krampfte, aber ich schluckte das aufsteigende Brennen hinunter. Scheiße, ich wollte diesen Deal. Wie hoch war die Wahrscheinlichkeit, dass sie die Unterlagen wirklich sehen wollten? Hoffentlich gering genug. »Gib her!« Ich riss Noah den Kuli aus der Hand und unterschrieb.

Sammy – Party

»Sam, komm raus oder lass mich rein!«, rief Luna.

Seit einem halben Jahr war sie mit David, dem älteren meiner großen Brüder und Frontmann der ›Bad Weeds‹, zusammen. Wir waren dadurch gute Freundinnen geworden, auch wenn uns normalerweise zweihundert Kilometer trennten.

Mit dem Ellenbogen angelte ich nach der Türklinke. Luna stolperte ins Badezimmer und schlug mir beinahe Lockenstab und Kamm aus den Händen.

Sie funkelte mich an. »Ich bereue es, dich eingeladen zu haben.«

Bei uns hatten die Sommerferien längst begonnen. Weil ich in Hessen und sie in NRW wohnte, konnte ich schon vor zwei Tagen herkommen. Es war lustig hier, allerdings war ein Bad für Luna, ihre Mutter und mich eindeutig zu wenig.

»Tust du nicht.«

»Doch!«

»Ach was!« Ich legte meine Utensilien auf dem Waschbecken ab und kramte in der Kosmetiktasche. »Ohne mich hättest du den Lipgloss in dieser mega Farbe nicht.« Ich hielt ihr den Aubergine-Lipgloss vor die Nase. Bis jetzt hatte ich ihn versteckt, um mir die Überraschung aufzusparen.

»Wo hast du den denn her? Der ist überall ausverkauft.«

»In Frankfurt nicht.«

Luna schlang ihre Arme um mich und gab mir einen Kuss auf die Wange. »Danke, Sam, du bist ein Schatz.«

Wenn sie wüsste, was ich noch geplant hatte …

Ich konzentrierte mich auf die nächste Haarsträhne und wickelte sie auf den Lockenstab. Geschminkt hatte ich mich schon, deswegen trat ich einen Schritt zur Seite, damit Luna näher an den Spiegel konnte.

»Ihr habt noch eine halbe Stunde«, rief ihre Mutter durch den Flur. Seit sechs Uhr war sie dazu übergangen, uns die Zeiten im Zehn-Minuten-Takt durchzugeben.

Luna glaubte noch immer, dass ich ihre Begleitung für den Abiball war. Sie ahnte nicht, wer sie um sieben abholen würde.

»Hast du dein Ticket eingesteckt?«, fragte sie.

»Eintrittskarte und Schminkspiegel liegen in meiner Clutch.« Ich schaltete den Lockenstab aus und setzte mich auf den Toilettendeckel. »Bist du aufgeregt?«

»Weil es vorerst der letzte Abend mit meinen Schulfreunden ist oder wegen morgen?«

»Nicht nur morgen. Der Flug ist erst der Anfang. Wir werden die Jungs auf ihrer USA-Tour begleiten.«

Luna tuschte ihre Wimpern zu Ende, dann drehte sie sich zu mir. »Ich weiß nicht, ob ich mich freuen oder davor drücken soll.«

»Freuen! Das wird super!«

Wir halfen uns gegenseitig in die Outfits. Luna hatte für den Abiball ein bodenlanges Kleid ausgewählt. Sehr schlicht geschnitten mit einem Herzausschnitt. Der Farbton des Lipgloss harmonierte perfekt mit dem Satinstoff. Ihre braunen Haare hatte sie nach hinten frisiert. Von dort fielen sie in Wellen hinunter, sodass die Locken den Großteil des nackten Rückens bedeckten.

Ich wollte es weniger spießig und hatte mich für ein knallrotes Kleid im Rockabilly-Stil entschieden. Der Petticoat war der Hammer.

Luna räumte das Bad auf, ich checkte mein Handy. Alles lief nach Plan.

»Hast du die Karten?«, fragte Luna schon wieder, als ihre Mutter uns zu sich rief.

»Hab alles.« Bevor sie mich kontrollieren konnte, ging ich in die Küche.

»Ach, Luna«, ihre Mum zog einen Beutel aus dem Mülleimer unter der Spüle hervor, »kannst du den bitte rausbringen?«

Luna sah ihre Mutter schockiert an, dann blickte sie auf ihr Kleid und wieder zu den Abfällen.

»Hab dich nicht so«, sagte ich. »Ich nehme das Altpapier mit.« Ich griff mir den Stapel und schob Luna zur Tür. Es war Punkt sieben. Am liebsten hätte ich mir selbst auf die Schulter geklopft, so gut hatte ich alles organisiert.

Ich ging voraus und öffnete die Haustür. Wie in einem Slow Motion Video konnte ich zusehen, wie Lunas Augen immer größer wurden. »David«, hauchte sie. »Aber ihr seid doch in England.«

Waren sie nicht. Dort hatten sie zwei Wochen lang gearbeitet, aber schon gestern war die Band vollzählig zurückgekehrt.

Dave nahm ihr Gesicht in seine Hände und küsste sie. »Dachtest du, ich lasse dich allein zum Abiball gehen und warte morgen am Flughafen auf dich?«

Während Luna über meinen ältesten Bruder herfiel, begrüßte ich Nele und Kevin, meinen anderen Bruder. Er war Gründer und Gitarrist der ›Bad Weeds‹.

Nele trug das gleiche Kleid wie ich. Gemeinsam waren wir im MTZ, unserem Lieblingseinkaufscenter in Frankfurt, shoppen gewesen und hatten uns in dem 50er-Jahre-Laden sofort in dasselbe Design verliebt. Nur hatte sie sich für Blau entschieden. Der Ton passte besser zu ihren blonden und Kevs roten Haaren.

»Wo sind Paul und Steve?« Abgemacht war, dass sie ebenfalls zum Abiball kämen. Der Tag war wichtig für Luna und deshalb wollte ich, dass alle dabei waren.

»Die kommen später nach«, sagte Kev.

»Prima.«

»Das hat gut geklappt.«

Ich gab Kev einen Stups in die Seite. »Meine Ideen funktionieren immer.«

Wir hatten Luna erzählt, dass die Jungs es nicht zum Abiball schaffen würden. Angeblich hatte es Probleme bei den Aufnahmen der Single gegeben, weshalb sie länger in England bleiben mussten.

Von hinten stach mir ein Finger in die Rippen. »Willst du mich nicht begrüßen?«, fragte Dave.

Ich drehte mich um und zuckte mit den Schultern. »Luna hatte es nötiger.« Ich drückte ihm ein Küsschen auf die Wange. »Schön, dass ihr wieder im Land seid.«

Lunas Mutter verfolgte uns mit einer Kamera. Sie verlangte ein Gruppenfoto. Kev umschlang Nele, Luna schmiegte sich an David und ich bildete den roten Mittelpunkt des Bildes. Es folgten weitere Bilder von Luna, dann fuhren wir zur Schule.

Es war ein hässlicher, gradliniger Bau. Da half auch die Deko nicht, mit der Decken und Wände nur mäßig versteckt wurden.

In der Aula gab es feste Sitzplätze und zu denen mussten wir uns vorarbeiten. Leider standen zwei aufgetakelte Blondinen mitten im Weg.

»Echt jetzt?«, fragte eine von beiden und zeigte auf Luna und Dave. »Hat es ihr nicht gereicht, einmal in der Zeitung zu sein? Was soll der billige Doppelgänger?«

Die andere nickte. »Kein Mensch glaubt ihr jetzt noch, dass sie ›Bad Weeds‹ kennt.«

Es waren nur ein einziges Mal Fotos von Luna und David öffentlich geworden. Dass die beiden ein Paar sein könnten, wurde sofort dementiert. Gerade deshalb hing es Luna noch immer nach. Zwar sagte sie, dass es egal war, was die Mädchen aus ihrer Stufe darüber dachten, aber mich ärgerte es.

Ich stellte mich zu den Blondchen. »Das ist unglaublich, oder? Der mit den Sommersprossen sieht beinahe aus wie Kev. Ob es die *billigen Doppelgänger* im Zweierpack noch günstiger gibt?«

Blondie eins rümpfte die Nase, als hätte ich mich vor der Party in Schweinemist gesuhlt. Sollte sie doch.

»Wenn ihr zusammenlegt, könnte ich auch Paul und Steve besorgen. Vielleicht schafft ihr es mit denen an eurer Seite auch mal in die Zeitung.«

»Du kleines Wiesel ... Menschenhandel ist verboten.«

Von hinten schlangen sich zwei muskulöse Arme um meinen Bauch und hoben mich an. Ich wusste sofort, an wessen Brust ich da gedrückt wurde.

Seit ich ihn kannte, ging er regelmäßig zum Krafttraining, aber im letzten halben Jahr hatte er sein Trainingspensum deutlich gesteigert.

»Steve, lass mich runter!«

»Nur wenn du deine Verkupplungsversuche unterlässt.«

Die Blondinen sahen zu, wie ich mich mit aller Kraft gegen Steves Arme stemmte. Sie hätten mir ruhig mal helfen können, aber dazu fehlte den beiden Blitzbirnen der nötige Funke.

»Ja, versprochen.«

Die Gehirnzellen der ersten Blondine erwachten und sofort schoss sie Fotos mit ihrem Smartphone. Erst nur von Steve. Dann ging sie an uns vorbei zu den anderen.

Steve interessierte sich nicht dafür. »Wieselfreier Abend?«

»Bestimmt nicht! Ich lasse mir die Party nicht entgehen. Aber du darfst auch deinen Spaß haben.«

»Wie gnädig von dir.« Er setzte mich ab.

»Da sind Mia und Daniel.« Luna winkte ihren Mitschülern.

Neben ihnen entdeckte ich Nick. Luna hielt ihn noch immer für ihren besten Freund. Es hatte zwar kurz mal zwischen den beiden gekriselt, aber Luna hatte es schnell wieder vergessen. Zu gerne hätte ich ihr erzählt, was wirklich passiert war. Von Dave wusste ich, dass Nick sich als Lunas fester Freund ausgegeben hatte. Leider hatte Dave mir verboten ihr davon zu erzählen.

Luna setzte sich zu ihren Leuten. Für uns hatte Mia Plätze direkt am Nebentisch reserviert. Nur mit ihrer Hilfe war es möglich gewesen, alles vor Luna geheim zu halten.

Ich begrüßte sie und setzte mich dann zu Steve. Es war selbstverständlich, dass wir Luna zu diesem Abend begleiteten, aber dafür hatten einige Pläne verschoben werden müssen. Die Jungs mussten den Abflug für die USA-Tour möglichst weit hinauszögern, sonst hätte es zeitlich nicht gepasst.

Für Luna blieb bis zum Studium genug Zeit, um die Band zu begleiten. Ich hatte nur die Sommerferien, trotzdem wollte ich wenigstens einen Teil der Tour mitmachen. Ich war noch nie in Amerika gewesen und hatte meine

Eltern angefleht mich mitgehen zu lassen. Es war ein harter Kampf mit meiner Mum gewesen, aber am Ende hatte ich gewonnen. Wie immer.

»War das deine Idee?«, fragte Luna. Sie saß bei ihren Freunden, hatte aber den Stuhl so weit gedreht, dass sie mit mir sprechen konnte.

»Ich musste Dave helfen. Du hast ihm verboten dir etwas zum Abi zu kaufen, Kev hat ihm verboten einen Song für dich aufzunehmen, unsere Mum ... Ach, du weißt doch, wie das ist.«

»Ihr bezahlt meinen Flug in die USA, die Unterkunft, die ...«

Dave beugte sich zu ihr und stoppte ihre Aufzählung mit einem Kuss. »Wir bezahlen die Tour nicht, wir werden dafür bezahlt.«

»Aber ich nicht«, sagte Luna.

»Wir gehören dazu!« Ich grinste. »Ohne uns wird es den Jungs langweilig.«

Luna ignorierte meinen Wink. »Nick und Mia wussten davon? Wie hast du Nick überredet dichtzuhalten?«, fragte sie.

Ich zuckte mit den Schultern. »Ach, der war dir noch etwas schuldig.«

Dave warf mir einen Blick zu, der mir eindeutig zu verstehen gab, dass ich doch zu Hause bleiben müsste, wenn ich jetzt nicht die Klappe hielt.

»Genieße die Zeit einfach«, sagte Nele. »Ich würde auch gern mitfahren.«

»Kündige«, schlug Kev vor und grinste.

»Niemals. Noch gebe ich die Hoffnung nicht auf, dass du einen Job als Studiomusiker annimmst.«

»Vielleicht, wenn ich sehr alt bin und nur noch im Sitzen spielen kann.«

Luna lehnte sich über den Tisch zu Nele. »Es muss hart sein, dass ihr euch so lange nicht sehen könnt. Und dann die Zeitverschiebung ...«

Ehe Nele etwas sagen konnte, lachte Kevin los. »Für die Zeitverschiebung gibt es Apps, die zum jeweiligen Ort die deutsche Zeit anzeigen. Nur hilft das bei Nele nicht. Ihre Dienstpläne sind das Problem.«

Sie arbeitete als Krankenschwester auf der Kinderstation und hatte keinen Einfluss auf ihre Arbeitszeiten. Kev ärgerte sich immer, wenn er anrief und Nele nicht erreichte, weil sie kurzfristig für eine Kollegin einspringen musste.

Ich rechnete ihr das hoch an. Für die Kinder tat sie alles.

»Tanzen?«, fragte ich. Bevor die beiden sich an ihrem letzten Abend in Deutschland in die Haare kriegen konnten, wollte ich das Thema wechseln.

»O ja«, sagte Nele.

»Wie gut kannst du tanzen?«, fragte ich Steve. Auch wenn ich ihn schon ewig kannte, auf einer Tanzfläche hatte ich ihn noch nie gesehen.

»Finde es heraus!« Er lächelte und zeigte mir eine Reihe makelloser Zähne. Mein Kieferorthopäde hätte ihn sofort als Model eingestellt.

Luna blieb bei ihren Freunden. Aus dem Augenwinkel sah ich, dass Paul sich zu Tina setzte. Sie war die Erste von Lunas Freunden gewesen, die ich kennengelernt hatte. Genau genommen hatte ich erst Tina und dann Luna auf dem ›Bad Weeds‹-Konzert kennengelernt, das Lunas Schule gewonnen hatte.

Tina war mindestens so durchgeknallt wie ich. Was sie von Paul wollte, war mir ehrlich gesagt ein Rätsel. Steve war der Weiberheld, nicht Paul. Wer wollte schon den Bassisten?

Jayden – Bad Weeds

Ella hatte dafür gesorgt, dass das erste Konzert der Tour in unserer Heimatstadt Sunrise stattfand. Heute durften wir in der leeren Arena proben, morgen müssten wir vor Publikum bestehen.

Es war Glück, dass wir schon in die Halle durften. Ella hatte ihre Kontakte genutzt, damit wir mehr Zeit für die erste Probe hatten. Ich war schon oft hier gewesen, um mit Kumpels die Spiele der Panthers zu sehen. Doch heute war die Mehrzweckhalle für unser Konzert umgebaut worden. So wie es sonst nur für große Stars wie Shakira oder Phil Collins gemacht wurde. Hier hatten schon Metallica gespielt und morgen würden wir es tun.

Die Bühne zu betreten fühlte sich merkwürdig an. Es war, als dürfte ich nicht hier sein. Wie ein Fremder, der durch Wohnungen schlich und Schränke öffnete. Fast rechnete ich damit, vertrieben zu werden, doch mein Schlagzeug wartete bereits auf mich. Es war der Beweis dafür, dass alles seine Richtigkeit hatte. Dies war kein Traum, sondern unsere Realität.

»Startet endlich mit der Probe«, rief einer der Techniker. »Ihr habt noch eine Stunde, dann gehört die Bühne ›Bad Weeds‹.«

»Kommt es nur mir so vor oder haben selbst die Roadies mehr zu sagen als wir?«, fragte Logan.

»Ich freue mich schon jetzt die *Stars* kennenzulernen«, murrte ich. Wenn wir die Bühne pünktlich für sie räumen mussten, waren das sicher sympathische Kollegen ohne Starallüren. »Gut, dass Ella einen Tag mehr für uns rausgeholt hat. Lohnt sich richtig«, murmelte ich.

»Die sind aus Deutschland«, sagte Logan. »Was wollen die hier?«

Noah holte seinen Bass aus dem Koffer und steckte das Kabel ein. »Ella sagte was von England.«

»Auch nicht besser!« Ich setzte mich hinter das Schlagzeug. »Womit sollen wir anfangen?«

Logan streifte sich den Gitarrengurt über die Schulter und stellte die Höhe des Mikros ein. »Wie immer.«

Ich wartete, bis auch Noah an seinem Platz stand, dann gab ich die ersten Schläge von ›Chained Joys‹ vor.

Logan setzte im richtigen Moment ein, aber Noah spielte jeden Ton einen Hauch zu früh. So schwer konnte das doch nicht sein!

Ich war seit einem halben Jahr Teil der Band. Wir hatten uns aneinander gewöhnt, aber Noah kapierte es einfach nicht. Für unser Album hatte ein Tontechniker alles passend zusammengebastelt. Aber bei einem Liveauftritt musste nun mal alles sitzen.

»Auf der Eins, nicht vorher!«, rief ich Noah zu.

Auch wenn wir nur die Supportband waren, wollte ich eine gute Show abliefern. Außerdem wollte ich es mir nicht gleich mit den Jungs verscherzen, die wir auf ihrer Tour begleiteten.

Sie hatten das erreicht, was uns hoffentlich bevorstand. Egal ob Engländer oder Deutsche, es war ihre Tour und wir durften es nicht verbocken.

»Noch einmal von vorn«, sagte Logan ins Mikro. Schon kurz nachdem er diese vier Worte normal – nahezu melodisch – ausgesprochen hatte, klang er wieder wie nach einer langen Kneipentour. Er grölte eine Strophe nach der anderen ins Mikro, dann legte er ein Gitarrensolo hin. Nicht sein bestes, aber für meinen Geschmack klang es trotzdem ziemlich gut.

Ich holte aus, um den Beat für den nächsten Song vorzugeben, als ich am Bühnenrand eine Bewegung bemerkte. An den roten Haaren erkannte ich, wer die Bühne betrat. Sobald ich den Bandnamen erfahren hatte, war Internetrecherche angesagt gewesen. Kevin Silver sah aus wie auf den Bildern. Ein lang gezogener Ed Sheeran.

Den Moment, in dem ich ›Bad Weeds‹ zum ersten Mal persönlich traf, hatte ich mir offizieller vorgestellt.

»Ihr seid also die Jungs, die verdonnert wurden vor uns aufzutreten?«, fragte Kevin.

Logan ging ihm entgegen und reichte ihm die Hand.

»Sieht so aus.« Logan lachte. Er zeigte auf Noah und mich. »Das ist Noah und da vorn hockt mein Drummer, Jayden.«

Danke, Logan! Immerhin hatte er meinen Namen genannt. Vielleicht sollte ich ihn das nächste Mal als *meinen Sänger* vorstellen ...

Ich stand auf und begrüßte Kevin, dann Steve und Paul.

Auf YouTube hatte ich mir Aufnahmen von ›Bad Weeds‹ angesehen. Besonders Steve hatte mich interessiert. Schließlich wollte ich wissen, wie gut ihr Drummer war. Vieles war Show, ein wenig Ausholen hier, dann wieder Aufstehen dort. Aber ich musste ihm zugestehen, dass er verdammt präzise spielte.

Jetzt, da er vor mir stand, fiel mir außerdem auf, dass der Kerl ein Berg war, einen Kopf größer und doppelt so breit wie ich. Wie oft trainierte der Typ?

David, der Frontmann der Weeds, hielt sich im Hintergrund. Neben ihm stand ein Mädchen, das ihm etwas zuflüsterte. Ihre Wangen waren zartrosa, die dunklen Locken fielen in losen Strähnen in ihr Gesicht. Sie war hübsch. Das konnte auch das hässliche Tourshirt der Weeds, das ihr mindestens eine Nummer zu groß war, nicht verbergen.

»Dave?« Kevin winkte seinen Bruder zu sich.

David griff nach der Hand des Mädchens und zog sie mit sich. Wie ein Bremsklotz hing sie an ihm. Trotzdem schaffte er es zu uns und reichte jedem die Hand. Dann deutete er auf das Mädchen.

»Das ist Luna, meine Freundin.«

»Du nimmst deine Freundin mit auf Tour?«, fragte Logan. »Wie erklärst du das dem Management?«

Gute Frage, aber sie wurde ignoriert. David sagte etwas zu Luna, das ich nicht verstand. Sprachen sie Deutsch?

»Hört zu«, sagte Kevin. »Wir sind gestern erst angekommen und noch ziemlich fertig. Was haltet ihr davon, wenn wir die Probe ins Hotel verlegen und uns kennenlernen, bevor wir morgen unser erstes gemeinsames Konzert geben?«

»Guter Vorschlag«, sagte Noah.

Ausgerechnet er hätte eine weitere Probe gebrauchen können. Und vielleicht Nachhilfe von Paul, dem Bassisten der Weeds. Doch wenn es darum ging, mit anderen abzuhängen, war Noah grundsätzlich der Erste, der zustimmte.

»Alles klar«, sagte Logan. »In welchem Hotel seid ihr?«

Ich sah auf die Uhr. »Sorry, aber ich kann nicht. Ich habe gleich einen Termin.«

Zum Konzert morgen konnte ich mit dem Taxi fahren. Übermorgen traten wir in Miami auf. Nur fünfunddreißig Kilometer entfernt, also leicht erreichbar. Aber danach würde ich vor den Aufritten nicht einfach nach Hause fahren können. Alles, was ich brauchte, musste ich mir jetzt besorgen. Ohne einen ordentlichen Vorrat wäre ich aufgeschmissen. Nicht zu vergessen, dass ich die eine oder andere Dosis als Sicherheit einplanen musste.

»Schade«, sagte Kev. »Aber in den nächsten sieben Wochen bleibt uns genug Zeit, um es nachzuholen.«

Genau das hatte ich befürchtet. »Auf engsten Raum im Tourbus werden wir wohl kaum eine Wahl haben.« Ich lachte und hoffte, dass er Ironie verstand. Denn trotz der mangelnden Privatsphäre freute ich mich auf die Zeit.

»Im Tourbus?« Er sah mich fragend an.

War das eines der Wörter, die sich im Englischen und Amerikanischen unterschieden? Wie bei *Taxi* und *Cab* oder *Mum* und *Mom*? Unser Englischlehrer hatte uns mal eine Liste mit verschiedenen Begriffen gezeigt, die zwar das Gleiche meinten, aber eben anders geschrieben oder gesprochen wurden. Allerdings stand Tourbus sicher nicht darauf. Wie sollte ich das Ding sonst nennen? »Wir reisen doch alle in einem Fahrzeug, oder?« Ella hatte gesagt, dass sie alles mit dem Management der Weeds abgestimmt hätte.

»Doch, aber wir fliegen zu den Konzerten. Solltet ihr Amis das nicht am besten wissen? Die Orte sind zu weit entfernt. Zumindest, wenn wir außer Fahren noch was anderes machen wollen.«

Fliegen? Davon hatte bisher niemand etwas gesagt. Klar, das ginge schneller. Das dritte Konzert sollte in Washington D.C. stattfinden. Das waren mehr als fünfzehn Stunden mit dem Auto. Aber genau so hatte ich es mir vorgestellt. Dafür gab es doch diese Tourbusse mit Betten und einer Küche. Darin hätten wir wohnen und reisen können und meine Sachen wären unbemerkt geblieben. Aber ein Flugzeug? Ich dachte an die ganzen Kontrollen, die spätestens nach 9/11 eingeführt worden waren. Scheiße, ich würde niemals unbemerkt durch die Security-Checks kommen. Zumindest nicht mit Gepäck. Fuck!

»Hey, ihr solltet auf mich warten!«

Ich drehte mich in die Richtung, aus der die Stimme kam, und sah ein Mädchen, das Kevin zur Rede stellte.

Er nahm es gelassen. »Ich wusste nicht, wie lange Chrissi dich braucht.«

Beinahe hätte ich sie mit der Freundin von David verwechselt. Sie trug die dunklen Haare ebenfalls zu einem Zopf nach hinten gebunden und das Tourshirt der Weeds. Aber dann fielen mir der Hintern in dem Jeansrock und die pinken Sneakers auf, die sie dazu trug.

Sie drehte sich zu Logan und hielt ihm eine Hand hin. »Hi, ich bin Sam.«

Ich schaute zu Luna. O ja, der Jeansmini war eine jüngere und deutlich frechere Ausgabe von ihr. »Du hast deine kleine Schwester mitgebracht?«

David und Kevin drehten sich um. Hatte ich das laut gesagt?

»Hast du ein Problem damit?«, fragte Kevin.

»Sammy ist tabu!«, sagte David.

Ups, das war deren und nicht Lunas Schwester? Ich hob meine Hände. »Kein Stress! Ich muss eh los.«

Sollten die sich um die Kleine kümmern. Ich hatte andere Probleme und die musste ich noch heute lösen.

Sammy – Gastfreundschaft

Jayden stopfte eine Wasserflasche in seinen Rucksack und kümmerte sich nicht weiter um das, was die anderen redeten.

Abwechselnd kaute er auf seiner Lippe oder strich sich mit einer Hand durch die kurzen dunkelbraunen Locken, als müsste er innerhalb der nächsten drei Stunden eine Lösung für die dauerhafte Sicherung des Weltfriedens vorlegen. Er würde scheitern, das hatte ich ihm schon bei dem ersten Blick in seine blauen Augen ansehen können.

Ich wartete darauf, dass er noch einmal zu uns kam, aber das tat er nicht. Einmal drehte er sich um und ich hatte den Eindruck, dass er zu mir sehen würde, doch dann ging er ohne ein einziges Wort des Abschieds.

»Was war denn mit dem?«, fragte ich Logan. Er hatte sich als Bandleader vorgestellt, also sollte er meine Fragen beantworten können.

»Jayden? Keine Ahnung. Angst vor Fremden?«

Ich verdrehte die Augen. »Hoffentlich stören ihn die Fremden vor der Bühne nicht.«

Der erste Eindruck mochte manchmal täuschen, aber der Kerl hatte auf mich merkwürdig gewirkt. Da half es auch nicht, dass ihn die Kombination aus Unsicherheit und Sorge verdammt sexy aussehen ließ.

»Wollen wir ins Hotel oder lieber in unseren Proberaum?«, fragte Noah. »Dort können wir was trinken.«

Das klang super. »Kommt ihr von hier?«

»Ja, es sind nur ein paar Minuten bis zu Logan und seinem gut gefüllten Kühlschrank.«

»Kein Alkohol«, sagte David. Ich zeigte ihm meinen Mittelfinger und hoffte, dass Noah ihn nicht gehört hatte. Mir reichte es, dass mein Dad in der Nähe war. Einen großen Bruder, der zum großen Beschützer mutierte, konnte ich nicht auch noch gebrauchen.

Manchmal hatte ich das Gefühl, dass David die Zeit angehalten hatte, als er vor drei Jahren zu Hause ausgezogen war. Offiziell lebte er zwar wieder bei uns, aber wir sahen uns nur selten. Offenbar zu selten, als dass er begriff, dass ich älter geworden war und sehr wohl Alkohol trinken durfte. Zumindest in Deutschland.

»Worauf warten wir?«, fragte Steve.

Er schob sich zwischen David und mich. Nur kurz sah er zu mir, zwinkerte mir zu, dann ging er zwischen den Jungs hindurch zur Tür. Ich folgte ihm, bevor David mir noch einmal in die Quere kommen konnte. So gern ich ihn mochte, manchmal war er ein Spielverderber.

***

Wir teilten uns auf Taxis auf. Ich fuhr mit Logan und Steve in einem Wagen und genoss den Ausblick.

Schon auf dem Weg vom Flughafen zum Hotel hatte ich die Gegend bewundert. Florida kannte ich bisher nur aus Filmen, aber die hatten mich nicht getäuscht. Sunrise klang bereits fantastisch und das, was ich von der Stadt gesehen hatte, war ebenso schön wie erhofft.

Wir fuhren direkt an der Küste entlang. Obwohl es knapp dreißig Grad warm war, waren viele Menschen auf der Promenade unterwegs. Ich war froh das Wasser aus dem klimatisierten Taxi betrachten zu können.

Ursprünglich sollten wir eine Woche hier verbringen und ich hatte mich riesig auf den Besuch von Disney World gefreut. Weil wir die Anreise wegen Lunas Abiball verschieben mussten, blieb dafür nun keine Zeit mehr. Sie hatte mir dafür versprechen müssen, dass wir morgen gemeinsam – ohne David – zum Shoppen in die Sawgrass Mills fahren würden. Das Einkaufszentrum war fast doppelt so groß wie Manchester Arndale, wohin ich immer ging, wenn ich bei Granny zu Besuch war.

Ich bedauerte schon jetzt, dass wir Florida in wenigen Tagen wieder verlassen mussten. Natürlich freute ich mich auf New York, das Weiße Haus, die Jazzclubs in New Orleans und viele andere Orte und Sehenswürdigkeiten, aber Florida übte seinen ganz eigenen Reiz auf mich aus.

Das Taxi hielt in einer Wohnsiedlung. Wir waren die Ersten. Die anderen mussten aber jeden Moment eintreffen.

»Das ist der Proberaum?« Steve zeigte auf eines der Garagentore, auf die Logan zuging.

»Ja.« Logan grinste. Neben seinen Mundwinkeln bildeten sich Grübchen, die den muskulösen und stark tätowierten Sänger beinahe niedlich wirken ließen.

Er zog die Mütze, die er trotz der Hitze trug, tiefer in die Stirn. Nur am Nacken lugten ein paar schwarze Haare hervor und an den Seiten die Tunnel, die er in beiden Ohrläppchen trug.

»Wir haben hier im letzten Jahr umgebaut.«

Er öffnete das Tor und winkte uns herein. Das Innere war geräumiger, als ich erwartet hatte. Dieses und das Tor nebenan führten in denselben Raum. Drinnen gab es eine kleine Bühne und eine Sofaecke mit riesigem Kühlschrank in der Mitte.

»Nicht schlecht«, sagte Steve.

Hinter uns hörte ich das nächste Taxi anrollen. Statt auf meine Brüder zu warten, sah ich mich in Logans Garage um.

Unser Dad hatte in seiner Heimatstadt Manchester ein Tonstudio und auch in unserem Haus in Frankfurt gab es gleich mehrere Räume, in denen man sich austoben konnte. Schon als Kind hatte ich dort alle möglichen Instrumente ausprobieren dürfen. Es hatte unheimlich Spaß gemacht, auf dem Schlagzeug herumzutrommeln und die Männer unserer Familie damit in den Wahnsinn zu treiben.

»Setzt euch! Was wollt ihr trinken?«, fragte Logan, als die anderen reinkamen. Er öffnete den Kühlschrank und hielt meinen Brüdern Dosenbier und Cola entgegen.

Sie folgten ihm in den hinteren Teil des Raumes. Dave schnappte sich die

Cola, Kev fragte nach Limo. Ich überlegte, ob ich mir das Bier krallen sollte, nur um Dave zu ärgern, nahm dann aber ebenfalls eine Cola.

Kev setzte sich auf eines der Sofas und betrachtete eine CD-Hülle an der Wand. »Glückwunsch zu eurem ersten Album. Wie lange gibt es ›Flux of Jade‹?«

Alle anderen suchten sich ebenfalls einen Platz. Ich hockte mich zu Steve auf die Lehne.

»Puh«, sagte Logan. »Den Namen gibt es seit fast drei Jahren, aber von damals sind nur Noah und ich geblieben. Unser zweiter Gitarrist hat nicht lange durchgehalten. Seitdem hängt die Leadgitarre an mir. Auf einen Drummer konnten wir nicht verzichten, deshalb ist Jay seit ein paar Monaten bei uns.«

Mit der Getränkedose wischte ich mir einige Male über die Stirn, dann hielt ich sie in meinen Nacken. Es war megaheiß in der Garage. Ich dachte, die Amis hätten alle Klimaanlagen. Galt das nicht für Garagenproberäume?

»Das kommt mir bekannt vor.« Kev lachte. »Kurz vor den Aufnahmen für unser Demo ist mir der Sänger weggelaufen.«

»Dein Glück«, sagte Dave. »Sonst müsstest du noch immer in Schulen auftreten.«

Ich sah zu Luna, die in seinem Arm lehnte. »Schulkonzerte haben auch ihre guten Seiten, meinst du nicht?«

Sie nickte und wurde rot, aber das war es auch schon. Im Beisein von F-of-J sagte sie kein Wort. Bei unserer Granny war sie inzwischen aufgetaut und traute sich Englisch zu sprechen. Jetzt konnte ich ihr ansehen, dass sie über jeden Satz minutenlang nachdachte und ihn doch nicht aussprach – aus Sorge, dass sie einen Fehler machen könnte. Meine Brüder und ich waren zweisprachig aufgewachsen, aber Paul und Steve sprachen mindestens so schlechtes Schulenglisch wie Luna. In deren Gegenwart brauchte sie sich nicht schämen.

»Ab morgen wird es ernst«, sagte Paul. »Das ist eure erste Tour?«

»Wenn die Schulkonzerte nicht zählen?« Noah lachte.

»Lasst mal was hören«, sagte Kev. »Wir haben nicht mehr als das Ende eurer Probe gehört.«

»Uns fehlt der Drummer.« Logan zeigte auf das Schlagzeug.

Schon als wir die Garage betreten hatten, war es mir ins Auge gefallen. Im Grunde war es nichts Besonderes, aber Jayden hatte eine Double Bass Drum dort stehen. Statt der großen Trommel am Boden bestand sein Schlagzeug aus zwei der Trommeln. Das hatte ich noch nie versucht.

Paul schlug Steve so fest gegen die Schulter, dass ich fast von der Lehne rutschte. »Steve kann einspringen.«

Steve packte gerade noch rechtzeitig meinen Arm und zog mich zurück auf das Sofa. »Schön hiergeblieben.« Er sah zum Schlagzeug und musterte es, als hätte ihn jemand nach dem Preis gefragt. »Das hat die richtige Größe für Sam. Sie kann mit euch spielen.«

Und zwei Bass Drums ausprobieren? Perfekt! Ich war dabei.

Logan musterte mich und wirkte nicht überzeugt.

»Keine Sorge, sie kann das.« Steve knuffte mich in die Seite. »Nicht wahr, Wiesel?«

Ich streckte ihm die Zunge heraus. »Klar kann ich! Nenn mir Takt und Beat.«

Obwohl ich seit Jahren nicht mehr gespielt hatte, war stets eine Metronom-App auf meinem Handy installiert. Ich zog es aus der Tasche und öffnete den Eingabebildschirm für die Geschwindigkeit.

Noah stand auf und klopfte Logan auf die Schulter. »Komm schon, für eine einfache Begleitung wird es reichen.«

Denen würde ich es zeigen. So viel konnte ich nicht verlernt haben. Das Timing lag mir im Blut.

Logan und Noah schnappten sich die Instrumente. Ich sprang ebenfalls auf. Dann sah ich ihn ... Jayden kam die Einfahrt zur Garage hinauf.

»Was macht ihr denn hier?« Er wirkte erschöpft und nicht begeistert uns zu sehen. Mit jedem Schritt wurde er langsamer. Kein Wunder. Er trug noch immer Jeans und ein langärmliges schwarzes Shirt. Ich hätte an seiner Stelle keinen Fuß vor den anderen setzen können und nach Wasser gebettelt. Warum trug er diese warmen Klamotten? Ein eng anliegendes Muscle Shirt hätte ihm viel besser gestanden.

Er sah zu Noah. »Wolltet ihr nicht ins Hotel?«

»Perfektes Timing«, sagte Logan, ohne Jayden zu antworten. »Wir hatten schon überlegt, woher wir einen Ersatzmann für dich bekommen.«

Kam es mir nur so vor oder hatte Logan das *Mann* extra betont? Nacheinander wurde mir jedes einzelne der F-of-J-Mitglieder unsympathischer.

»Bin gespannt, was die draufhaben«, sagte ich zu Steve und quetschte mich neben ihm aufs Sofa. Da ich als Letzte zur Probe gekommen war, hatte ich bis jetzt nichts von der Band gehört.

Jayden bedachte uns mit einem Seitenblick. War er neidisch auf Steve? Wenn er besser sein wollte, musste er halt üben. Er gab die ersten Takte vor, dann setzten Noah und Logan ein.

Die Melodie kam mir bekannt vor. »Klingt nach Metallica.«

»Master of Puppets?«, fragte Steve.

Ich nickte.

Logan grinste.

»Das war kein Kompliment«, flüsterte ich Steve zu.

Er lachte. »Ich weiß. Aber keine Sorge, der Rest erinnert nicht an eine Metallica-Kopie. Die haben auch eigenes Zeug und das klingt nicht schlecht.«

»Du hast dir das Album gekauft?«

»Klar! Ich wollte wissen, mit wem wir uns die Bühne teilen.«

Steve gähnte und schon gähnte ich ebenfalls. »Fieser Jetlag«, maulte ich.

»Soll ich dich ins Hotel bringen?«

Ich sah mich um. Luna und David lauschten interessiert. Kev wirkte aufgekratzt.

»Dann verpasst du das Privatkonzert.«

Steve zwinkerte mir zu. »Ich brauche keine Extra-Show. Morgen mache ich es wie alle anderen.«

»Du willst dir das Konzert ansehen?«

»Warum nicht? Niemand wird mich im Publikum erwarten. Ich mische mich unters Volk.«

»Leih dir etwas von Daves-Tarnausrüstung. Der hat bestimmt Basecaps und Sonnenbrillen mit.« Mein Blick glitt zu Jayden. Er schien um sich herum nichts mitzubekommen. Das Konzert war meine Chance, ihn live vor Publikum zu sehen. »Ich komme mit. Das ist aufregend.« Als hätte Jayden meinen Plan durchschaut, sah er mich an. Seine Augen wanderten weiter zu Steve und sein Blick verfinsterte sich.

»Jack killt mich«, sagte Steve.

Mein Dad war nur streng, wenn es um mich ging. Den Jungs ließ er fast alles durchgehen. »Tut er nicht. Ich sag ihm nichts und du passt auf mich auf.«

Steve verdrehte die Augen. »Fast wie früher.« Er hielt mir eine Hand hin und zog mich auf die Füße.

»Ich bring Sammy ins Hotel«, sagte er zu den anderen. »Wir sehen uns morgen beim Frühstück.«

Ich winkte Luna, Paul und meinen Brüdern zum Abschied.

F-of-J wollte ich ignorieren, aber Logan stoppte mitten im Song. »Wollt ihr schon gehen?«

»Sam ist müde«, sagte Steve.

»Jetlag!« Die sollten nicht glauben, dass ich früher zurückmusste als die anderen.

»Was ist mit dir?«, wollte Logan von Steve wissen.

»Hab noch zu tun. Im Hotel warten die Mädchen auf mich.«

David stöhnte. Er hasste es, wenn Steve mit seinen One-Night-Stands prahlte. Dass mein Lieblingsmacho die Nächte in der Regel allein in seinem Zimmer verbrachte, ahnte mein Bruder nicht. Oder er wusste es und störte sich an dem Gerede. Nur bei Kev sah Dave über die Flirts mit den Fans hinweg, weil jeder von uns wusste, dass es für Kev keine andere als Nele gab.

Ich wollte rausgehen, aber Steve hielt mich fest. »Hey, Wiesel, wolltest du nicht die Double Bass ausprobieren, bevor wir abhauen?«

Ja, wollte ich, aber das hatte ich nie laut gesagt. Steve kannte mich einfach zu gut.

Jayden sah auf. Er wirkte, als wäre er gerade aufgewacht. »Weasel?« Er musterte mich von oben bis unten. Seine Mundwinkel zuckten und formten Grübchen in seinen Wangen.

Ich hörte Steves Lachen, sah aber nur Jaydens Grinsen vor mir. »*Wiesel* ist

Deutsch und bedeutet *intelligentes Mädchen.* Mit dem englischen *Weasel* hat das nichts zu tun.« Ich betete, dass die Jungs die Klappe hielten.

»Komm jetzt!«, sagte ich zu Steve und machte auf dem Absatz kehrt.

Seitdem er das Wort auf dem Abiball zum ersten Mal verwendet hatte, war ich völlig entspannt geblieben. Ich hatte es ignoriert, damit er endlich aufhörte. Bisher hatte ich mit der Taktik gut leben können, aber nicht vor Jayden. »Nenn mich nie wieder Wiesel!«

***

Die Nacht war viel zu kurz gewesen. Die Jungs mussten früh zu einem Fernsehtermin aufbrechen und wir Mädels fuhren in die Sawgrass Mills.

Dad hatte mir erlaubt mich in der Stadt umzusehen, solange ich eine Begleitung hatte. Einen verantwortungsvolleren Sam-Sitter als Luna hätte er sich nicht wünschen können. Um jedes Tattoostudio machten wir einen großen Bogen. Nur Luna wusste, dass ich mir schon lange ein Piercing wünschte. Einen Tunnel könnte ich mir ebenfalls gut vorstellen. Aber nicht ganz so groß wie bei Logan.

»Das sieht gut aus«, Luna zeigte auf ein Geschäft. »Ich brauche Shorts. Sonst halte ich die Hitze nicht länger aus.«

Das ging mir ähnlich. Die Mall und das Hotel waren zwar klimatisiert, aber draußen war es extrem heiß. Fast jeder trug knappe Kleidung – bis auf Jayden. Schon in der Konzerthalle war mir sein langärmliges Shirt aufgefallen, das er bis zum Abend getragen hatte. Ihn schien es nicht gestört zu haben. Stattdessen hatte er abwesend gewirkt. Auch seinem Spiel hatte ich angehört, dass er mit den Gedanken nicht bei der Sache gewesen war. Jedem einzelnen Schlag hatte es an Energie gefehlt, völlig emotionslos. Das war es sicher nicht, was F-of-J als Metal-Band auszeichnete.

»Die ist toll!« Luna hielt mir eine kurze Jeans vors Gesicht.

»Langweilig.«

»Was hättest du gern?«

Ich sah mich um. »Die hier!« Die Hose war pink. »Den Farbton hatten Tinas Haare auf dem Schulkonzert.«

»Erinnere mich nicht daran!« Luna wurde rot.

»Warum? So schlimm war es nicht. Du hast Daves musikalische Liebeserklärung verpasst, weil du dir die Seele aus dem Leib gekotzt hast. So was kommt vor.« Bei der Erinnerung an Luna, wie sie mitten in der Backstage-Toilette gestanden und über Dave geschimpft hatte, musste ich lachen.

»Ich habe mich nicht übergeben!«

»Gib es zu! Ausgerechnet Dave, der Antialkoholiker, musste dir die Haare nach hinten halten.«

»Sam!« Luna riss mir die Shorts aus der Hand. »So war es nicht und es geht dich nichts an!«

Die Hose landete wieder am Ständer, von wo ich sie mir zurückholte. »Die nehme ich.«

»Dann mach schnell.« Luna wickelte sich eine Haarsträhne um den Finger und grinste. »Lust auf einen Frisörbesuch?«

Jayden – First Time

»Verdammt.« Ich trat gegen den Mülleimer, der daraufhin quer durch das Badezimmer rollte.

»Jay? Alles in Ordnung?«

»Ja, Mom!«

Ich hatte es schon etliche Male versucht, aber ich traf diese bescheuerte Vene einfach nicht. Scheiße, das war mir ewig nicht mehr passiert. Dieses blöde Lampenfieber machte meine Hände zittrig. Dabei brauchte ich die Injektion genau jetzt, um das Konzert zu überstehen.

»Jayden?« Meine Mutter rüttelte an der Tür. Ich hatte sie verschlossen.

»Mir geht es gut. Bin gleich da.«

»Sicher?«

»Ja, verdammt!«

Ich zog den Stauschlauch enger, setzte die Nadel noch einmal an und traf endlich.

»Ich wusste gleich, dass es keine gute Idee ist. Das Konzert, die ganze Tour, das ist zu viel für dich. Warst du bei deinem Therapeuten?«

Als hätte ich eine Wahl ... »Ja, gestern. Doktor Anderson weiß Bescheid.« Zumindest über einen Teil meiner Pläne. Bei allem anderen wusste ich, auch ohne zu fragen, was er davon hielt. Den Emergency-Ausweis, den er mir extra für die Tour hatte ausstellen wollen, musste ich zwar entgegennehmen, doch auf der Straße hatte ich ihn angezündet und die Überreste in der nächstbesten Mülltonne entsorgt. Es ging niemanden etwas an, was ich in den letzten Jahren in meinen Körper gespritzt hatte. Den Ausweis, der nichts anderes als eine Bestätigung meines Vertragsbruchs war, würden Ella und alle anderen nie zu Gesicht bekommen.

»Du solltest mit …«

»Nein, Mom!« Seit einem halben Jahr wurde ich nicht mehr im ›Healthsouth Sunrise Rehabilitation Hospital‹, sondern ambulant in der Praxis von Michael Anderson therapiert. Er war gut. Aber niemand war gut genug, um meine Mutter zu beruhigen. Wenn es nach ihr gegangen wäre, hätte ich mein restliches Leben im Hospital verbracht – nur zur Sicherheit.

Die Tasche mit dem Spritzbesteck wickelte ich in meine Klamotten und schlich mich aus dem Bad.

»Ich habe einen Knall gehört. Hast du dich verletzt?«

»Nein!«

Ich eilte auf mein Zimmer, warf die Tür zu und schloss ab, bevor meine Mom hinterherkommen konnte. Die letzten Vorbereitungen für unsere Probe in der BB&T Arena wollte ich ungestört treffen.

***

Es war ein Traum. Ich hätte es nie für möglich gehalten, in der BB&T jemals selbst auf der Bühne vor einem Livepublikum stehen zu können. In ein paar Stunden war es so weit.

Wie konnte dieser Wunsch sich so schnell erfüllen? Ich war erst seit wenigen Monaten Teil der Band. Die Jungs kannte ich kaum. Es musste ein Traum sein. Ein verdammt geiler Traum!

Logan und Noah trafen kurz nach mir ein. Wir hatten nur Zeit für einen schnellen Soundcheck, dann mussten wir von der Bühne. »Sobald das Publikum die Halle betritt, will ich keinen Ton mehr von euch hören«, hatte Ella uns gewarnt. »Danach startet ihr voll durch.«

Zu dritt saßen wir in einem kleinen Umkleideraum im Backstagebereich. Es war weder gemütlich noch gab es irgendeine Ablenkung. Ein paar Videospiele wären toll gewesen. So lieferten unsere Smartphone-Apps einen schlechten Ersatz.

»Fang!« Logan warf mir ein T-Shirt zu. Er und Noah zogen die gleichen

Shirts an. Sie waren schwarz und auf der Brust prangte unser Bandlogo – F-of-J in verschnörkelten Buchstaben.

»Worauf wartest du? Zieh es an!«, sagte Noah.

Ich zog es über mein Shirt.

»Ist das nicht etwas warm?« Noah zeigte auf die langen Ärmel, mit denen ich die Blutergüsse um die Einstichstellen verbarg.

»Nein, die Muskeln müssen warm bleiben, sonst werde ich langsamer.«

»Dann hole ich dir lieber eine Jacke«, scherzte Logan.

Es war nicht unser erster Auftritt, aber mit Abstand das größte Publikum, vor dem wir je gespielt hatten. Und das war gerade einmal der Anfang der Tour.

Wir waren alle nervös. Logan hatte mindestens drei Bier intus, bei Noah war ich mir nicht sicher. Ich selbst hielt mich an Softdrinks. Betrunken konnte ich nicht spielen.

Versucht hatte ich es einmal, aber es hatte mich ein Fell und ein Becken gekostet, für das ich verdammt lange gespart hatte. Nie wieder Alkohol in der Nähe meiner Becken!

Hoffentlich gingen die Roadies vorsichtig damit um.

Scheiße, hatte ich die zweite Bass Drum noch mal nachgestimmt? Hoffentlich! Wer hatte noch gleich die blöde Idee, dass ich die Double Bass live spielen sollte?

Ella! »Das sieht härter aus«, hatte sie gesagt …

»Es geht los!«, rief Logan.

Ich atmete noch einmal tief durch, dann folgte ich ihm zur Bühne. Meine Beine fühlten sich weich an. Wie sollte ich damit die Pedale treffen? Gleichzeitig war mein Kopf zu allem bereit. Die kleinen Botenstoffe leisteten ganze Arbeit. Ich war voll konzentriert.

Kaum saß ich auf dem Hocker, schaltete mein Hirn auf Autopilot. Mein Herzschlag passte sich dem Takt an und die Fills ergaben sich ganz von allein. Scheiß drauf, dass wir nicht improvisieren sollten. Es war großartig!

Das Publikum konnte ich vor mir nur erahnen. Es war eine Masse, die nach hinten hin immer durchlässiger wurde. Die Halle war nicht voll.

Vorne in den ersten Reihen konnte ich Gesichter erkennen, wenn die Scheinwerfer von einer Seite zur anderen schwenkten.

Wir hatten gerade ›Don't Need Your Answer‹ beendet und Logan richtete ein paar Worte ans Publikum. Ich hatte Pause, trank einen Schluck Wasser und beobachtete die Reaktionen der Fans. Nicht unsere Fans, sondern die der Weeds.

Ein Kerl stach mir ins Auge. Er stand in der zweiten Reihe, war groß und muskulös. Beide Hände hatte er nach vorne zum Gitter ausgestreckt, zwischen seinen Armen stand ein Mädchen. Wie ein schützender Käfig bot er ihr einen sicheren VIP-Platz in der ersten Reihe. Die Kleine mit den pinken Haaren genoss es sichtlich.

Logan nannte den nächsten Titel. Ich zählte den Takt an und betrachtete das Mädchen. Sie sah mir direkt in die Augen und da erkannte ich sie. Prompt machte ich einen Fehler. Beim Schlag auf die Toms verlor ich den Stick.

Ich spielte mit einer Hand weiter und musste mich zwingen meinen Blick von Sam zu lösen. Meine freie Hand zog einen neuen Stick aus der Tasche, dann spielte ich weiter.

Scheiße, was machten die hier? Steve musste gleich auf die Bühne. Warum stand er dort – mit Sam?

Sammy – Erfahrung

»Sam, Steve, da seid ihr ja endlich.« Luna winkte uns zu. »Geh besser sofort rein«, sagte sie zu Steve. »Kev ist ziemlich angefressen.«

»Wieso das denn?«, fragte ich. »Wie ich meine Brüder kenne, sind beide erst auf den letzten Drücker angekommen.«

»Wir sind seit einer halben Stunde hier.« Luna zeigte auf eine Tür, auf der ein großes ›Bad Weeds‹-Schild angebracht war. Ich folgte Steve hindurch.

»Wo warst du?« Kev war mehr als angefressen. Er gestikulierte wild mit den Armen und hatte einen roten Kopf.

Steve blieb gelassen. »Hier. Kannst Sam fragen.«

Kev sah zu mir. David ebenfalls. »Sam? Was ist mit deinen Haaren?«

»Gefärbt. Kannst du Luna fragen.«

Ich hörte, wie sie hinter mir nach Luft schnappte. Bestimmt war sie wieder rosarot wie ein Radieschen. Gut, dass sie sich gegen das Pink und für einen Stufenschnitt entschieden hatte.

Ich ging zu Dave und hakte mich bei ihm ein. »Wir waren wirklich nicht zu spät. Außerdem kannst du mir nicht böse sein. Ohne mich hättest du Luna nicht.«

Er versuchte ernst zu bleiben, aber dann musste er lachen. »So? Ich dachte, es gehören immer nur zwei dazu. Hattest du die Hände mit im Spiel?«

»Dave!« Ich schlug ihn auf den Arm. »Ich will nicht daran denken, wie Luna *entstanden* ist.«

»Einhörner und Feenstaub«, sagte sie und tat, als müsste sie sich die Ohren zuhalten.

»Das reicht!«, sagte Kev. »Alle raus hier, die nicht Teil der Band sind. Wir haben etwas zu besprechen.«

»Schon gut.« Ich schlurfte zur Tür.

»Sammy?«, rief Dave.

Ich drehte mich um und sah meinen Bruder lächeln.

»Sieht gut aus. Pink steht dir.«

»Danke!« Ich trat auf den Flur und tanzte um meine eigene Achse. »Ha, ich wusste, dass er es mag. Aber du ...«

»Sam, das war kein Spaß.« Luna sah mich mit einem Blick an, den ich nur von unserer Granny kannte. »Heute ist ihr erster Auftritt. Du weißt, wie wichtig Kevin die Tour ist.«

»Musste Nele für eine Kollegin einspringen?« Es gab nur eine Person, die Kev vor dem Konzert wieder auf den Boden zurückholen konnte.

»Ja, aber darum geht es nicht. Es war nicht richtig, erst in letzter Minute aufzutauchen.«

Sie hatte ja recht. »Wir dachten, ihr würdet es nicht bemerken, wenn wir für ein paar Songs bleiben. Aber wir waren hier!« Eigentlich hatten wir früher in den Backstagebereich zurückkehren wollen, aber während F-of-J spielten, war es nicht möglich gewesen, unseren Platz vorne zu verlassen, ohne Aufsehen zu erregen. Deshalb hatte Steve entschieden bis zur Pause zu warten.

»Ihr habt euch das Konzert angeschaut?« Luna sah mich ungläubig an.

Die Tür zu den Waschräumen wurde geöffnet und Jayden trat heraus. Vollkommen angezogen, aber mit nassen Haaren. Hatte er geduscht?

»Hallo, Luna«, sagte er.

»Hi, Jay.«

Dann sah er zu mir und grinste. »Weasel.«

Eigentlich wollte ich ihm sagen, dass er ganz gut war. Abgesehen von dem umherfliegenden Drumstick, aber das konnte jedem passieren. So wie er mich jetzt ansah, behielt ich es aber lieber für mich. Ich versuchte seinen Blick zu deuten. Abfällig? Herausfordernd? Ich wusste es nicht. Und was hatte er mit dem blöden Wiesel?

Ich beobachtete, wie er im nächsten Raum verschwand, dann zog ich Luna in eines der freien Zimmer. »Du nennst ihn Jay?«

»Warum nicht? Er hat sich so vorgestellt.«

»Wann?«

»Gestern Abend in der Garage. Wir haben noch lange geredet.«

Ich hatte gedacht, Jayden wäre einer von denen, die mit keinem freiwillig sprachen. Dass er sich mit Luna unterhalten hatte und für mich im Flur nur ein *Weasel* übrig hatte, versetzte mir einen Stich. Andererseits war ich mir nicht mal sicher, ob ich überhaupt mit ihm sprechen wollte. Gestern war er so komisch gewesen ... Aber vielleicht hatte ich mich auch getäuscht. Trotzdem verstand ich nicht, warum ausgerechnet Luna sich mit ihm unterhalten hatte. »Seit wann redest du freiwillig englisch?«

»David hat die meiste Zeit erzählt. Und Logan. Es war nett.«

Ich verdrehte die Augen. »Nett ist die kleine Schwester von ...« Den Rest durfte sie sich denken. »Suchen wir uns einen Platz in der Loge?«

Es gab einen eigenen VIP-Bereich, zu dem nur wir und ein paar Presseleute Zutritt hatten.

»Hast du deinen Pass?«, fragte Luna.

»Ja, Mama.« Ich zog ihn aus der Hosentasche. Im Getümmel zwischen den Fans hatte ich ihn nicht um den Hals tragen können.

»Ich meine es doch nur gut.«

»Ich weiß. Es tut mir leid, dass ich heute so gemein war. Mit dem Schulkonzert hätte ich dich nicht aufziehen sollen.«

Luna schüttelte den Kopf. »Erinnere mich immer wieder daran. Nur so konnten wir uns kennenlernen. Hättest du mir nicht das Video von David geschickt, hätte ich dich am nächsten Tag nicht angerufen.«

»Und ich hätte allein ins Krankenhaus fahren müssen.«

Schon komisch. Ich hatte Luna vom ersten Moment an gemocht, aber der Unfall der Weeds, den sie bei einer Probe kurz nach dem Schulkonzert hatten, hatte uns zusammengeschweißt. Zum Glück ging es allen wieder gut. Selbst Dave, den es am schwersten erwischt hatte, war inzwischen völlig fit.

»Komm schon«, sagte Luna. »Sonst verpassen wir alles.«

Das ließ ich mir nicht zweimal sagen. Gerade den Anfang wollte ich mir nicht entgehen lassen. Ich hatte sogar ein kleines Stativ für mein Handy besorgt, das ich nun aus meiner Hosentasche kramte und im Gehen zusammenschraubte. Eigentlich war es zum Aufstellen auf einem Tisch gedacht. Den hatte ich nicht, aber das Geländer der Loge war recht breit und der Ausblick reichte über die gesamte Halle.

»Kann ich dein Haargummi haben?«, fragte ich Luna. Aus Angst, dass mein Handy herunterfallen könnte, wollte ich das Stativ am Geländer sichern.

Luna zog es aus ihren Haaren. »Wäre Klebeband nicht besser?«

»Hab ich nicht.«

Ich band das Stativ fest und schaltete die Kamera ein. In der Dunkelheit konnte ich nur erahnen, ob ich den richtigen Winkel erwischt hatte. Scharfstellen war nicht möglich.

Es half nichts, ich brauchte für die nächsten Aufnahmen eine bessere Ausrüstung oder müsste backstage filmen.

»Wo bleiben sie?«, fragte Luna.

»Die machen es spannend, aber es müsste gleich losgehen.« Und dann würden wir zum ersten Mal die neue Show sehen. Für die USA-Tour hatte die Band ein neues Intro ausgearbeitet und zwei Songs geschrieben.

Die Zuschauer waren unruhig, doch sobald die ersten Takte des Schlagzeugs ertönten, wurden sie still. Scheinwerfer leuchteten auf und zeigten Steve, der ein Drumsolo hinlegte. Die Menge kreischte.

Ich beugte mich über die Brüstung, um mehr erkennen zu können. Luna tat dasselbe. Unsere Arme lagen nebeneinander auf dem Geländer. Es war kalt, aber das tat gut bei all der aufgestauten Hitze, die in der Luft lag.

Das Schlagzeug trat in den Hintergrund und Paul spielte die ersten Saiten auf dem neuen Bass. Er war happy mit dem Instrument, aber Kev trauerte seiner Charline nach. Sie war seine Lieblingsgitarre und wenn es nach ihm gegangen wäre, hätte er Charline als Hauptgitarre gewählt. Doch das verbot ihm der Vertrag mit den Amis.

Er trat als Nächster auf die Bühne, ein Scheinwerfer folgte ihm. Paul und Kev positionierten sich links und rechts vor dem Schlagzeug, die Mitte blieb leer.

Kev demonstrierte, was er unter Shredding verstand. Die Mädchen unter uns kreischten, die Jungs hüpften im Takt und tanzten Pogo.

Das Intro wurde gleichmäßiger und ging in die ersten Takte von ›Shapes Of Days‹ über. Luna spannte sich an. Ich griff nach ihrer Hand und drückte sie. »Genieß es!«

Es war das erste Mal, dass sie – wenn man von ihrem misslungenen Besuch des Schulkonzertes absah – ein Livekonzert der Band sah.

Sie nickte und starrte wie gebannt nach vorn. Der Gesang setzte ein. Die Halle jubelte. Alle Augen suchten nach Dave. Er kam von links, klopfte Paul im Vorbeigehen auf die Schulter, winkte Steve und ging zu Kev, um ihm gegen den Oberarm zu boxen. Er ignorierte die Unruhe im Saal, der nur noch aus hysterischen Fangirls zu bestehen schien, die lauthals kreischten. Gelassen, als stünden wir in Logans Garage, schlenderte er über die Bühne und sang ›Shapes Of Days‹.

Er trug eine Jeans, aber nicht das schwarze T-Shirt, was er üblicherweise bei Konzerten anhatte. Heute war es ein Muscle Shirt, das den Blick auf die Tattoos auf seinen Armen erlaubte, die er sonst vor der Öffentlichkeit verbarg. Rechts das Tribal, in das die Geburtstage aller Familienmitglieder eingearbeitet waren, und auf dem linken Oberarm konnte nun jeder die Zeichnung sehen, auf der sich die Dinge vereinten, die David besonders wichtig waren: England, die Musik, sein Medizinstudium, Literatur und Luna. Er hatte es sich nach einer Zeichnung von ihr stechen lassen.

Luna war völlig verzaubert. Sie hatte nur Augen für meinen älteren Bruder. Mich hatte sie längst vergessen.

Der Song endete. David steckte das Mikro in den Ständer und begrüßte das Publikum: »Hey, Sunrise, es ist toll bei euch.«

Wie zufällig strich er sich mit zwei Fingern über die Lippen, fuhr damit über sein Herz zu dem Tattoo auf dem linken Oberarm und sah in unsere Richtung. »Ich freue mich sehr, dass ihr heute dabei seid.«

Ich stieß mit meinem Ellenbogen gegen Lunas. »Kein Wunder, dass du ihn so anhimmelst. So eine Liebeserklärung würde ich mir auch wünschen.«

Luna sagte nichts, während ich fast ausflippte. »Das, was er gerade getan hat, war so nah an einem Heiratsantrag, wie es wortlos nur möglich ist.« Alles andere hatte Luna ihm ohnehin verboten. Ich erinnerte mich noch genau an ihre Rede. David durfte weder von Luna noch über seine Freundin, Moon Goodess oder sonst etwas sprechen, was mit Luna zu tun hatte, wenn er auf der Bühne stand.

Zwar hatte der Song, den David über sie geschrieben hatte, die beiden indirekt zusammengeführt, aber sie war viel zu schüchtern, um sich eine öffentliche Liebeserklärung anzuhören. Vermutlich wurde sie auch jetzt wieder rot.

Luna zeigte mir einen Vogel. »Niemand denkt hier ans Heiraten. Oder hast du dir jemanden ausgesucht?«

In der Dunkelheit konnte sie es nicht sehen, trotzdem verdrehte ich meine Augen. »Selbst wenn ... Ich bin zu jung.«

»Stimmt.«

»Kannst du auf das Handy aufpassen?«, fragte ich.

»Sollte die Aufnahme anhalten, starte sie bitte neu.«

»Was hast du vor?«

»Was trinken. Soll ich dir was mitbringen?«

Jayden – VIP-Bereich

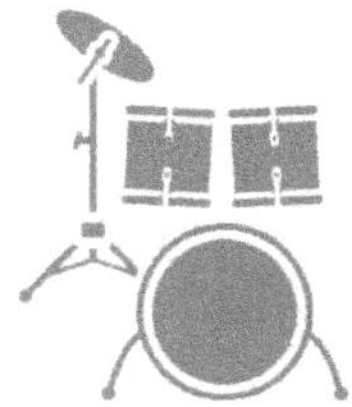

Erst das Bild, dann war der Ton weg. »Super!«

Ich hätte Logan und Noah, die im Proberaum feiern wollten, zwar nachfahren können, aber dann hätte ich blöd dagestanden. Bevor ich mir die Blöße gab und meinen Bandkollegen in den Hintern kroch, hatte ich eine bessere Idee.

Zweimal klopfte ich gegen das ›Bad Weeds‹-Schild, dann ging ich rein. Wie vermutet war niemand im Raum. Nur der Fernseher erfüllte ihn mit Leben.

Bevor die Weeds hier ankämen, wäre ich längst weg. Ich setzte mich auf ihr Sofa. Es war viel bequemer als das durchgesessene Ding, mit dem wir vorliebnehmen mussten.

Den Anfang des Intros hatte ich gesehen. Da David jetzt mit dem Publikum sprach, nahm ich an, dass ich mindestens einen Song verpasst hatte. Er kündigte den nächsten an und wurde für jeden Satz von der Menge gefeiert. Jedes der Mädchen stand auf ihn.

Gerne hätte ich mehr von Steve gesehen, aber die Kamera schwenkte immer wieder auf David. Kevin war der Einzige, der es neben ihm länger als einen Kameraschwenk ins Bild schaffte. Mal blendeten die Techniker sein Gesicht in Großaufnahme ein, dann wieder seine Finger an der Gitarre.

Plötzlich wurde die Tür aufgerissen und ich sprang beinahe vor Schreck vom Sofa.

»Du?« Sam war mitten in der Bewegung stehen geblieben und starrte mich an.

»Ich … Ich wusste nicht, dass du hier bist. Unser Fernseher ist kaputt und ich wollte das Konzert sehen. Da dachte ich …«

»Wo sind die anderen?« Sie sah sich im Raum um.

»Wer?«

»Deine Leute? Noah und Logan?«

»Feiern.« Unser erstes richtiges Konzert wollten sie mit Bier begießen. Mich würde es nicht wundern, wenn Logan sich zum Feiern ein hübsches Mädchen suchte, das er morgen wieder fallen ließ.

»Warum bist du hier?«

»Ich wollte das Konzert sehen, aber unser Fernseher ist kaputt.« Hatte ich das nicht schon gesagt? In Sams Anwesenheit konnte ich nicht vernünftig denken. Warum musste ausgerechnet sie hier auftauchen? »Hätte ich gewusst, dass du hier bist ...«

»Vorhin noch so selbstbewusst und jetzt fürchtest du dich vor mir?«

Sie ging zum Kühlschrank. »Was willst du trinken?«

»Bier?« Meine Arbeit war getan. Zum Feierabend stand mir ein Bier zu, fand ich.

Sam lachte und verzog entschuldigend das Gesicht. »Sorry, aber Dave hat sich durchgesetzt. Kein Alkohol während der Konzerte.«

Sam zog zwei Coladosen aus dem Fach und reichte mir eine.

»Hier. Immerhin hat er den Zucker noch nicht als Droge deklariert.«

Sie setzte sich zu mir aufs Sofa.

»Das lassen sich die anderen gefallen?« Steve hatte auf mich nicht den Eindruck gemacht, als würde er sich von irgendwem etwas sagen lassen.

»Scheint so. Kev findet es gut, weil er professionelle Auftritte von allen fordert. Paul und Steve haben sich damit arrangiert.« Sie hielt ihre Cola hoch. »Cheers.«

Ich stieß mit ihr an. »Scheint, als hättest du es nicht leicht. Stimmt es, dass euer Vater der Manager ist?«

»Ja.« Sie verdrehte die Augen. »Ich mache hier quasi Familienurlaub.«

»Wenigstens musst du nicht arbeiten.«

»Stimmt, aber trotzdem hatte ich es mir anders vorgestellt.«

Sie sah auf ihre Finger, die mit dem Rand der Dose spielten.

»Das erste Konzert ist noch nicht vorbei. Vielleicht wird es so, wie du es dir erhofft hast.«

»Ich meine doch nicht das Konzert. Es geht um das Drumherum. Unser Dad besteht darauf, dass immer ein Aufpasser in meiner Nähe ist und Dave achtet darauf, dass ich mit keinen gefährlichen Substanzen in Kontakt komme. Stell dir vor, ich würde später mit Luna auf das Konzert anstoßen – mit einem Glas Sekt!« Sie lachte. »Der obligatorische Kontrollanruf meiner Mutter wäre gleich doppelt so spaßig, wenn Dave sie vorher anrufen und über meinen Fehltritt benachrichtigen würde.«

»Das zeigt, wie gern sie dich haben.« Ich dachte an Steve, der bei unserem Auftritt wie ihr persönlicher Bodyguard auf sie geachtet hatte. »Sie wollen, dass es dir gut geht.«

Sie biss auf ihre Unterlippe und sah zum Bildschirm, auf dem das Publikum gezeigt wurde, das gerade mit erhobenen Armen zu ›My Birthday Tales‹ klatschte. Ich drehte mich zur Seite und betrachtete Sam. Mit einem Mal wirkte sie nicht mehr so frech.

»Das nervt.«

»Kenne ich. Meine Mom ist eine von denen, die es besonders gut machen wollen. Wenn es nach ihr gegangen wäre, hätte ich nie Radfahren gelernt und würde die Stadt niemals verlassen.«

»Am besten in Watte packen.« Sie lachte.

»Genau.«

»Bist du noch keine achtzehn?«

»Doch, deswegen habe ich der Tour zugesagt und gehe das Risiko ein, nicht jede Nacht in meinem Kinderzimmer zu schlafen.«

»Klingt gefährlich.« Sie riss in gespieltem Entsetzen die Augen auf. »Wenn du Albträume bekommst, kann ich dir einen meiner großen Brüder leihen.«

»Danke für das Angebot, aber ich schaffe das schon allein.«

»Gut. Da du den Test bestanden hast, habe ich ein paar Fragen.«

Ich richtete mich auf. »Was für ein Test?«

»Den Komischer-Einzelgänger-Test. Kannst du deine Leute nicht leiden?«

»Was?« Natürlich konnte ich sie leiden. Wir hatten in den letzten Monaten fast jeden Tag zusammen verbracht. Das verband. Es gab zwar Momente, in denen ich sie zum Kotzen fand, aber das gehörte dazu. Wenn wir abends auf

Logans Sofa zockten, war die Welt wieder in Ordnung. »Nur weil ich lieber das Konzert sehen wollte?«

»Du bist auch gestern schon abgehauen.«

»Und wo bin ich hingegangen, als ich mit dem fertig war, das ich zu tun hatte?«

»Wenn das so ist ...« Sie beugte sich so weit vor, dass ihr eine Haarsträhne ins Gesicht fiel. »Du bist gestern abgehauen, als ich dazukam, und wolltest gerade gehen, weil ich ins Zimmer kam.«

Jetzt war sie mir so nahe, dass ich mich nur ein Stück nach vorn hätte lehnen müssen, um sie zu berühren. Was tat sie da?

Sie zog die Augenbrauen zusammen und musterte mich. »Jayden, rennst du vor mir davon?«

»Besser wäre es. Dann hätte der Stick keinen Rundflug gemacht.« Shit, hatte ich das gerade laut gesagt?

Sam lachte auf. »Ich wusste es! Dein Blick hat dich verraten.«

Wie hatte ich denn geguckt? »Ich fand's nicht lustig.«

»Okay. Es war nicht lustig. Verrechne es mit dem Wiesel. Wir sind quitt.«

Das würde ich nicht tun. Sie war genau das: ein kleines, freches Wiesel.

Sam wickelte die Haarsträhne um ihren Finger und schob sie wieder nach hinten.

»Die neue Farbe steht dir. Hast du sie passend zu den Schuhen ausgewählt?«

Ihre Wangen wurden rosig. Ganz leicht nur, aber ich bemerkte es trotzdem.

»Und zu meiner neuen Hose.«

Ich sah auf die Jeans und suchte nach einem Zusammenhang.

»Nicht die«, sagte sie. »Wir waren shoppen.«

Sam sah auf den Monitor. Wieder einmal wurde David in Großaufnahme eingeblendet. Er erzählte etwas über den nächsten Song und fuhr sich währenddessen mit der rechten Hand immer wieder über den linken Oberarm.

»Er tut es schon wieder«, stöhnte Sam. »Kaum steckt das Mikro im Ständer ... Sie wird ihn dafür umbringen.«

»Wer?« Ich verstand kein Wort.

»Luna! Mist, ihr Wasser ...« Sam sprang auf und holte eine Flasche aus dem Kühlschrank. »Willst du den Rest des Konzertes sehen?«

Ich nickte. »Ja?«

»Dann komm mit!«

Wie konnte so eine zierliche Person derart herrisch sein? Kopfschüttelnd folgte ich ihr. Sie war so süß, dass ich nicht ablehnen konnte. »Wohin?«

»Zu Luna. Sie wartet sicher schon.«

Wir liefen zum Treppenhaus, eine Etage nach oben und vorbei an Chrissi, der PR-Sprecherin der Weeds. Sie sah von Sam zu mir und wieder zurück. Sam machte irgendeine Geste, die ich nicht richtig erkennen konnte, weil ich hinter ihr lief.

O Mann, Chrissi musste mich für einen gestörten Dackel halten. Nicht nur, dass ich im Moment überall aneckte, jetzt rannte ich ausgerechnet der kleinen Weeds-Schwester hinterher.

Plötzlich bereute ich es, mich in die Garderobe der Weeds gesetzt zu haben. Natürlich wollte ich das Konzert sehen und mit Sam war es nett gewesen, aber das war nicht richtig. Es gab genügend andere Dinge, die ich auf die Reihe kriegen musste. Ein Mädchen, bei dem ich darüber nachdachte, wie weit ich mich nach vorn lehnen müsste, um nur einmal über ihre Lippen zu streifen, war etwas, wovon ich mich fernhalten sollte.

»Hier ist es.«

Sam stand vor einer Tür, auf der ein Schild mit der Aufschrift ›VIP-Bereich Bad Weeds Grow Tall – Zugang verboten‹ angebracht war. Ich blieb stehen und sah zur PR-Managerin. Sie tippte etwas in ihr Handy. An ihrem Hals baumelte der gleiche VIP-Ausweis, den auch Sam trug. Das war meine Ausrede: »Sam, das ist keine gute Idee. Ich sollte wieder nach unten gehen.«

Sie hielt die Türklinke bereits in der Hand. »Warum? Willst du lieber allein sein?«

»Nein!« Wirkte ich so? Vermutlich. Jay, der Einzelgänger. Vielleicht hatte ich den Test doch nicht bestanden. »Es ist nur ... Ich habe keinen Ausweis.«

Sie sah mich an und ich konnte regelrecht sehen, wie es in ihr arbeitete.

Als sie verstand, was ich meinte, lachte sie los. Ihr Gelächter hallte durch das ganze Treppenhaus, aber das störte sie nicht. Im Gegenteil, sie krümmte sich und kicherte weiter.

Das war mein Zeichen. »Wie schön, dass ich dir eine Freude machen konnte. Wir sehen uns.«

»Was? Nein!« Sam griff nach meinem Shirt und hielt es fest. Ihre Finger strichen dabei für einen winzigen Moment über meinen Bauch und bescherten mir eine Gänsehaut. Sie lachte noch immer und verschluckte sich beinahe daran, als sie etwas sagen wollte: »Es ... Es tut mir leid. Das war zu komisch. Man merkt euch Jungs einfach an, dass ihr keine Erfahrung habt.«

Ich wollte protestieren, aber sie sprach ohne Punkt und Komma weiter.

»Ich meine es nicht böse. Echt nicht.« Sie sah mir in die Augen und wurde ernst. »Ihr seid die Stars. Gewöhn dich dran! Du brauchst keinen Ausweis, bekommst, was du willst, und kannst tun, was immer dir in den Sinn kommt.«

Gewöhnte man sich jemals an dieses Leben? Es hatte noch nicht einmal richtig angefangen. Ich war in meiner Heimatstadt und trotzdem fühlte sich alles fremd an. Noch immer war ich Jay, aber für die anderen war ich jetzt der Drummer von F-of-J. Genau das hatte ich gewollt, oder?

Doch eigentlich hatte sich nichts verändert. Im Gegenteil: Die Probleme vermehrten sich. »Schön wär's ...«

»Ist es.« Sie hakte sich bei mir ein und zog mich zur VIP-Loge. Weil sie in der anderen Hand die Wasserflasche hielt, öffnete ich die Tür.

»Sieh mal, wen ich mitgebracht habe!« Sam reichte Luna die Flasche.

»Jay?«

Ich reichte Luna eine Hand zur Begrüßung. Erst danach fiel mir wieder ein, dass es keine Stunde her war, seit wir uns das letzte Mal über den Weg gelaufen waren.

O Mann, ich musste dringend einen klaren Kopf bekommen.

Sammy – Fundsache

Direkt nach dem Frühstück brachen wir auf. Ein Van brachte uns nach Miami. Chrissi saß vorn auf dem Beifahrersitz, dahinter lehnte ich an Steve und in der hintersten Reihe kuschelte Luna mit Dave. Paul saß an die Wand gelehnt neben ihnen und spielte an seinem Handy.

Alle hatten heute ihren freien Tag. Ich wollte etwas mit Luna unternehmen, aber sie wollte lieber ins Hotel und sich ausruhen, weil ihr der Jetlag immer noch zu schaffen machte und sie in den Nächten nur wenig Schlaf bekam.

»Machen wir die Stadt unsicher?«, fragte ich Steve.

»Geht nicht. Kev will den Auftritt nachbesprechen.«

»Puh, das wilde Leben der Rockstars. Klingt spaßig.«

»Willst du mitkommen? In zwei Stunden in seinem Zimmer.«

»Bloß nicht!« Da blieb ich lieber bei Luna und gammelte in unserem Zimmer vor mich hin.

Ich sah zu Paul, aber ihn fragte ich nicht. Wir hatten in all den Jahren nie mehr als ein paar Minuten allein verbracht und das auch nur, wenn er an unserem Esstisch auf Kevin wartete.

»Wem schreibst du da eigentlich?« Er tippte noch immer auf dem Display herum.

»Hab ne Nachricht bekommen und will sie beantworten.«

»Von wem?«

»Glaub ihm kein Wort«, sagte Steve. »Der kann nicht schreiben. Es sieht aus, als würde er tippen, aber in Wirklichkeit schießt er Aliens ab.«

»Genau«, sagte Paul. Er streckt den rechten Mittelfinger aus und hob ihn in Steves Richtung, ohne das Handy loszulassen.

Mir blieb eine letzte Chance. »Was ist mit dir, Chrissi?« Ich beugte mich nach vorn und tippte gegen den Sitz. »Bitte sag mir, dass du zu irgendeiner tollen Location musst.« Wenigstens Sightseeing musste doch drin sein.

»Morgen findet vor dem Konzert ein Fotoshooting in der Arena statt. Ich will sie mir heute Nachmittag ansehen.«

»Nimmst du mich mit?«

***

Bei Chrissi hatte ich ein leichtes Spiel gehabt, bereute es aber schon wenige Minuten, nachdem wir angekommen waren. Kaum hatten wir die Arena erreicht, telefonierte sie ununterbrochen. Ich stand gelangweilt herum und betrachtete die Plakate an den Wänden im Flur des Backstagebereichs. Chrissi hatte in einem der Räume ein provisorisches Büro eingerichtet, ich langweilte mich. Ab und zu lief einer der Roadies an mir vorbei, ansonsten war nichts los.

»Sind sie mit dem Soundcheck durch?«, fragte ein Mann in Schwarz. Sein Vollbart hing ihm fast bis zur Brust.

»Alles erledigt.«

Ich drehte mich herum und entdeckte Tom, der als Backliner tätig und der Experte für Schlagzeuge war. Schon gestern vor dem Konzert hatten wir uns kurz unterhalten, nachdem Steve ihm ein paar Infos gegeben hatte.

»Hi, Tom.« Ich ging auf ihn zu. »Noch bei der Arbeit?« Soweit ich wusste, waren die Roadies schon seit dem Morgen in der Arena beschäftigt. Lange bevor wir uns auf den Weg gemacht hatten, war mein Dad mit ihnen aufgebrochen. Da er nicht in der Halle war, vermutete ich ihn bei einem Geschäftsessen.

»Nur ein paar letzte Checks, dann mache ich Feierabend. Solange F-of-J die Bühne belegen, kann ich eh nicht viel machen.«

»Ich dachte, der Soundcheck ist durch.«

»Sie proben.«

Das klang endlich nach einer Möglichkeit, mich sinnvoll zu beschäftigen.

Proben waren natürlich viel spannender als Soundchecks, aber auch als Konzerte, denn bei ihnen zeigte sich, wie es wirklich um die Band stand. Hinter den Kulissen musste man weitaus weniger verstecken.

Ich zog einen Kuli aus Chrissis Tasche und schrieb ihr eine Nachricht:

Bin auf der Bühne und schaue mir die Probe an.

Sollte sie jemals ihre Gespräche beenden, von denen sie mindestens zwei in Warteschleifen hielt, musste sie sich keine Gedanken machen, wo ich abgeblieben war.

***

Ich kam zu spät. Die Probe war vorbei, nur Jayden schraubte an dem Pedal des Hi-Hats. Wieder trug er ein langes Sweatshirt. Weil er sich nach vorn beugte, spannte es sich über seinen Rücken. Das Wenige, das ich erkannte, wirkte muskulös. Längst nicht so durchtrainiert wie bei Steve, aber das hätte auch nicht zu ihm gepasst. Durch die Locken wirkte er weicher und frecher. Ich konnte mir gut vorstellen, dass man mit ihm Spaß haben konnte. Aber aus irgendeinem Grund wollte er das nicht.

Von Anfang an war er allen aus dem Weg gegangen. Gestern hatte ich kurz gedacht, dass er auftauen würde, als wir uns auf dem Sofa unterhalten hatten, aber in der VIP-Loge war die Offenheit verflogen. Wenn er etwas gesagt hatte, dann nur zu Luna.

»Hi, Jason«, sagte ich und ging hinüber. Dafür, dass er mich gestern ignoriert hatte, wollte ich ihn etwas aufziehen. Er verdiente es.

Jayden schreckte auf und stieß sich am Becken. »Sam?« Mit einer Hand stützte er sich auf den Hocker, die andere fuhr über seinen Hinterkopf. Den falschen Namen hatte er überhört.

»Ja, wer sonst?« Vor den Bass Drums lag etwas. Ich bückte mich und hob den Gegenstand auf. Ein Portemonnaie. Entweder von Jayden oder von Tom. Wer sonst käme so nah an das Schlagzeug?

»Ist das dein Portemonnaie, Jason?«

»Jayden.« Mit einer Hand tastete er nach seiner hinteren Hosentasche. »Oh! Ja, das ist meins.« Er streckte den Arm aus. Ich wollte es ihm reichen, aber dann entdeckte ich die Geldscheine. »Wow, wie viel ist das? Was hast du heute noch vor?«

»Nichts für kleine Diebinnen. Gib her!«

»Nö.« Ich hatte eine bessere Idee. »Vorher will ich wissen, ob Jason oder Jayden in deinem Ausweis steht.« Der Name war mir völlig gleich, aber ich wollte einen Blick auf sein Passfoto werfen. Ich klappte das Portemonnaie auf. Eine Visitenkarte fiel mir als erstes ins Auge. »Michael Anderson«, las ich.

»Gib her!« Statt genervt oder verärgert zu klingen, wirkte er ängstlich. Ich sah auf. In seinen blauen Augen lag Panik. »Bitte, Sam.«

Plötzlich kam ich mir blöd vor. Mit dieser Reaktion hatte ich nicht gerechnet. Ich wusste ja, dass Jayden manchmal komisch war, aber ich hatte ihn aus der Reserve locken wollen. Es war doch nur ein kleiner Scherz gewesen, um zu testen, wie er reagierte. War ich zu weit gegangen? Womit? Ich hatte doch nur sein blödes Portemonnaie aufgehoben.

Es war nur ein Spaß. Warum konnte er den nicht mitmachen? Dachte er ernsthaft, dass ich ihn bestehlen wollte? Mein Blick glitt über die Geldscheine, die zwischen dem Leder hervorlugten.

Was dachte er von mir? Ich hatte das Portemonnaie gefunden und es ihm zurückgeben wollen. Aber gut, wenn er es so wollte ... »Hol's dir, wenn du es zurückhaben willst.« Ich streckte Jayden die Zunge raus und sah seinen verwunderten Blick.

»Was?«

Mehr Zeit für Nachfragen gab ich ihm nicht. Ich presste das Portemonnaie an mich und rannte los. Beinahe wäre ich über herumliegende Kabel gestolpert, aber ich hielt mich an einem Koffer fest und schaffte es ohne Sturz von der Bühne.

»Samantha!« Seine Schritte polterten hinter mir.

»So nennt mich nur meine Mum.« ... In Situationen, in denen ich ähnlichen Unsinn anstellte.

»Bleib stehen!«

»Nein.« Ich rannte quer durch die Halle auf die Tribüne zu. Zwischen den Stuhlreihen wollte ich ihn abhängen.

Mein rechter Fuß erreichte die erste Stufe. Der zweite hing noch in der Luft, als ich am Arm zurückgerissen wurde.

Ich stolperte die Stufe rückwärts hinunter und landete an Jaydens Brust. Seine Arme umschlossen meine Taille und hielten mich aufrecht.

»Sassy weasel«, sagte er außer Atem. Sein Herz klopfte so fest, dass ich es spüren konnte. Oder war es meines?

Keiner von uns bewegte sich. Jaydens Atem strich über meinen Nacken und bescherte mir eine Gänsehaut.

Jayden – Eis

Sam sagte kein Wort. Regungslos lag sie in meinen Armen und fühlte sich zerbrechlich an. Beinahe wie ein Schmetterling, den man auf der Hand hielt. Von dem frechen Wiesel fehlte jede Spur.

Sie benutzte kein Parfüm, aber so dicht an ihrer Haut konnte ich ihr Duschgel riechen. Fruchtig und frech wie der Wirbelwind, dem gerade die Luft ausgegangen war.

Der Gedanke, mit den Lippen über ihre seidige Haut zu fahren und von der Frucht zu kosten, war verlockend.

»Sorry«, flüsterte Sam.

Ich zog meine Arme zurück und löste mich aus meiner Starre. Vorbei war der Moment, der nicht sein durfte. Keine Krankheit, keine Drogen, keine Mädchen. Und schon gar nicht die kleine Schwester des Main Acts, die gerade die Visitenkarte meines Therapeuten entdeckt hatte.

Sam reichte mir das Portemonnaie. Sofort stopfte ich mit einem Finger die Karte zurück in ihr Fach. Ich hatte beinahe einen Herzinfarkt bekommen, als Sam den Namen vorgelesen hatte. Nur Millimeter weiter unten hätte sie die Fachrichtung ablesen können und dann hätte sie nachgefragt. Obwohl … ich hätte mich vielleicht herausreden können. Es war nur eine lächerliche Visitenkarte, nicht meine Akte.

Jetzt war es mir peinlich, dass ich so ausgeflippt war. Sams Schweigen war Zeichen genug, dass auch sie meine Reaktion übertrieben fand. Oder dachte sie ebenfalls an diesen stillen Moment zwischen uns? Wäre sie weiterhin regungslos geblieben, wenn ich sie geküsst hätte?

Automatisch glitt mein Blick zu ihren Lippen. Dann sah ich das Blut.

Fuck! Ich suchte nach Verletzungen an meinen Armen und Händen. Nichts. Auch auf dem Shirt gab es keine Flecken.

»Was ist los?«

War es ihr Blut? »Hast du dir auf die Lippe gebissen?«

Sam tastete mit einem Finger die Linien entlang und schüttelte den Kopf. »Nein, wieso?«

»Du hast Blut an der Lippe.« Ich trat näher heran und legte eine Hand an ihr Kinn, um es ins Licht zu drehen. »Ich sehe keine Wunde.«

Sie hob die Hände und wir entdeckten beide den Schnitt an ihrer linken Hand.

»Das muss passiert sein, als ich über das Kabel gestolpert bin. Die Metallleiste am Koffer ...« Sie sah auf die Verletzung und wurde blass.

»Halb so schlimm. Das kriegen wir hin.« Ich half ihr die Stufen zur Tribüne hinauf. »Setz dich.« Vorsichtig hielt ich ihren Arm fest und betrachtete die Wunde. Sie blutete nicht sehr stark, aber der Schnitt war tief. »Du solltest es nähen lassen.«

»Nein! Auf keinen Fall!« Sie entriss mir den Arm. »Keine Nadeln!«

»Es ist nur ein kleiner Stich. Danach spürst du nichts mehr. Du willst doch keine Narbe an der Hand behalten, oder?«

»Ist mir egal.«

»Warte hier!« Jeder Versuch, sie von etwas Sinnvollem zu überzeugen, schien mir zwecklos. Ich lief zur Bühne und holte meinen Rucksack. »Das kann etwas brennen.« Ich reinigte die Wunde, dann klammerte ich sie mit zwei Pflastern und wickelte zur Vorsicht einen Verband darum.

»Du kannst das gut«, sagte sie. »Hast du einen ganzen Arztkoffer da drin?«

»Nur ein paar Dinge für den Notfall.«

»Ich habe Pflaster in der Reiseapotheke. Die ganz normalen, aber dein Zeug sieht professioneller aus.«

»Ich habe doch von meiner Mutter erzählt. Sie war übervorsichtig und ich habe schnell gelernt jegliche Verletzung zu vertuschen.«

»Dann hatte es auch seine Vorteile. Sonst hättest du mich nicht verarzten können.«

»Nicht nur das. Ich kann auch Wäsche waschen.«

Sam zog eine Augenbraue hoch.

»Blutige Hosen hätten mir wochenlang Hausarrest beschert.«

»Und ich dachte, meine Mum würde es übertreiben.«

Ich lachte. Schlimmer ging es immer. »Wie wäre es, wenn ich dich auf ein Eis einlade? Als Finderlohn.«

Sam riss die Augen auf. »Jetzt?«

»Warum nicht?«

***

»458 Ocean Drive«, sagte der Taxifahrer. Ich bezahlte und sah mich nach dem Laden um, den ich zuvor gegoogelt hatte.

Die Waffel mit den drei Kugeln vor dem Eingang war ein eindeutiger Hinweis. Wir stiegen die Stufen hinauf in das kleine Eiscafé. Ich hatte gehofft, dass man dort sitzen könnte, aber die wenigen Plätze waren belegt.

Zwei Frauen standen auf. Sofort ging ich auf den Tisch zu, um ihn für uns zu reservieren.

»Willst du hierbleiben oder gehen wir zum Strand?« Sams Augen leuchteten, als sie zum Ozean hinübersah.

»Strand klingt gut.«

»Was möchtest du?«, fragte ich Sam.

»Amarena und Stracciatella.«

Ich bestellte für uns beide an der Theke und reichte ihr das Hörnchen.

Sie trug die pinken Shorts, die tatsächlich den Farbton ihrer Haare hatten. Alle Leute beobachteten sie, aber Sam schien es nicht zu bemerken. Genüsslich schleckte sie an ihrem Eis und stolperte beinahe die Stufen zur Straße hinunter.

Ich folgte ihr mit etwas Abstand, um die Gelegenheit zu nutzen und die Visitenkarte meines Therapeuten loszuwerden. Von meinem Portemonnaie wanderte sie direkt in den Mülleimer vor der Eisdiele.

Sam bemerkte es nicht. Sie war voll auf den Ozean konzentriert. Kaum hatte sie Sand unter ihren Füßen, zog sie die Sandalen aus und bohrte ihre Zehen zwischen die Körner. »Es ist toll hier.«

Oben im Eis steckten Waffeln. Ich zog meine aus der Kugel und klebte sie an Sams Eis. »Gib mir die Schuhe, dann hast du eine Hand für die Waffeln frei.«

»Danke.« Sie reichte mir die Sandalen und legte den Kopf schief, um einen Tropfen Amarenaeis von dem Hörnchen zu lecken.

»Schmeckt wie in Italien, meinst du nicht?«

Sam sah zu mir. »Du warst schon mal in Italien?«

Ich lachte. »Nein. Aber ich habe die Adresse der Eisdiele von Google. In den Bewertungen steht was von Italien.«

»Dann hast du etwas verpasst.«

»Du warst dort?«

»Zweimal in Rom und einmal in Venedig. Die Städte muss man beide gesehen haben.« Sie zuckte mit den Schultern. »Ist für mich nicht so weit wie für dich.«

»Familienurlaub?« Das Thema hatten wir doch erst gestern gehabt.

»Ja.« Ihr Blick glitt zum Horizont und ein Lächeln legte sich auf ihre Lippen. »Damals ging Dave noch zur Schule. In den Ferien sind wir immer alle gemeinsam weggefahren.«

Ich schmunzelte. So schlimm war ihre Familie offenbar doch nicht. Das hatte ich mir längst gedacht. Es war, wie ich vermutet hatte: Wenn sie nervten, dann nur, weil sie es gut meinten.

»So wie jetzt?« Ihre Mutter fehlte, aber alle anderen waren hier.

»Nicht ganz. Das hier ist kein Urlaub. Sie arbeiten, ich bin das fünfte Rad am Wagen. Ich bin nicht Teil der Band.«

»Warum nicht? Haben deine Brüder dich nicht mitmachen lassen? Oder wolltest du nicht?«

»Nein danke. Wie die Jackson Five? Oder die Kelly Family?«

»Die Kelly Family?«

»Eine langhaarige Großfamilie, die gemeinsam Musik gemacht hat.«

Lange Haare? »Metal?«

Sam lachte. »Fast.«

Wir hatten den Ozean erreicht und Sam watete bis zu den Knien ins Wasser. Sie bemerkte, dass ich ihr nicht folgte, und trat ein paar Schritte zurück in meine Richtung. »Das Wasser ist herrlich!« Mit dem Fußrücken streifte sie die Oberfläche, sodass ein ganzer Schwall in meine Richtung flog.

»Pass auf, dass der Verband nicht nass wird!«

Sie trug Shorts, ich allerdings lange Jeans. Mehr als ein paar Schritte konnte ich ihr nicht folgen. Es reichte kaum, um sie in die Wellen zu jagen.

Am liebsten hätte ich einen Satz nach vorn gemacht und ihr gezeigt, wie wunderbar das Wasser erst war, wenn man mit dem ganzen Körper drin lag. Ihre linke Hand hätte ich schon hochgehalten.

»Warum bist du bei der Hitze so warm angezogen?« Sie deutete auf imaginäre Ärmel an ihrem Handgelenk.

Damit du nicht siehst, wie zerstochen der Arm ist! »Ich bekomme schnell Sonnenbrand.«

»Du bist nicht gerade ein heller Hauttyp.«

Aufmerksames Mädchen. Noah und Logan hatten sich mit der Ausrede abspeisen lassen. Seit wir uns kannten, hatten sie kein einziges Mal Verdacht geschöpft. Ich wollte es ihnen sagen, aber als der Vertrag vor mir lag, gab es kein Zurück mehr. Nur mit der Lüge konnte ich Teil der Band sein.

Ich musste dafür sorgen, dass mein Geheimnis geheim blieb. Aber was tat ich hier? Sam hatte die Karte meines Therapeuten gefunden, ihr waren die Ärmel aufgefallen, sie war ein Risiko. Es war eine verdammt dumme Idee gewesen, den Nachmittag mit ihr zu verbringen.

»Wir sollten zurückgehen.« Ich reichte Sam ihre Schuhe.

»Schon? Es ist so schön hier.«

»Ja, ich habe dich auf ein Eis eingeladen. Ein Nachmittag am Strand war nicht inklusive.« Sofort taten mir die harten Worte leid. »Aber wir haben noch den Rückweg.«

Ich hatte ein schlechtes Gewissen, weil ich den Ausflug so abrupt beendete. Zwar hatte ich viel zu tun, aber eine halbe Stunde wäre noch drin gewesen.

Ich hatte einfach eine beschissene Woche und offenbar rächte sich das jetzt. Trotzdem wollte ich es nicht an Sam auslassen. Mir fiel die Szene mit ihr und Steve wieder ein und der Blick, den sie auf mein Schlagzeug geworfen hatte. Solange ich das Thema vorgab, musste ich keine Sorge vor weiteren Fragen haben. »Du wolltest mich etwas über die Bass Drum fragen? Jetzt hast du deine Chance.«

»Double Bass«, korrigierte sie.

Hatte Steve ihr ein paar Fachbegriffe beigebracht? »Du kennst dich aus. Also, was interessiert dich?«

»Zweimal zwanzig Zoll?«

»Achtzehn.«

Sam sah mich an, als glaubte sie mir kein Wort.

»Meinst du, mein Schlagzeug im Proberaum? Die Bass Drums haben achtzehn Zoll. Für die Tour spiele ich zwanzig Zoll. Entscheidung des Managements.«

»Nutzt du die, um schneller zu sein?«

Hatte Steve ihr diese Frage nicht beantworten können? Oder ... »Willst du das wissen oder schickt Steve dich vor?«

»Wie kommst du auf Steve?«

»Will dein Freund wissen, was man mit einer Double Bass anstellen kann? Braucht er Tipps?«

»Er spielt besser als du. Steve braucht bestimmt keine Hilfe von dir!« Sie blieb stehen und warf mir einen Blick zu, der es in sich hatte.

Verdammt, so konnte sie glatt Ella Konkurrenz machen.

»Was ist dein Problem, Jayden?«

Ich hob die Hände. »Schon gut, ich wollte deinen Freund nicht beleidigen.«

»Er ist nicht mein Freund!«

Das hatte ich schon mal gehört. Logan hatte in der Garage die Frage ausgesprochen, die mir durch den Kopf gegangen war, während ich Sam und Steve auf dem Sofa beobachtet hatte: »Ist es nicht merkwürdig, wenn ein Bandmitglied etwas mit der kleinen Schwester hat? Ich würde ausrasten, wenn Noah oder Jay meine Schwester anfassen würde.«

Kev hatte es mit einem Lächeln abgetan, aber Dave hatte sich so abrupt vorgebeugt, dass Luna, die an seiner Schulter schlief, wach geworden war. »Es läuft nichts zwischen den beiden und das wird es auch nie.« Sein Blick war so finster gewesen, dass ich mich fragte, ob seine Schwester das einzige Problem war, das er mit Steve hatte.

Trotzdem war es unübersehbar, dass Sam an Steve hing. Hatte er sie abblitzen lassen? Shit! Warum hatte ich das nicht gleich kapiert? »Weshalb fragst du mich dann all diese Dinge?«

Sie holte tief Luft, aber dann schluckte sie die Antwort hinunter. Sie riss mir die Schuhe aus der Hand und stapfte voraus.

Offensichtlicher ging es nicht! Sie stand also auf Drummer. Bei Steve war sie gescheitert, jetzt versuchte sie es bei mir. Und ich Idiot wäre beinahe darauf hereingefallen.

Den ganzen Weg bis zur Straße sagte sie kein Wort. Ein paar Mal sah sie mich an, aber das war es auch schon. Ich dachte nicht daran, das Schweigen zu brechen. Sollte sie sich doch einen anderen Deppen suchen, der sich von ihrem geheuchelten Interesse einlullen ließ.

Ich rief uns ein Taxi und nannte dem Fahrer die Adresse des Hotels. Ella hatte darauf bestanden, dass wir alle ein Zimmer nahmen. Von Sunrise aus hätten wir auch fahren können, aber Ella hatte offensichtlich Angst, dass wir den Gig verpennen könnten.

Ich hoffte, dass niemand uns sehen würde, damit ich unbemerkt wieder verschwinden konnte.

Vor dem Flug brauchte ich eine letzte Dosis und die wollte ich mir jetzt holen. Da ich nicht riskieren konnte, etwas im Flieger mitzunehmen, musste ich es danach irgendwie bis D.C. schaffen.

»Wir sind da.« Sam war bereits ausgestiegen und beugte sich über die Rückbank zu mir. »Willst du nicht aussteigen?«

»Nein. Ich habe doch gesagt, dass ich noch etwas zu tun habe.«

»Wieder in geheimer Mission unterwegs?« Sie verdrehte die Augen.

Ehe ich etwas antworten konnte, schmiss sie die Tür zu.

Ganz toll! Wenn ich wollte, dass jemand unangenehme Fragen stellte, musste ich mich nur weiter an dieses Mädchen halten.

Was hatte ich mir nur gedacht? Der dämliche Moment, in dem sie in meinen Armen gelegen hatte, war schuld. Einmal und nie wieder! Ich musste mich von ihr fernhalten, sonst würde sie das Ende meiner Karriere bedeuten.

Sammy – Double Bass

»Seid ihr bereit für die Fotos?«, fragte Melanie die Jungs. Sie hatte ›Bad Weeds‹ für irgendeine Zeitschrift interviewt. Luna hatte zu dem Termin mitgehen wollen, aber wenn ich Glück hatte, bereute sie es inzwischen. Wir saßen beide nur blöd rum.

Ich ging zu ihr. »Fahren wir in die Stadt? David will zwischen Shooting und Konzert eh ins Hotel.« Er konnte wirklich kleinlich werden, wenn er vor dem Konzert nicht seinem Ritual nachgehen und duschen konnte. Ich wusste es nicht, vermutete aber, dass er sich dort einsang. Als Kind hatte er immer unter der Dusche gesungen. Vielleicht sollte ich Luna mal danach fragen, denn sie war die Einzige, die vor einem Konzert in seine Nähe kommen durfte.

»Heute nicht. Ich will auch noch ins Hotel und mich umziehen.« Luna deutete auf den Fleck, den das Schokoladeneis auf ihrem T-Shirt hinterlassen hatte.

»Kein Problem! Wir kaufen dir ein neues Shirt. Zwei Fliegen mit einer Klappe.«

»Ich kann nicht ständig neue Klamotten kaufen.«

»Es ist doch nur ein T-Shirt. Gestern warst du auch im Hotel. Willst du dir nicht Miami ansehen?«

Sie sah zu David.

Alles klar. Ich hatte den Kampf verloren. »Aufs Hotel habe ich keine Lust. Dann bleibe ich hier.«

»Was willst du denn ganz allein in der Halle?«

»Ich bin nicht allein. Die Roadies und Chrissi sind hier. Außerdem brauchen Steve und Paul nicht so lang. Die sind bald wieder zurück. Dann warte ich gemeinsam mit ihnen auf euch.«

»Wenn du meinst ...«

»Ja.« Ich nahm mein Smartphone, stopfte Kopfhörer in die Hosentasche und ging zur Bühne.

Die Roadies hatten sämtlichen Kram hinaufgeschafft und verlegten gerade Kabel. Tom stand am Schlagzeug und stimmte die Snare Drum. Die Boxen, die gestern hier herumgestanden hatten, waren nicht mehr zu sehen.

»Tom stimmt die Toms.« Ich stellte mich zu ihm.

Er hob eine Augenbraue und zeigte schräg nach oben auf die zwei kleinen Trommeln, die an einem Stativ hingen. »Das sind die Toms.«

»Weiß ich doch. Kann ich dir helfen?«

»Langweile?«

»Kann man so sagen.«

»Ich bin hier fertig, aber frag mal bei Alex nach. Der freut sich über Hilfe.«

Da hatte ich eine bessere Idee. »Darf ich es mal ausprobieren? Ich würde gerne Double Bass spielen.«

»Von mir aus ...«

Perfekt! Das war mein Stichwort. Ich schnappte mir die nächstbesten Sticks und setzte mich auf den Hocker. Es fühlte sich komisch an, wieder hinter einem Schlagzeug zu sitzen. Das hatte ich lange nicht mehr getan. Vieles hatte ich nicht verlernt, aber die Übung fehlte.

Langsam begann ich mit einem einfachen Rhythmus. Dann wagte ich mich an die zweite Bass Drum. Eine Weile spielte ich sie im Wechsel und testete verschiedene Takte und Rhythmen.

Den Verband an meiner Hand hatte ich gleich nach dem Ausflug mit Jayden abgewickelt, damit Luna keinen Schreck bekam. Die Pflaster hielten die Wunde zusammen, aber beim Spielen kam der Stick immer wieder an den Schnitt. Ich drehte die Hand weiter ein, um besser spielen zu können, und bald hatte ich die Schmerzen vergessen.

Es dauerte nicht lang, bis ich mit den Bewegungen wieder vertraut war.

Erst jetzt spürte ich, wie sehr mir das Spielen gefehlt hatte. Es war befreiend, auf die Trommeln zu schlagen. Den Beat der Bass Drums konnte ich bis tief in mir spüren. Es war wie ein Rausch.

»Hey, was machst du da?«

»Tom hat gesagt, ich darf es ausprobieren!« Ich drehte mich herum. Mist, das war Jayden. Der hatte mir gerade noch gefehlt.

»Das ist kein Spielzeug!«

Für wie doof hielt der mich? Hatte er Angst, dass eines der Felle riss oder ich einen Stick zerbrach? Meine Güte, was sollte ich groß falsch machen? Wer war so kleinlich, dass keiner sein Schlagzeug berühren durfte? »Ich wollte nur wissen, wie sich die Double Bass spielt. Ich mache nichts kaputt.« Zur Demonstration spielte ich zwei Takte, die mir vorhin ganz gut gefallen hatten.

»Mach das noch mal!« Er sah mich mit einem Blick an, den ich nicht deuten konnte. Würde er vorspringen und mir die Sticks aus der Hand reißen, wenn ich eines der Becken zu fest schlug?

Ich spielte die Takte erneut. Jayden beobachtete mich. Er biss auf seine Unterlippe, sagte kein Wort und wartete. Mir fiel nichts Gescheites ein, also hielt ich den Mund und spielte erst einmal nur mit einer Bass Drum, um mich nicht zu blamieren.

»Du kannst spielen?«

»Was glaubst du denn, warum ich dich nach deinem Schlagzeug gefragt habe?«

»Flirten?«

Ich lachte. »Ist das in Florida ein Anmachspruch? Darf ich deine Sticks sehen? – Nur, wenn du die Toms schlägst.«

»Nein, ich ...« Er grinste. »Was war das, was deine Füße da getrieben haben?«

Ich spielte die Takte erneut und zeigte danach auf meine Füße. »Das?«

»Ja. So wird das nichts. Rutsch mal, ich zeig's dir.«

Was war das? War er auf einmal wieder der nette Jayden? Seine Stimmungsschwankungen waren unberechenbarer als das Aprilwetter.

Aber gut, die Chance wollte ich mir nicht entgehen lassen. Ich stand auf und machte ihm Platz.

Noch ehe er den ersten Schlag tat, wusste ich, dass er sich ebenso wohl hinter dem Schlagzeug fühlte wie ich. Inmitten der Fans hatte ich es nicht bemerkt, obwohl ich in der ersten Reihe gestanden hatte. Doch jetzt war ich weniger als einen Meter von ihm entfernt und konnte geradezu spüren, wie er eine andere Welt betrat. Seine Welt, in die er mich mitnahm.

Er spielte, ich sah zu und lauschte. Seine Füße bewegten sich viel zu schnell. Ich konnte nicht erkennen, was er mit den Pedalen tat, aber es klang besser als mein kläglicher Versuch.

Manches kam mir bekannt vor, vielleicht waren es Teile eines Songs, den er auf dem Konzert gespielt hatte. Anderes war mir neu und schien improvisiert. Es war mit meiner Art zu spielen nicht vergleichbar, aber es gefiel mir.

»Und jetzt langsam«, sagte er. »Achte auf die Füße!«

Er spielte einen einfachen Viervierteltakt und gab mir genug Zeit, seine Bewegungen zu verfolgen. Automatisch zählte ich im Kopf mit und bemerkte, dass er die zweite Bass Drum völlig anders einsetzte als ich. So unterstützte sie den Rhythmus viel besser.

»Heel Toe.« Er demonstrierte die Bewegungen von Fuß und Bein ganz langsam, damit ich sie genau beobachten konnte. Abwechselnd trat er das Pedal mit der Ferse und dann mit den Zehenspitzen, um nicht immer neu ausholen zu müssen.

Es fiel mir schwer, mich darauf zu konzentrieren, denn während er spielte, sah Jayden zu mir. Aus dem Augenwinkel bemerkte ich sein Lächeln. Mit einer Hand fuhr er sich durch die Locken, dann sah er endlich wieder zum Schlagzeug.

»Das war es schon. Versuch du es!«

Er behielt die Sticks und zeigte damit auf die Pedale.

»Fang mit einer Bass Drum an.«

Ich spielte ein paar Takte. Das war einfach. Dann nahm ich ihm die Sticks ab. Darauf musste ich mich nicht konzentrieren. Abgesehen von den letzten zwei Jahren hatte ich genau das mein Leben lang getan.

»Mist.« Er umfasste mein linkes Handgelenk und zog es zu sich. »Du hättest den Verband umlassen sollen. Wenn du nicht aufpasst, geht die Wunde wieder auf.« Vorsichtig strich er die Enden der Pflaster glatt. Die Reibung der Sticks hatte sie gelöst.

»Es geht schon.« Ich zog meinen Arm zurück. Seine Hand fühlte sich so warm an. Wenn er mich noch länger berührte, würde ich vergessen, dass wir zum Spielen hier waren.

Jayden zog mir die Sticks aus den Fingern und stellte sich direkt hinter mich. Dann beugte er sich etwas hinunter, um selbst spielen zu können.

»Leg los!«

Ich spielte mit ihm gemeinsam – ich die Double Bass, er den Rest – und spürte seine Brust an meinem Rücken. Sofort erinnerte ich mich an das Gefühl von gestern, als er mich von der Treppenstufe gezogen hatte, um sich sein Portemonnaie zu holen. Schon wieder breitete sich seine Wärme über meinen Rücken aus und kroch in mein Innerstes.

War das wirklich erst einen Tag her? Seitdem hatte ich ihn gemocht, analysiert, verflucht. Und jetzt? Eine Gänsehaut breitete sich auf meinen Armen aus.

»Gut! Nimm den zweiten Fuß dazu.«

Ich konnte Jayden nicht sehen, aber ich war mir sicher, dass er wieder lächelte, und ich musste zugeben, dass er heiß aussah, wenn er es tat. Das Blau seiner Augen strahlte dann noch heller.

Jayden – D.C.

Sam stand bereits am Schalter, als Noah, Logan und ich das Flughafenterminal betraten. Wie immer klebte sie an Steve, der ihr etwas erzählte. Sie hatte den Kopf in den Nacken gelegt, um ihn ansehen zu können, und lachte so unbeschwert, als wären sie allein.

Kevin rief nach ihnen. Ich verstand seine Worte nicht, sah aber, dass er Steve zu sich winkte. Sam ignorierte es, doch Steve legte ihr einen Arm um die Schulter und nahm sie mit zu den anderen.

Wieder wirkte er wie ihr Bodyguard. Obwohl er nicht ihr Freund war, kam er ihr für meinen Geschmack viel zu nahe. Konnte er sich nicht ein anderes Mädchen suchen?

»Alter, wo bleibst du?« Logan schnipste vor meiner Nase mit den Fingern. »Los jetzt!«

Shit, dieses Mädchen brachte mich völlig aus dem Konzept. Ich hatte noch etwas zu tun. »Komme gleich. Ich muss vor dem Flug aufs Klo.«

Ich hatte mir in Miami nur zur Sicherheit eine zweite Dosis besorgt und die schleppte ich noch immer mit mir herum. Das an sich war schon riskant, aber das größte Risiko war das Spritzbesteck. Nadeln würde jeder Metalldetektor bemerken und dann hätte ich ein Problem.

»Es gibt im Flieger Toiletten.«

»Ich muss jetzt.« Ich klang wie ein dreijähriges Kind, aber darauf konnte ich jetzt keine Rücksicht nehmen. Sollte Logan von mir denken, was er wollte.

»Schön.« Er griff nach meinem Koffer. »Gib mir den Rucksack. Wir warten am Schalter.«

»Nein, das Handgepäck nehme ich mit.« Ich musste unbedingt alles entsorgen, bevor ich in die Nähe der Kontrollen kam.

***

Logan hatte mich im Blick, sobald ich wieder die Halle betrat. Er musste die Toilettentür die ganze Zeit beobachtet haben. Zumindest kam es mir so vor, aber vielleicht wurde ich auch paranoid.

Ich zog mein Smartphone aus der Tasche und drückte die Wahlwiederholung. »Max? ... Wir steigen gleich ins Flugzeug. Geplante Landung ist um fünfzehn Uhr ... Schick mir die Adresse, dann komme ich hin.«

Das Internet war ein Segen. Zwar hatte ich alles weggeworfen, aber Max hatte versprochen mich zu versorgen. Er spritzte seit Jahren. Kennengelernt hatte ich ihn im Onlineforum einer Selbsthilfegruppe. Hoffentlich wusste er, was er tat, und kam nicht mit irgendeinem Zeug an, für das ich keine Verwendung hatte.

»Mach endlich!«, rief Logan.

Spielte er jetzt mein Kindermädchen?

»Bin schon da.« Ich steckte das Smartphone weg und holte meinen Ausweis heraus. Am Schalter erhielt ich mein Ticket und wagte mich durch die Kontrollen. Die Metalldetektoren piepten an meiner Gürtelschnalle, aber sonst fanden sie nichts. Schritt zwei war geschafft. Jetzt musste ich nur die paar Stunden bis zu meinem Treffen in D.C. überbrücken. Ein Kinderspiel.

Sam winkte mir zu.

Hatte sie mich erst jetzt entdeckt? Ohne ihren Bodyguard schien sie aufmerksamer.

Sie lächelte und kam auf mich zu. »Ich dachte schon, du kommst nicht mit.«

»Keine Sorge. Morgen Abend zeige ich Washington, was ich draufhabe. Bist du dabei?«

»Das lasse ich mir nicht entgehen.«

Sie sah zu Steve, schüttelte dann aber den Kopf. »Ins Publikum werde ich mich nicht mischen können.« Sie wirkte enttäuscht. »Mein Dad wird es nicht erlauben und Steve hat anderes zu tun.«

Durfte sie denn keinen Schritt allein machen? Ich wäre sofort mitgegangen, aber dann fehlte F-of-J der Drummer. »Bleibt die Garderobe oder ein Platz an der Bühne.« Backstage durfte sie sich doch frei bewegen. Das konnte sie nutzen.

»Ja, mir fällt schon etwas ein ... Und wegen gestern: Ich habe noch ein paar Fragen. Könntest du ...?« Sie brach ab und sah zu Steve, der auf dem Weg zu uns war.

»Was denn?«, fragte ich.

»Ach, schon gut.«

Sollte Steve nicht wissen, dass wir gespielt hatten, oder fragte sie mich nicht, weil sie keine Wiederholung wollte?

Mir hatte es unheimlich gut gefallen. Niemals hatte ich damit gerechnet, dass Sam so viel Talent besaß. Sie hatte eine ganz andere Art zu spielen als ich und es faszinierte mich, ihr dabei zuzusehen. Nie zuvor hatte ich jemanden mit einer solchen Eleganz spielen sehen und doch brachte sie einen derart harten Sound hervor, dass sie in jeder Metal-Band mithalten könnte.

Ich wollte mehr darüber wissen. Wo hatte sie das gelernt? Und was spielte sie, wenn sie sich nicht an unseren Songs versuchte?

Ich wollte sie wieder auf dem Hocker hinter meinem Schlagzeug sitzen sehen. Es gefiel mir, wie leicht sie dadurch ein Teil meiner Welt wurde. Sie schmiegte sich perfekt hinein.

Vielleicht schon zu perfekt. Ich kannte dieses Mädchen nicht und sollte Abstand von ihr halten. Wir konnten ein wenig reden, wie ich es auch mit meinen Bandkollegen tat, aber mehr war nicht drin. Die Nähe beim Spiel war gefährlich. Mit jedem Tag sehnte ich mich mehr danach. So gerne hätte ich gestern meine Arme um sie geschlungen, mein Kinn auf ihrer Schulter abgelegt und ihr beim Spielen zugesehen.

O Mann, was dachte ich da nur? Zu riskant! Sie war tabu, die kleine Schwester des Main Acts, ein Verstoß gegen meinen Vertrag, ein Risiko, von dem ich mich fernhalten sollte.

»Sammy«, sagte Steve. »Ist es okay, wenn ich mich neben Chrissi setze? Sie will etwas mit mir besprechen.«

»Klar!«

»Super! Hi, Jayden.«

Es reichte gerade für ein »Hallo« von mir, da verschwand Steve schon wieder.

Die Gangway wurde geöffnet und wir konnten das Flugzeug betreten. Als Passagiere der ersten Klasse durften wir vor allen anderen rein. Wir waren zwar nicht die Einzigen, aber trotzdem fühlte ich mich besonders.

Logan und Noah quetschten sich an mir vorbei. Ich stand verloren im Gang und sah mich um. Es fühlte sich unwirklich an. Obwohl wir bereits zwei Orte unserer Tournee hinter uns gelassen hatten, konnte ich es nicht glauben. Wir waren auf dem Weg zur dritten Stadt. Dort würden wir in einer richtigen Konzerthalle auftreten, vor Publikum, in einem anderen Bundesstaat. Traum oder Realität? Jemand müsste mich kneifen – besser nicht!

»Darf ich durch?«, fragte Luna.

Sie und David standen hinter mir. Er sprach mit Paul, sie suchte nach den Sitzen.

»Natürlich.« Ich sah mich ebenfalls nach den Platznummern um. Sie standen oben an den Fächern. Mein Sitz war von Noah belegt, der sich zu Logan gesetzt hatte. Es gab nur zwei leere Plätze. Einer davon war eigentlich Noahs und den anderen wollte ich um jeden Preis meiden, denn der lag neben Sams.

Solange ich ihr aus dem Weg ging, bestand keine Gefahr, aber ich wusste, dass ich es neben ihr nicht lange aushalten würde. Wie sollte ich die Distanz wahren, wenn ich ihr so nahe war? Dieses Mädchen hatte irgendetwas an sich, bei dem ich alle guten Vorsätze vergaß.

Ich lief an Sam vorbei, die ausnahmsweise nicht an Steve klebte, und ging zu ihrem Bruder. »Ist der frei?«

Kevin nahm eine Zeitschrift vom Sitz. »Klar.«

Den Rucksack verstaute ich im Fach für das Handgepäck, setzte mich und zog den Anschnallgurt zurecht.

An Kevin vorbei sah ich aus einem kleinen Fenster auf das Rollfeld. Das Flugzeug bewegte sich langsam vorwärts und fuhr eine Kurve. Ich hielt mich an den Armlehnen fest, entdeckte ein weiteres Flugzeug und einen Gepäckwagen, der auf dem Weg dorthin war.

»Flugangst?«, fragte Kevin.

»Weiß ich noch nicht.«

»Verstehe. Ich kann mich an meinen ersten Flug nicht mehr erinnern. Das muss irgendwann gewesen sein, als wir noch in England gewohnt haben. Die Familie meiner Mutter lebte in Deutschland und wir haben sie regelmäßig besucht.«

Kevin erzählte, an was er sich erinnerte, und ich hörte zu. Es half, mich auf seine Stimme zu konzentrieren. Doch als das Flugzeug immer schneller rollte und plötzlich vom Boden abhob, konnte ich ihm nicht mehr folgen.

»Wo bist du aufgewachsen?«, fragte er.

Ich kniff die Augen zu und krallte mich noch fester in die Armlehne. »Sunrise.«

»Logan und Noah auch?«

»Ja.«

»Kennt ihr euch aus der Schule?«

»Nein.«

»Woher dann?«

»Internet.«

»Besser als eine Castingshow.«

»Stimmt.« Ich musste grinsen.

»Geht's wieder?«

»Ja, danke.« Ich öffnete die Augen und wollte Kevin ansehen, doch stattdessen sah ich Wolken an uns vorbeiziehen. Es war wunderschön.

»Soll ich zumachen?« Kevin zog die Blende ein Stück herunter.

»Nein, es ist toll. Danke!«

»Gern geschehen. Wenn ich heute zum ersten Mal fliegen müsste, hätte ich vorher getrunken, egal wie mein Bruder dazu steht.«

»Hab schon gehört, dass er Alkohol nicht mag.«

»Er ist sehr extrem in seinen Ansichten. Keine harten oder weichen Drogen. Es grenzt an ein Wunder, dass er noch immer Cola trinkt, schließlich ist da Koffein drin.«

Ich sah zu David, aber der beachtete uns nicht.

»Keine Sorge«, sagte Kevin. »Er weiß, dass ich anderer Ansicht bin. Auch Luna nimmt da kein Blatt vor den Mund.«

Luna? Sie sprach so gut wie nie und wenn sie etwas sagte, wurde sie rot. Wie sollte sie ihm die Stirn bieten?

»Ich bin froh, dass Ella so hartnäckig war«, sagte Kevin.

Was hatte er mit Ella zu tun? »Warum?«

»Mein Dad wollte eine andere Band für die Tour, aber sie hat darauf bestanden, dass wir euch mitnehmen.«

»O ja, die Frau weiß, wie sie ihren Glasreiniger finanziert.«

»Glasreiniger?«

»Ein Insiderwitz. Ihr Büro besteht nur aus Glas, Chrom und Leder.«

Kevin lachte. »Passt zu dem, was ich von ihr gehört habe.«

***

Dank Kevin war der Flug ein Klacks gewesen. Ohne Probleme waren wir in Washington D.C. gelandet, wo sich unsere Wege trennten. Denn zuerst musste ich zu Max. Ich fuhr zu dem Treffpunkt, den er mir genannt hatte. Er hatte besorgt, was ich brauchte, zumindest bis zum nächsten Flug, denn dann müsste ich vorher wieder alles loswerden.

Der Plan hatte funktioniert. Ich hätte mich darüber freuen sollen, aber stattdessen nervte es mich schon jetzt, dass ich mir etwas für Massachusetts einfallen lassen musste. In der Selbsthilfegruppe, über die ich Max kennengelernt hatte, gab es kein einziges Mitglied aus diesem Bundesstaat. Irgendwie hatte ich mir das leichter vorgestellt.

Als könnte mich jeden Augenblick jemand erwischen, drückte ich Max das Geld in die Hand und stieg wieder in das Taxi. Mit dem Rucksack neben mir saß ich auf der Rückbank und fühlte mich beschissen. Der Flug, die Aufregung mit Max, Sam ... Das war alles zu viel für einen Tag und ich wollte nur noch auf mein Zimmer. Ein paar Stunden abschalten vor dem Konzert heute Abend.

Der Taxifahrer hielt am Haupteingang und zog meine Reisetasche aus dem Kofferraum. Ich schwang sie mir über die Schulter und wäre beinahe damit in der schmalen Drehtür des Hotels stecken geblieben.

»Wo warst du?«

Die Worte rissen mich aus meinen Gedanken und plötzlich war ich hellwach. Ella erhob sich von einem Sofa und baute sich vor mir auf. Automatisch wich ich einen Schritt zurück.

»Ich warte seit einer Stunde.«

»Hatten wir einen Termin?« Davon wusste ich nichts. Wo waren die anderen? Das Konzert war erst in einigen Stunden.

In Gedanken versunken hatte ich Ella beim Betreten der Hotellobby gar nicht bemerkt. Ich hatte gedacht, ich könnte einchecken, meine Sachen sicher auf dem Zimmer verstauen und endlich durchatmen. Was machte sie hier?

»Jayden!«

»Ja?« Was hatte sie gesagt?

»Wenigstens bist du nicht stumm.« Sie reichte mir ein Heftchen, auf dem vorne das Logo des Hotels gedruckt war. Unten hatte jemand mit Kugelschreiber eine Nummer eingetragen. »Du hast zehn Minuten, um dein Gepäck aufs Zimmer zu bringen, zu essen, zu trinken und aufs Klo zu gehen. Um vier Uhr fünfunddreißig bist du wieder in der Lobby.«

Shit! »Alles klar.«

Die weiße Plastikkarte aus dem Heftchen diente als Zimmer- und Aufzugschlüssel. Ich hielt sie an den Sensor und hoffte, dass ich nicht lange warten müsste. Ella würde mich umbringen, wenn ich zu spät käme. »Schneller«, murmelte ich.

Es half nichts. Egal, was ich anstellte, es war zu wenig Zeit zum Spritzen. Das bekam ich so schnell nicht hin, aber vor dem Konzert musste es sein ...

Ich hetzte vom Aufzug zum Zimmer. Meinen Koffer warf ich auf das Bett, das Handgepäck verstaute ich zum Teil in der Minibar und zum Teil im Bad. Da Ella etwas von Essen gesagt hatte, steckte ich die Tüte mit Erdnüssen ein. Etwas anderes gab es auf dem Zimmer nicht und ich hatte nicht damit gerechnet, Proviant mit mir herumschleppen zu müssen.

***

Logan und Noah warteten bereits in der Lobby, als ich aus dem Aufzug stieg.

Beide standen verloren im Weg herum. Es wunderte mich nicht, dass sich keiner zu Ella auf das Sofa setzte.

Vorhin hatte sie mich auf dem falschen Fuß erwischt. Was auch immer sie von uns wollte, mich hatte sie darüber nicht informiert. Woher hatte ich wissen sollen, dass sie auf mich wartete? Das wollte ich klarstellen. »Wie kommt es, dass du in D.C. bist? Ich dachte, wir sehen uns erst in New York?«

Sie hatte selbst gesagt, dass sie noch andere Klienten hatte und uns nicht ständig beaufsichtigen könnte. Deshalb hatte sie Stan, ihren Assistenten, beauftragt vor jedem Konzert nachzuzählen, ob wir vollzählig waren.

»Und ich dachte, ich hätte Musiker auf Tour geschickt.«

Logan öffnete den Mund, sagte aber nichts. Vermutlich war das besser so, denn nach meiner Vorlage konnte er es nur noch schlimmer machen.

Ella war sauer. Stinksauer. Und ich hatte keine Ahnung warum.

Ohne weitere Worte trat sie durch die Drehtür des Hotels. Wir folgten ihr wie eine Schar Entenküken. Ich kam mir verdammt dämlich vor, wagte aber nicht zu fragen, wo sie hinwollte.

Zum Glück lief sie nur einen Block weit und schloss die Tür zu einem grauen Gebäude auf. Es wirkte nicht direkt heruntergekommen, aber auch nicht schick. Ein zweckmäßiger Klotz, der seine besten Tage hinter sich hatte. Im Inneren war es still. Nur Ellas Absätze hallten durch den kahlen Flur, dessen Betonwände mit Graffiti beschmiert waren.

Sie hielt eine Tür auf und winkte uns hinein.

Aus irgendeinem Grund stand ich plötzlich vorn und musste als Erster Ella passieren. Als könnte jeder Körperkontakt mit ihr eine tödliche Krankheit übertragen, schob ich mich an ihr vorbei in ... War das ein Proberaum?

Die Wände waren notdürftig gestrichen, aber das Graffiti darunter schimmerte hindurch. In einer Ecke des Raumes lagen leere Flaschen, dahinter Müll. In der Mitte standen ein Schlagzeug und Mikrofonständer. Sogar Lautsprecherboxen waren an den Wänden angebracht. Es roch nach einer Mischung aus feuchten Wänden, Staub und altem Schweiß. Der Raum musste dringend gelüftet werden.

»Das ist mein Case«, sagte Logan.

Er hockte sich auf den Boden und zog einen der Koffer, die hinter der Tür lehnten, nach vorn, um ihn zu öffnen. Seine Gitarre lag darin.

»Ich habe Bass und Gitarre herbringen lassen. Das Schlagzeug wird morgen gebracht und dann könnt ihr den Raum nebenan haben. Bis dahin müsst ihr hiermit leben. Das war das Beste, was ich in der kurzen Zeit auftreiben konnte.« Angewidert betrachtete sie den Dreck, der sich an den Kabeln angesammelt hatte. »Na ja, eigentlich habt ihr selbst das nicht verdient.«

Was war ihr Problem? Wollte sie uns klarmachen, dass wir ganz am Anfang standen? Oder sollten wir daran erinnert werden, wie abhängig wir von ihr waren?

»Ich habe gehört, was ihr euch auf der Bühne geleistet habt. Übersteigt ›Chained Joys‹ euer Niveau?« Sie zeigte auf Noah. »*Du* setzt jedes Mal zu früh ein. Und *du*«, sie zeigte auf Logan, »hast jetzt zweimal das Solo verhauen.«

Deswegen der Aufstand? Mich nervte es auch, dass Noah sich auf der Bühne plötzlich nicht mehr an den Takt erinnern konnte, aber es war minimal. Das Publikum hatte das sicher nicht bemerkt.

Und Logan? Er hatte sich zweimal verspielt. Das war blöd, aber es war passiert. Er hatte es nicht absichtlich getan und es lag auch nicht am Alkohol. Vor dem zweiten Konzert hatte er kein Bier getrunken. Vielleicht war es der Stress oder die Aufregung gewesen. Er konnte das Solo spielen, das hatte er oft genug bewiesen.

»Ihr verbringt den Nachmittag hier und heute Abend liefert ihr einen Auftritt ab, für den ich mich nicht schämen muss.«

Langsam wurde es lächerlich. Ella klang schlimmer als meine Mom. Allerdings hatte sie leider das Sagen. Keiner von uns widersprach.

»Gitarre und Bass werden nachher abgeholt. Ab morgen früh findet ihr euer Zeug im Nebenraum. Die freien Tage, die ihr in D.C. hättet haben können, fallen aus. Heute Abend gebt ihr euer Bestes und ab sofort werdet ihr jeden einzelnen Song üben! In New York könnt ihr sie, verstanden?«

Langsam reichte es mir. Wir waren nicht die Idioten, als die sie uns darstellte. Wir hatten uns den Arsch aufgerissen, um das Album auf die Beine zu stellen, und wir waren gut genug gewesen, um sie zu überzeugen. Hatte sie das vergessen? Sie war doch diejenige gewesen, die Jack überzeugt hatte, dass die Weeds uns mit auf Tour nehmen sollten.

Ich setzte mich ans Schlagzeug. Es war sehr niedrig eingestellt, aber das war mir für den Moment egal. Hier konnte ich eh nur irgendetwas spielen, das halbwegs nach ›Chained Joys‹ klang. Die Konfiguration des Drumsets ließ nicht alles zu, aber das war zum Üben irrelevant. Noahs Taktproblem könnten wir auch in den Griff bekommen, wenn ich nur ein paar Bongos zum Trommeln hätte.

»Willst du das Solo erst allein üben?«, fragte ich Logan.

»Gib mir ein paar Minuten zum Aufwärmen. Mehr brauche ich nicht.«

***

Wir spielten, bis meine Arme lahm wurden. Logan und Noah erging es nicht anders. Trotzdem wollte ich nach den Stunden an dem fremden Schlagzeug ›Chained Joys‹ wenigstens einmal an meinem eigenen Instrument spielen. Ich ging nur kurz ins Hotel, um etwas zu essen und zu spritzen. Gleich im Anschluss fuhr ich in die Capital One Arena.

Um die Zeit war die Stimmung wunderbar entspannt. Irgendwelche Techniker flitzten durch die Gänge, Servicekräfte füllten die Theken auf und die Roadies bereiteten unser Equipment vor. Es war die Ruhe vor dem Sturm. Kurz bevor die Fans in die Halle dürften, wäre es vorbei mit der entspannten Stimmung. Es war immer dasselbe. Kurz vor dem Einlass wurde es hektisch, die freundlichen Fragen wurden zu barschen Anweisungen und man musste aufpassen nicht im Weg zu stehen. Das galt erst recht für uns, denn wenn das Publikum in die Halle kam, hatten die Musiker brav im Backstagebereich zu warten.

Ich brachte meinen Rucksack mit Wechselklamotten in die Garderobe und ging von dort aus zur Bühne. Der Klang meines Schlagzeugs wies mir den Weg. Erst dachte ich, dass es Tom wäre, aber so spielte er nicht. Mir fiel nur eine einzige Person ein, die außer ihm diesen Krach veranstalten konnte.

Mitten auf der Bühne saß Sam an meinem Schlagzeug. Sie trug eine weite Sporthose und oben rum nur einen schmalen Stoffstreifen, der nicht mal die

Träger ihres BHs verdeckte. Schultern, Arme, Bauch, alles nackt. Kleine Schweißtropfen hatten sich auf ihrer Stirn, dem Dekolleté und ihrem flachen Bauch gebildet.

Kerzengerade saß sie auf dem Hocker und schlug auf die Drums ein. Sie war so klein und zart, dass der Beat von einer anderen Person zu stammen schien. Es war unglaublich, dass dieses zierliche Mädchen solch eine Wucht aus dem Schlagzeug herausholte. Das war satter Metal, obwohl sie beinahe regungslos dasaß. Nur die Arme bewegten sich flink über das gesamte Set.

Erst als ich einen weiteren Schritt an sie herantrat, konnte ich die Bewegung ihrer Beine sehen. Immer wieder übte sie, was ich ihr gezeigt hatte. Das Tempo hatte sie längst gesteigert.

Ich schlich an der Leinwand entlang zur Mitte der Bühne. So konnte Sam mich nicht sehen. Auf die Geräusche meiner Schritte brauchte ich nicht zu achten. Sams Krach übertönte alles.

Von hinten zupfte ich an ihren pinken Haaren, die sie zu einem Pferdeschwanz gebunden hatte.

Sofort fiel ein Stick zu Boden und sie sprang auf.

»Jay?«

»Es sollte dich nicht jedes Mal überraschen, wenn ich zu meinem Schlagzeug gehe.«

Sie hob ihr Handy auf und schaltete das Display ein. »Aber es ist noch so früh.«

»Und das wollte ich nutzen.«

»Oh.« Die Enttäuschung stand ihr ins Gesicht geschrieben. Eigentlich hätte ich sie zur Rede stellen sollen, weil sie schon wieder an mein Schlagzeug gegangen war, ohne mich zu fragen. Aber sie sah so süß aus, dass ich ihr nicht böse sein konnte. Im Gegenteil: Sie war eine willkommene Abwechslung. Dieser Tag fühlte sich an wie eine Woche. Es war mein erster Flug, ich hatte mich mit diesem Kerl getroffen, Ella hatte uns runtergeputzt, wir hatten zu viel für einen Tag gespielt und trotzdem mussten wir fit sein für das Konzert, das wir schon in wenigen Stunden geben würden.

»Ich dachte, ich könnte noch einmal üben, bevor dein Schlagzeug wieder eingepackt wird.«

»Es wird nicht eingelagert, nur umgeräumt. Ella hat uns einen Proberaum besorgt, den wir nutzen können, solange wir in D.C. sind. Wenn du üben willst, kannst du es dort machen. Lass dich nur nicht von Noah oder Logan erwischen.« Ohne zu wissen, warum ich es tat, fasste ich in meine Jeans und zog den Schlüssel zum Proberaum heraus. Ella hatte jedem von uns einen eigenen gegeben. »Hier, den kannst du haben. Die Adresse schreibe ich dir nachher auf.«

»Ist das dein Ernst?« Sie strahlte über das ganze Gesicht.

»Ja, warum nicht? Die Jungs und ich werden nicht rund um die Uhr proben. Sobald Ella nicht hinsieht, verschwindet Logan in die nächstbeste Bar.« Ich zwinkerte ihr zu. Dann hob ich den Stick auf und nahm ihr den anderen ab. »Jetzt wäre es aber nett, wenn du mich spielen lässt.«

Hastig sprang sie zur Seite und begann ihre Sachen zusammenzupacken. »Natürlich.«

»Ich brauche nicht lang. Vielleicht eine halbe Stunde. Danach kannst du spielen, bis dich die Roadies von der Bühne jagen.«

»Ist es okay, wenn ich solange hier warte und dir zusehe?«

Wo kam auf einmal der kleinlaute Tonfall her? Der passte überhaupt nicht zu dem Bild, das ich von Sam hatte.

»Klar. Wenn du willst, zeige ich dir gleich noch ein paar Tricks, wie du dein Spiel verbessern kannst.«

Sammy – Smithsonian

Luna schmachtete David über die Fans hinweg an. Solange er sang, schien für sie die Zeit stillzustehen.

»Ihr wart ein tolles Publikum!« Kev spielte die ersten Akkorde des letzten Songs.

Die Stimmung in Washington war toll. Ich freute mich, dass hier sogar zwei Konzerte geplant waren. Bisher war alles sehr schnell gegangen, doch von heute an gab es größere Lücken im Tourplan, die zwar überwiegend für PR-Kram reserviert waren, aber trotzdem würden Luna und ich etwas mit den Jungs unternehmen können.

Die letzten Töne verklangen und die Weeds verließen die Bühne. Wir mussten uns durch die Backstagegänge zurückschleichen, um dem Trubel in der Halle zu umgehen. Trotzdem kamen wir vor den Jungs in der Garderobe an.

Der Grund für ihre Verspätung zeigte sich in Form meines Dads, der mit meinen Brüdern zur Tür hereinkam.

»Morgen?«, fragte Kev.

»Ja, sie wollen dich und David.«

Luna stand auf und ging zu Dave. Sie flüsterte ihm etwas ins Ohr, woraufhin er sie küsste und in seinen Arm nahm.

Das versetzte mir einen Stich. Als Jayden mir zum ersten Mal gezeigt hatte, wie ich sein Schlagzeug spielen sollte, war er mir ähnlich nahe gekommen. Na ja, abgesehen vom Kuss. Aber die Arme hatte er so fest um mich gelegt, dass es sich angefühlt hatte, als hätte er mich umarmt. Heute hatte er Abstand gehalten. Ich sah, wie wohl Luna sich fühlte. Und wünschte mir das Gleiche.

»Was ist das für eine Aufzeichnung?«, fragte Dave.

»Das Format nennt sich ›Vibrating Strings‹. Sie nehmen Videos auf, in denen Gitarristen von ihren Erfahrungen berichteten, Tipps verraten und Techniken erklären.«

»Warum so kurzfristig?«, fragte Kev.

»Sie hatten die Aufnahme mit einem anderen Act geplant, aber der ist ausgefallen. Das ist eure Chance!«

»Morgen?« Luna fragte nur leise, aber ich konnte es an ihren Lippen ablesen. Bisher hatte sie sich brav dem Terminplan der Band gefügt. Wenn sie Dave sah, dann im Hotel oder in einer Konzerthalle. Soweit ich wusste, hatten sie bisher nichts *privat* unternommen. Für morgen hatten wir einen gemeinsamen Ausflug geplant.

Dave strich ihr über die Nase, die sie krausgezogen hatte. »Samstag sind die Museen bestimmt überfüllt. Wir gehen Montag, okay?«

»Wir gehen trotzdem morgen hin.« Ich sah es nicht ein, schon wieder zu verzichten. Die Mall, in der alle Museen lagen, sollte ein schöner Park sein, in dem wir den Nachmittag verbringen wollten. »Das Wetter soll toll werden und ich halte es keinen Tag länger im Hotel aus.« Zwar hatte ich Jaydens Schlüssel zum Proberaum und könnte mich dort vergnügen, aber die Jungs würden vermutlich tagsüber dort sein, um abends auszugehen.

»Sam hat recht«, sagte Dave. »Ihr solltet gehen. Wer weiß, wie lange die Aufnahmen dauern. Macht euch einen schönen Tag. Ich komme nach, sobald ich kann.«

»Und was ist mit mir?«, fragte Steve. »Ich habe morgen frei und kann ausschlafen.«

Ich knuffte ihn in die Seite. »Du kannst dir einen Wecker stellen und mit uns auf Sightseeingtour gehen.«

»O nein. Du bekommst mich in kein Museum. Heute Abend wird gefeiert und morgen ausgeschlafen.«

»Spielverderber.« Ich streckte ihm die Zunge raus.

***

»Zum Weißen Haus, bitte«, sagte ich dem Taxifahrer. »Von dort aus kann man doch zum Lincoln Memorial Building laufen, oder?«

»Klar. Das ist nicht weit.«

»Wir dürfen die Fotos nicht vergessen«, sagte Luna. »Meine Mutter will ein Bild von uns vor dem Gebäude und so viele wie möglich von innen.«

»Kriegt sie. Und vom Lincoln Memorial, vom Washington Monument, von japanischen Touristen, Imbissverkäufern ...«

Wir zahlten und stiegen aus. Das Wetter war traumhaft. Nicht eine Wolke war am Himmel zu sehen.

»Irgendwo dort müsste das Pentagon sein.« Luna stellte sich mit dem Rücken zum Weißen Haus und wedelte mit einem Arm.

»Da laufen wir aber nicht hin!« Egal, was sie sich ausgedacht hatte, dafür bräuchte ich definitiv ein Taxi. Außerdem interessierte mich das Pentagon nicht. Statt das Bürogebäude zu besichtigen, würde ich lieber den Zoo besuchen, der ganz in der Nähe lag.

Wir drängelten uns zwischen Touristen hindurch, um näher an den Sitz des Präsidenten zu kommen. Ich konnte es kaum erwarten, einen Fuß hineinzusetzen.

»Meinst du, Trump arbeitet gerade im Oval Office?«

Ich zuckte mit den Schultern. Dann zog ich ein Smartphone aus der Hosentasche und hielt es Luna hin. »Willst du seinen Twitter-Account checken?«

»Nein danke!«

»Dann bekomm aber keinen Schreck, wenn er dir bei der Führung über den Weg läuft.«

Luna verdrehte die Augen und deutete mir vorzugehen.

Inzwischen sprach sie ständig Englisch, aber nur, solange es nicht zu offiziell wurde. Für die Jungs und Fastfood-Restaurants reichte es, aber das Weiße Haus überließ sie mir. Deshalb fragte ich mich durch, wo wir uns für eine Führung anmelden konnten.

»Wenn Sie ins Gebäude wollen, hätten Sie das mindestens drei Wochen vorher anmelden müssen«, sagte eine Frau im schwarzen Kostüm.

Na toll! Das hatten wir nicht gemacht und mussten dementsprechend draußen bleiben. »Fängt ja gut an.«

»Lass uns das Foto machen und dann gleich aufbrechen. So bleibt wenigstens genug Zeit fürs Kunstmuseum.«

»Wir haben den ganzen Tag! Außerdem geht David mit dir noch mal hin. Keine Sorge, du wirst jedes Kunstwerk bewundern können.«

»Das sagst du so. Durch den ›Louvre‹ musste ich walken und konnte nur ein paar Bilder wirklich betrachten. Ausgerechnet die Mona Lisa habe ich verpasst, weil da so viele im Weg standen.«

Ein Grund mehr, langsamer zu gehen. Ich hatte ihr versprochen, dass wir ins ›Smithsonian American Art Museum‹ gehen würden, aber Lust hatte ich keine. Angeblich war es das überfüllteste aller Museen. Weder die Leute noch die künstlerischen Interpretationen von Luna erschienen mir reizvoll. Auf keinen Fall wollte ich dort den ganzen Tag verbringen.

»Erst zum Lincoln Memorial«, erinnerte ich sie.

Nur einmal wollte ich selbst die Stufen hinaufsteigen und Lincoln in die Augen blicken.

***

Es war überwältigend. Zuerst gingen wir hinein und betrachteten die riesige Marmorstatue. Dann liefen wir außen entlang, wo die berühmten Reden in die Wände des Gebäudes gehauen worden waren. Erst hier wurde mir bewusst, wie sehr das Land diesen Präsidenten verehrte. Bis heute dankten sie ihm.

»Hier hat Martin Luther King seine Rede gehalten.« Luna zog ein Prospekt aus ihrem Rucksack, das sie aus dem Hotel mitgenommen hatte.

»I have a dream.« Die Worte kannte sogar ich.

»250.000 Menschen standen dort vorn«, sie zeigte Richtung Spiegelbecken, »und hörten ihm zu.«

»Beeindruckend.« Ich mochte dieses Gebäude und freute mich immer, wenn ich es auf Fotos oder in Filmen entdeckte. »Die ›Transformers‹ waren auch hier. Im dritten Teil. Und den ›Decepticon Jetfire‹ haben sie im ›Smithsonian Air and Space Museum‹ gefunden. Ich muss unbedingt ein Foto mit dem Jet machen. Nele und ich haben alle Teile gesehen. Sie steht auf Shia Labeouf, aber sag das nicht Kev.«

»Du kannst die ›Transformers‹ doch nicht mit King vergleichen.«

»Mache ich nicht. Von King brauche ich auch ein Selfie.«

»Wo steht er?«

»Bei den Tretbooten.«

Ich ging voraus, aber Luna folgte mir nur zögerlich. »Was ist los?«

»Gibt es noch mehr, das ich Kev nicht erzählen sollte?«

»Ahnt er, dass ich damals seine ›Optimus Prime‹-Figur kaputtgemacht habe?«

»Was für eine Figur?«

»Optimus! Es war nur ein Arm. Mal ehrlich: Der ist einer der ›Transformers‹. Damit war nicht zu rechnen. Ich wollte ihn doch nur verwandeln.«

Luna schüttelte den Kopf und ich ahnte, dass sie schon wieder die Augen verdrehte. Sie musste dringend lockerer werden.

»Was hast du nur mit diesen Robotern?«

»Aliens! Die sind cool. Frag Nele!«

»Ich spreche von Nele. Kev und sie haben Streit, oder?«

Das sollte Luna besser Nele fragen. Sie hatte andere Ansichten als Kev und ich konnte sie sehr gut verstehen. Ihr Job war wichtig und sie konnte nicht Nein sagen, wenn eines der Kids ihre Hilfe benötigte. »Sag bloß, er hat sich bei dir ausgeheult.«

»Quatsch. Ich habe nur in Sunrise bemerkt, wie aufgekratzt er war. Und gestern hat David mit ihm gesprochen. Ich habe unfreiwillig einen Teil des Gesprächs mitbekommen.«

»Sie musste für eine Kollegin einspringen.«

Schon vor der Tour hatte sie versucht ihre Dienste so zu schieben, dass sie vor und nach den Konzerten mit Kev telefonieren konnte. Besonders vor der Show war es ihm wichtig. Wenn er ihre Stimme hörte, verlor er sein Lampenfieber. Das war schon immer so gewesen. Nur hatte sie ihn früher zu jedem Konzert begleiten können. Damals waren sie schließlich beide noch Schüler und die Konzerte mit dem Bus erreichbar gewesen.

»Wenn sie ihm wenigstens abgesagt hätte ...«

»Fällst du ihr jetzt in den Rücken?«

»Nein, aber wenn die Band die Tour überstehen soll, wäre eine Lösung hilfreich. Kev ist unerträglich, wenn er sie nicht erreicht.«

»Ich weiß.« Während manche bei Lampenfieber unter Schweißausbrüchen litten oder erstarrten, wurde Kev zur kleinkarierten Nervensäge, die alles und jeden zurechtwies. Trotzdem hatte Nele auch einen Job, dem sie nachkommen musste.

Wir erreichten King und schossen ein paar Fotos. Meine gute Laune war verflogen. Ich hatte das Gefühl, Nele verteidigen zu müssen. »Sie macht es nicht absichtlich. Manchmal passt es einfach nicht.«

»Aber die beiden sind schon lange ein Paar ...«

»Ich sag doch nicht, dass sie als Paar nicht zusammenpassen. Zeit, Ort und Situation spielen aber auch eine Rolle.«

»Ich würde ihnen gern helfen.« Luna sah mich mit einem Hundeblick an.

»Dann lob Kev für jeden Auftritt. Ich fange ihn schon ein, wenn er vom Boden abhebt.«

Auf meinen Vorschlag ging sie nicht ein, dabei war der durchaus ernst gemeint. »Willst du auf das Washington Monument?«, fragte ich sie.

»Die Treppen sind für Besucher gesperrt.«

»Sollen wir uns für den Aufzug anstellen?«

»Dann müssten wir warten.« Luna sah auf die Uhr. »Es ist fast Mittag. Lass uns lieber zu den Museen laufen.«

Es war *erst* Mittag. Wir waren kurz nach den Jungs aufgebrochen und nun bekamen wir die Zeit nicht rum. Ich hatte nichts dagegen, in jedes Museum einen Blick zu werfen, aber einen ganzen Nachmittag im Kunstmuseum ...

»Wollen wir erst mal was essen?« Mir knurrte der Magen.

Luna kräuselte die Nase. »Ich habe noch keinen Hunger. Wie wäre es, wenn wir dein Jet-Foto machen und dann was essen?«

Von mir aus. Wenigstens hätte ich dann eine Aufmunterung für Nele.

***

Obwohl alle Sehenswürdigkeiten in dem Park nahe beieinanderlagen, taten mir die Füße weh, als wir das ›Air and Space Museum‹ erreichten. Ich hatte nur Sandalen angezogen. Luna war klüger gewesen und hatte Sneakers ausgewählt.

»Wo müssen wir hin?«, fragte sie.

»Keine Ahnung.« So genau hatten die das im Film nicht gezeigt oder ich hatte mich zu sehr auf die Nachos konzentriert.

Bevor ich lange suchen musste, ging ich in den Souvenirshop und fragte die Verkäuferin nach dem Transformers-Jet. Sie wusste, wonach ich suchte, und bot mir sogleich passende Mitbringsel an. Genau das Richtige für Nele. Ich musste mich nur entscheiden, ob ich neben einem kleinen Jet-Modell auch einen Schlüsselanhänger oder lieber einen Aufkleber haben wollte.

»Und wo finden wir den echten?«, fragte ich die Verkäuferin.

»Steven F. Udvar-Hazy Center.«

»In welcher Etage ist das?«

»Das ist nicht hier. Der Blackbird steht im Boeing Aviation Hangar. Mit dem Auto könnt ihr in etwa einer Stunde dort sein.«

Mist! So war das nicht geplant. Wie viele von diesen ›Air and Space‹-Museen gab es denn?

Diesen Punkt strich ich innerlich ebenfalls von meiner Liste und gab auf. »Also, wo wollen wir essen?«, fragte ich Luna.

»Mir egal.«

»Egal ist Käse.« Auf der Suche nach einem Lageplan ließ ich meinen Blick zum Eingang schweifen. Drei Jungs traten ins Museum, die ich trotz der Sonnenbrillen sofort erkannte. »Sieh mal, wer da ist!«

Luna drehte sich um, sagte aber kein Wort.

Ich hakte mich bei ihr ein und schlenderte mit ihr zum Eingang. »Wer hätte gedacht, dass ihr Metalheads euch für Museen interessiert?«

Logan grinste. »Wer hätte gedacht, dass Mädchen sich für Technik interessieren?«

»Tun wir nicht«, sagte ich. »Ich brauchte nur ein Foto, jetzt machen wir Mädchensachen. Wo war noch gleich das Gebäude für die Hausfrauen?«

»Sei nicht gleich eingeschnappt.«

»Ist sie nicht.« Jayden zog seine Sonnenbrille ab. »Stimmt doch, oder?«

Ich nickte. »Da muss er sich schon mehr einfallen lassen.«

»Seid ihr schon fertig oder wollen wir gemeinsam eine Runde drehen?«, fragte Noah.

»Wir waren wirklich nur für das Foto hier. Jetzt wollten wir was essen. Vielleicht danach?« Ich sah zu Luna, die enttäuscht wirkte. »Obwohl ... eigentlich wollten wir ins Kunstmuseum.«

Logan sah mich mit einem Blick an, der so viel wie ›Mädchenkram‹ sagte.

»Dann essen wir doch zusammen«, sagte Noah. »Ich habe immer Hunger.«

»Bin dabei«, sagte Jayden.

Logan schien nicht erfreut. »Dann lasst uns hier essen. Ich hab keinen Bock, durch den halben Park zu rennen.«

***

Wir hatten die Auswahl zwischen Fastfood und Fastfood. Pommes und Burger waren offenbar das Standardessen für Touris im Smithsonian. Ich hatte gehört, dass es irgendwo indianische Gerichte geben sollte, aber offenbar galt das nicht für alle Museen.

Lunas Handy klingelte. David hatte ihr für die USA extra eine Prepaidkarte besorgt, damit er sie ständig erreichen konnte. Als würden sie sich nicht sowieso rund um die Uhr sehen.

Ich lehnte mich zurück und betrachtete Jayden. Er hatte sich mit einem Arm auf den Tisch gestützt. Den Ärmel hatte er ganz hinuntergezogen. Bis über seinen Daumen. Damit strich er sich über die Unterlippe.

Er wirkte gedankenverloren, aber schon zweimal hatte ich ihn dabei erwischt, wie er mich beobachtet hatte.

Sofort hatten wir beide weggesehen, aber das Gefühl, das sein Blick in mir auslöste, hielt an. Als hätte er Laseraugen, spürte ich ein warmes Prickeln in mir, für das eindeutig er verantwortlich war.

»Wie lange braucht ihr denn?«, fragte Luna ins Telefon. Dann strahlte sie über das ganze Gesicht.

»Lass mich raten«, sagte ich. »Er ist auf dem Weg?«

»Ja.«

»Will er mit ins IMAX, während ihr euch Haushaltsgeräte anschaut?«, fragte Logan.

Luna hatte das Gespräch beendet und wurde rot.

»Dave ist schon verplant«, antwortete ich für sie, »aber eigentlich könnte ich dann ins ›Natural History Museum‹.«

»Allein?« Luna sah mich erstaunt an.

»Warum nicht? Wir können uns um fünf bei den Künstlern treffen.«

Lunas Nase verriet sie, ehe sie etwas sagte. »Ich weiß nicht. Wir können erst dorthin und dann ins Kunstmuseum gehen. Dann bist du nicht allein.«

»Dinos würde ich auch gern sehen«, mischte Jayden sich ein. »Die Jungs haben keine Lust, aber wenn du mich mitnimmst, erlauben sie mir vielleicht einen Ausflug dorthin.«

Seine Mundwinkel zuckten, aber er verkniff sich das Lachen. War das eine Anspielung auf meine Babysitter, die mich keinen Schritt allein machen ließen?

Das schrie nach Rache.

»Was zahlt ihr denn, wenn ich auf Jason aufpasse?«

Logan verdrehte die Augen. »Er heißt Jayden!«

»Schmerzensgeld?« Noah lachte. »Das können wir uns nicht leisten. Nimm ihn oder lass ihn hier. Die Entscheidung liegt ganz bei dir.«

Jayden – Natural History

Die Dinosaurier waren mir einfach herausgerutscht. Mein Gehirn funktionierte nicht richtig, wenn Sam in der Nähe war.

Vermutlich war es eine sehr dumme Idee, den Nachmittag mit ihr allein zu verbringen. Trotzdem wehrte mein Innerstes sich dagegen, einen Rückzieher zu machen. Ich verließ mich auf mein Schicksal oder auf Sam, die lieber Schmerzensgeld für meine Anwesenheit verlangte, als meine Vorlage anzunehmen. Immerhin hatte sie sichtlich Spaß dabei. Sie genoss die Aufmerksamkeit aller Beteiligten. Solange keiner der Weeds dabei war, konnte sie sich darauf verlassen, dass niemand sie in die Schranken wies.

Luna sah aus, als würde sie sich am liebsten unter dem Tisch verstecken oder mit der Wand verschmelzen, bis David sie aus unserer Gesellschaft befreite.

»Gegessen hat er«, sagte Sam. »Muss ich ihn zum Mittagsschlaf hinlegen oder reicht es, wenn ich ihn um fünf bei den Kunstwerken abliefere?«

Von festen Zeiten hielt ich wenig. Entweder ginge Sam mir schon vorher so auf die Nerven, dass jede Minute bis zum Abliefertermin eine Qual wäre, oder die Zeit verginge so schnell, dass ich jede weitere Sekunde auskosten wollte. Ich hoffte auf die zweite Möglichkeit und wollte mir die Zeit mit ihr nicht rauben lassen.

Ich beugte mich über den Tisch zu ihr. »Liefer mich doch einfach am Hotel ab, wenn wir fertig sind.« Das klang locker und unverbindlich, oder? Die anderen sollten nicht zu viel in die Sache mit Sam hineininterpretieren.

»Um fünf am Museum für Kunst finde ich gut.« Noah kratzte mit einer

Pommes den Ketchup zusammen. »Dann können wir anschließend alle gemeinsam etwas unternehmen. Es ist Samstag!«

Noah und sein Kuschelkurs ... Konnte der sich nicht andere Leute suchen?

»Klar«, sagte Sam. »Ich frag die Jungs.«

Luna sah unglücklich aus.

»Hast du etwas anderes geplant?«, fragte ich sie.

»Nein.« Sie sah auf ihre gefalteten Hände. »Wir können ausgehen.«

»Aber?«

Ihre Wangen leuchteten auf. »Können wir vorher ins Hotel?«

Sam riss den Kopf hoch. »Gute Idee!«

»Dann um acht in der Hotellobby?«, fragte Noah. »Wer mitwill, kommt dorthin. Wer keine Lust hat, bleibt im Bett.« Er warf Luna einen Blick zu, der sie gleich wieder rot anlaufen ließ.

Das Mädchen tat mir leid. Wären die Intervalle des Rotanlaufens nur etwas schneller gewesen, hätte sie sich als Blinker bewerben können. Wie hielt sie es nur mit dem Wiesel aus?

Ich beschloss Luna aus der Situation zu befreien. »Wollen wir schon los? Wir könnten im ›Sculpture Garden‹ auf David warten. Wir drei müssen eh in dieselbe Richtung.« Links davon lag das Naturkundemuseum, rechts der Kunstbereich.

David hatte in Logans Proberaum erzählt, dass Luna bald Kunst studieren wollte. Im ›Sculpture Garden‹ wäre sie hoffentlich in ihrem Element. Mir brauchte man schließlich auch nur einen leeren Eimer hinstellen und schon konnte ich mich beschäftigen.

***

»Das eben war nett von dir«, sagte Sam, als wir uns von Luna und David verabschiedet hatten und zum ›Natural History Museum‹ gingen.

»Ich bin nett.«

Sie hob eine Augenbraue.

»Zu allen, die es verdient haben«, fügte ich hinzu.

»Ich werd's mir merken.«

»Besser nicht. Ich mag deine freche Art, aber Luna tut mir manchmal leid.«

Wir betraten das Gebäude, in dessen Eingangshalle ein Elefant stand. Sam reckte den Kopf, riss die Augen auf, aber quatschte weiter, als wäre nichts gewesen: »Nur, weil du sie nicht kennst. Glaub nicht, dass sie bei mir ein Blatt vor den Mund nimmt. Oder bei meinem Bruder. Frag David, wasfür ein Dickkopf sie ist.«

Bestimmt nicht. Das ging mich nichts an. Ich stellte lieber Sam Fragen: »Warum spielst du in keiner Band? Du könntest eine eigene gründen.«

»Weil ich nicht mehr spiele. Ich habe vor zwei oder drei Jahren aufgehört.«

Und warum hatte sie sich dann wie ein Kleinkind an Weihnachten über den Schlüssel zum Proberaum gefreut?

»Wo fangen wir an?«, lenkte sie vom Thema ab.

Ich sah mich um, aber soweit ich es erkennen konnte, sah es überall voll aus. »Wollen wir es oben versuchen?«

»Klar, arbeiten wir uns von oben nach unten vor.«

Im Aufzug sah ich mir die Ausstellungsbereiche auf den einzelnen Etagen an. In der zweiten Etage waren die Dinosaurier ausgestellt. Das hatte ich nicht gewusst, sonst hätte ich nicht gefragt, ob wir oben anfangen wollten. Dachte sie nun, dass ich sie mit dem Vorschlag zu den Dinos gelockt hatte? Das musste aussehen, als hätte ich es echt nötig und würde mich nicht für ihre Wünsche interessieren.

Wir stiegen aus dem Aufzug und auch Sam sah sich um.

»Oh, wie toll! Die haben dort Schmetterlinge?«

Sam hatte mich schlagartig vergessen und schwebte wie hypnotisiert zu einem Hinweisschild.

»Sollen wir sie uns ansehen?«, fragte ich.

Das Funkeln in ihren Augen war Antwort genug. »O ja. Bitte.«

Der Eintritt ins Museum war kostenlos gewesen, aber für den Schmetterlingspavillon brauchte man ein Ticket.

»Warte kurz!« Ich ging zu einem der Museumsmitarbeiter, um zwei Karten zu besorgen. Sam folgte mir.

»Die müssen Sie online kaufen«, sagte der Mitarbeiter. »Nur dienstags gibt es sie hier. Dann sollten Sie aber schon früh kommen.«

»Wie viele Wochen vorher hätte ich sie reservieren müssen?«, fragte Sam. Die Antwort hörte sie sich nicht mehr an.

Über mein Smartphone rief ich die Website auf und sah nach, ob es noch freie Termine gab. Tickets wurden für jede halbe Stunde angeboten und ich klickte mich durch all die Zeitangaben.

Hinter uns standen die Besucher für den Pavillon Schlange. Sam sah sie traurig an und lehnte sich an eine Wand. »Ich wusste nicht, dass man alles vorher reservieren muss.« Sie seufzte. »Wir durften nicht ins Weiße Haus, Jetfire steht nicht in Washington und selbst Schmetterlinge muss man online buchen.«

Alle Termine waren ausgebucht. Auch die für morgen hatte ich gecheckt.

Sams Augen glitzerten verdächtig. Sie weinen zu sehen könnte ich nicht ertragen. Es tat mir furchtbar leid, dass der Tag für sie so blöd gelaufen war, und ich wollte sie aufmuntern. Nur wie? Ich strich ihr eine Haarsträhne hinters Ohr, dann streichelte ich ihr über die Wange. »Du wirst doch nicht aufgeben, oder? Wir reservieren einen Termin oder kommen Dienstag als Erstes hierher, um Karten zu bekommen.«

Sie lächelte. »Du bist süß.«

»Nett, süß ... Heute zeige ich dir meine besten Seiten. Das musst du nutzen. Kopf hoch, die Dinos warten. Oder willst du lieber zu den Edelsteinen? Diamonds are a girls best friend!«

Ich zupfte an den Glitzerohrsteckern, von denen sie gleich drei an einem Ohr trug und streichelte noch einmal über ihre Wange.

»Entschuldigung.« Eine Frau trat zu uns. Ihre weißen Haare hoben sich von ihrer dunklen Haut ab. Eine Armlänge hinter ihr stand ein kahlköpfiger Mann in der Schmetterlingsschlange, der vermutlich zu ihr gehörte.

Ich nahm meine Hand von Sams Gesicht. »Kann ich Ihnen helfen?«

Die Frau lächelte. Furchen zogen sich von ihren Augen über die Wangen bis zu ihren Mundwinkeln. Sie sah mich mit diesem nachsichtigen Blick an, den Omas ihren Enkeln oft schenkten.

»Nein, aber ich würde gern helfen. Vor siebenundfünfzig Jahren haben mein Mann und ich«, sie zeigte auf den Kahlkopf, »uns in diesem Park kennengelernt. Seither besuchen wir einmal im Monat die National Mall, wenn es denn unsere Gesundheit zulässt. Mein Mann ist im Moment etwas schlapp, aber er wollte sich den Ausflug nicht nehmen lassen. Heute ist unser sechsundfünfzigster Hochzeitstag.«

»Herzlichen Glückwunsch«, rief Sam. »Das ist ja toll. Sechsundfünfzig Jahre!«

Ich beeilte mich ebenfalls zu gratulieren, wenn auch nicht so überschwänglich.

»Danke. Ihr jungen Leute seid nicht verheiratet, oder?«

Sam und ich schüttelten die Köpfe.

»Das hat Zeit. Ich wollte euch nicht belauschen, aber ich habe gehört, dass ihr zu den Schmetterlingen wollt. Ich denke, das ist genau das Richtige für euch.« Sie ging zu Sam und flüsterte ihr etwas ins Ohr. Mir zwinkerte sie zu. »Wir wünschen euch viel Spaß!«

Das Ehepaar überließ uns seine Tickets und wir nahmen ihre Plätze in der Schlange ein. Langsam schoben sich die Massen vorwärts, bis auch wir den Pavillon betreten durften.

Sam sagte keinen Ton. Fasziniert beobachtete sie die Schmetterlinge, die auf beiden Seiten des geschlängelten Weges in den Pflanzen saßen oder über unsere Köpfe hinwegflogen.

Der schmale Pfad war voller Menschen, die sich zu den Pflanzen beugten und Fotos machten. Mir war es zu voll, aber Sam hatte alle anderen ausgeblendet. An einem Futterplatz blieb sie stehen und beobachtete, wie die Schmetterlinge von Melonen und Ananas naschten.

»Sie sind so schön. Den blauen habe ich auf Bildern gesehen, aber ich dachte, die Fotos wären nicht echt.«

»Gibt es in Deutschland keine Schmetterlinge?«

»Doch, aber nur wenige und nicht so schöne. Ich habe schon lange keinen mehr gesehen.«

Der blaue Schmetterling mit den schwarzen Umrandungen landete auf Sams Hand. Er hob die Flügel und zeigte uns ihre dunklen Unterseiten. Ganz vorsichtig beugte Sam sich hinunter und flüsterte dem Schmetterling etwas zu. Dann hob sie die Hand und er flatterte davon.

Wir hatten das Ende des Pavillons erreicht und verließen ihn durch die Schleuse.

»Was hast du dem Schmetterling erzählt?«

»Ich habe getan, worum die Frau mich gebeten hat. Sie stammt aus Haiti und dort glaubt man, dass Schmetterlinge Wünsche erfüllen können. Man flüstert sie ihnen zu und die Schmetterlinge tragen sie in den Himmel.«

»Sam?« Ich beugte mich näher zu ihr und flüsterte die Worte beinahe. »Was hast du dir gewünscht?«

Sie stand so nah vor mir, dass sie den Kopf in den Nacken legen musste, um mir in die Augen zu sehen. Beinahe berührten wir uns.

»Das darf ich nicht verraten.«

Sammy – Erste Küsse

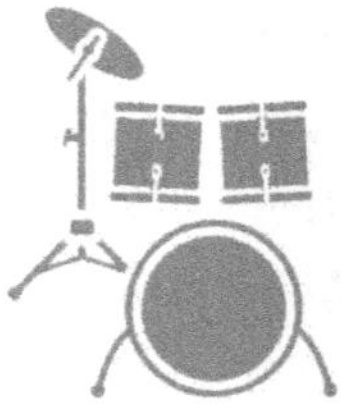

Luna saß auf dem Bett und kämmte ihre Haare. Ich tuschte meine Wimpern. »Soll ich sie dir hochstecken?«, fragte ich.

»Nein. Ich lasse sie offen. Brauchst du Hilfe?«

»Nö.«

In fünf Minuten wollten wir uns in der Lobby treffen. Ich hatte extra für Jayden einen Rock angezogen. Dazu wählte ich Riemchensandalen. Die Füße taten zwar weh, aber das war mir egal.

Wir kamen als Erste unten an. Das dachte ich zumindest, bis ich Dave hörte. »Damn! Geht's noch? Was soll der Scheiß?«

Luna folgte sofort seiner Stimme. Er stand vor unserem Dad, der mit einer Frau an der Bar saß.

Dave bemerkte uns erst, als Luna nach seiner Hand griff.

»Alkoholfrei«, sagte Dad und hob sein Glas an.

Dave nahm es ihm ab und probierte den Cocktail.

»Spinnst du?«, fragte ich. »Du übertreibst!«

»Was soll ich denn denken, wenn er mit einer Fremden Cocktails schlürft?«

Bevor Dad antworten konnte, stand die Frau auf und hielt Dave eine Hand hin. »Mein Name ist Ella. Ich bin die Managerin von ›Flux of Jade‹ und habe ein paar Dinge mit Jack zu besprechen, wenn du nichts dagegen hast.«

Ihr Blick war so herablassend, dass ich nun wiederum am liebsten eine Szene gemacht hätte. Blöde Schickimicki-Tante. Die hielt sich eindeutig für was Besseres.

»Komm, wir gehen.« Luna zog David mit sich.

Ohne mich von Ella und meinem Dad zu verabschieden, folgte ich ihnen. Ella war mir zu unsympathisch, aber Dad tat mir leid. Das hatte er nicht verdient, schon gar nicht vor einem Geschäftskontakt.

Mit ihm und Dave war es immer schwierig gewesen. Unser Vater hatte zu seinen Zeiten als Gitarrist bekannter Bands nichts ausgelassen. Die Probleme, die mit den Drogen einhergingen, hatte Dave ihm nie verziehen. Er war der Älteste von uns und hatte davon einiges miterlebt.

Ich kannte meinen Vater nur so, wie er jetzt war. Clean. Und immer für uns da.

»Können wir los?« Logan betrat als Letzter die Lobby, hatte es aber offenbar eilig.

»Bin bereit!«

»Wie alt bist du?«, fragte mich Noah.

»Fast siebzehn.«

Er sah zu Logan, der den Kopf schüttelte, dann wieder zu mir. »Sorry, aber du kannst nicht mit. In Deutschland mag das gehen, aber hier musst du einundzwanzig sein. Ich habe einen Club gefunden, in den man ab achtzehn darf, das ist schon eine große Ausnahme.«

Mir fehlten die Worte. Was sollte der Mist?

»Dann bleibe ich auch hier«, sagte Luna.

Dave nickte. »Gucken wir uns einen Film an?«

»Nein.« Mein Blick glitt zu Jayden. Er machte eine komische Bewegung mit der Hand. Er drehte sie immer wieder zur Seite, als würde er eine Schraube herausdrehen. Was sollte diese Geste bedeuten? Ich schüttelte den Kopf. »Macht euch einen schönen Abend. Bin eh müde.«

War ich nicht, aber das mussten sie nicht wissen. Die Situation war blöd genug, da wollte ich nicht bemitleidet werden.

Ich winkte allen zum Abschied und stieg wieder in den Aufzug. Im Zimmer erwartete mich nichts. Ich schrieb Nele eine Nachricht.

Bist du wach?

Ich hatte keine Ahnung, wie spät es in Deutschland war oder wann sie Dienst hatte.

Nur ein paar Sekunden später meldete sich Skype. Die Videotelefonate waren kostenlos, da ich hier überall offenes W-Lan nutzen konnte. Sehr praktisch.

»Hey, Nele. Wie spät ist es bei euch?«

»Kurz nach zwei.«

»In der Nacht? Habe ich dich geweckt?«

»Nein. Ich konnte nicht schlafen.«

»Wieder Stress mit Kev?«

»Ärger auf der Arbeit und er versteht es nicht.«

»Ach, Süße. Mach dir nichts draus. Die stehen gerade alle unter Strom. Dave ist vorhin ausgerastet, weil er Jack an der Bar gesehen hat.«

»Mist. Hat Jack getrunken?«

»Ja, Saft.«

»Zum Glück. Warum ist Dave dann durchgedreht? Ich dachte, seit Luna da ist, wäre es besser.«

»Ist es auch. Verbuchen wir es als Rückfall und hoffen das Beste.«

Ich setzte mich mit dem Smartphone aufs Bett und sah zu, wie Nele einen Muffin verputzte. Sie konnte zu jeder Tages- und Nachtzeit essen und trotzdem war sie schlank. »Erzähl«, sagte sie mit vollem Mund, »wie war es im Kunstmuseum?«

»Keine Ahnung.«

»Aber Luna wollte es doch so gern sehen.«

»Sie war auch drin, mit David.«

»Und du?«

»Ich war mit Jayden bei den Schmetterlingen?«

»Wer ist das und was hast du geraucht?«

»Nichts? Jayden ist der Schlagzeuger von F-of-J. Wir waren im Naturkundemuseum und dort gibt es lebendige Schmetterlinge. Du kannst dir nicht vorstellen, wie wundervoll das war. Sie waren wunderschön und einer hat sich sogar auf meine Finger gesetzt.«

»Auf den Pressefotos sieht Jayden nicht schlecht aus.«

»Die sind total gestellt. In Wahrheit spielt er sich nicht in den Vordergrund. Er ist still und hört zu. Und er merkt sich Dinge.« Wie die Schwierigkeiten mit meiner Mum und Steves blödes Kosewort ...

»Und was läuft da?«

»Nichts.« Mal kam er mir so nahe, dass ich jederzeit mit einem Kuss rechnete, und dann ging er mir wieder aus dem Weg. Er war wie ein Magnet, der sich mir mal mit dem einen Pol näherte und im nächsten Moment stieß mich die andere Seite ab. Wie sollte ich da durchblicken?

»Wie langweilig! Wenn du ihn magst, dann nutze die Gelegenheit. Was hast du gegen einen Ferienflirt einzuwenden?«

»Das sagt die Richtige. Hast du jemals einen anderen als Kev geküsst?« Die beiden waren seit Jahren zusammen, obwohl es doch immer hieß, dass Teenielieben nicht hielten.

»Benjamin Kühlemann. Den habe ich im Kindergarten sogar geheiratet. Fast täglich, wenn man meiner Mutter glauben kann.«

»Ist das euer Nachbar mit den fettigen Haaren? Was im Kindergarten geschehen ist, zählt nicht. Dein Glück.«

Wenn der Typ damals schon so eklig gewesen war, verstand ich sehr gut, warum Nele bei Kevin bleiben wollte, sobald sie ihn einmal für sich gewonnen hatte. Die Aussicht, wieder an einen wie Benjamin zu gelangen, hätte mich auch von jedem Gedanken an Trennung oder Untreue abgehalten.

Jayden – Schwächen

Wir gingen in eine Kneipe in der U Street. Die Stimmung war merkwürdig. Kevin war übel gelaunt und hatte an allem etwas zu meckern, Steve hatte es sich irgendwie mit David verscherzt und Sam … Ich hatte ihr ein Zeichen gegeben. Sie hatte den Schlüssel zum Proberaum und wir hätten den Abend dort verbringen können. Doch sie hatte den Kopf geschüttelt und gesagt, dass sie müde sei. War das ein Korb? Ich dachte, dass ihr der Tag gefallen hatte und sie es nicht erwarten konnte, wieder zu spielen. Aber da hatte ich mich wohl gründlich geirrt.

Logan und Noah setzten sich an einen der Tische. »Wir müssen den Abend nutzen«, sagte Logan. »Unter der Woche ist in den Nächten nichts los.«

Für was er den Abend nutzen wollte, war mir schleierhaft. Wie ich ihn kannte, hatte er sich betrinken wollen, dann aber einen Rückzieher gemacht und dem Türsteher seinen echten Ausweis gezeigt. Nur David hatte eines der blauen Bändchen am Eingang erhalten. Ausgerechnet der, der eh nichts trank.

»Sam wird in New York das gleiche Problem haben. Wer traut sich ihr die Nachricht zu verkünden?«, fragte Dave.

»Ich nicht«, sagte Luna. »Wenn sie im Hotel festhängt, wird sie mir die Abende zur Hölle machen.«

David zog sie näher zu sich und flüsterte ihr etwas ins Ohr. Dem Blut nach zu urteilen, das prompt in ihr Gesicht schoss, war es eine Einladung, die Nächte bei ihm zu verbringen.

Ich sagte nichts, aber mir fielen tausende Dinge ein, die ich mit Sam tun könnte: ins Kino gehen, ihr Schlagzeugunterricht geben oder mit ihr in die anderen Museen gehen. Da fiel mir ein, dass ich dringend noch einmal ins Naturkundemuseum musste ...

***

Beim Frühstück fehlte von Sam jede Spur. Vielleicht schlief sie noch. Luna konnte ich ebenfalls nicht entdecken.

»Kann ich deinen Schlüssel zum Proberaum haben?«, fragte ich Noah. »Ich hab ein paar Sachen vergessen.«

»Wo ist dein Schlüssel?«

»Vermutlich bei den Sachen.« Das hoffte ich zumindest, denn dann wäre Sam ebenfalls dort.

Logan schlief noch und Noah sah aus, als würde er sich gleich wieder ins Bett hauen. Bis zum Nachmittag würde keiner von ihnen freiwillig proben.

Noah gab mir seinen Schlüssel. Alles, was ich sonst brauchte, lag im Proberaum. »Bis später!«

Auf dem Weg dachte ich wieder daran, wie Sam gestern Abend den Kopf geschüttelt hatte. Wollte sie wirklich nicht spielen? Oder lag es an mir?

Die erste Frage erübrigte sich, als ich die Tür zum Gebäude aufschloss. Ein satter Beat hallte mir entgegen.

So wie Sam am Schlagzeug saß und sich bewegte, hatte sie eher etwas von einer Ballerina als von einem Metal-Drummer. Zumal die meisten von uns breite Schultern hatten und einen Bart. Sam trug wieder die Sporthose und einen Hauch von einem Oberteil. Wie sollte sich jemand auf ihr Spiel konzentrieren, wenn sie halb nackt auf das Set einschlug?

Trotz meiner Konzentrationsprobleme fiel mir auf, dass sie besser spielte. Sie hatte schnell gelernt, wie sie die Double Bass nutzen konnte. Obwohl ihre Technik nicht optimal war, legte sie ein ordentliches Tempo vor. Fast so schnell spielte ich ›Chained Joys‹. Moment ... Das war ›Chained Joys‹.

Die Instrumente waren so aufgebaut, dass Sam mit dem Rücken zur Tür saß. Ich schlich mich von hinten an und hoffte, dass sie mich nicht bemerkte. Ein letzter Schritt, dann zog ich an dem Kabel auf ihrer rechten Schulter und stopfte den Hörer in mein Ohr.

Sam sprang auf und hielt sich beide Arme vor die Brust. Dabei verlor sie den zweiten Ohrhörer. Das Schlagzeug verstummte, ihre Brust hob und senkte sich im Takt meines Herzschlags.

»Jayden! Wie kannst du mich so erschrecken?«

Sie tat, als wollte sie mich schlagen, aber ich ging einen Schritt zurück und schon konnte sie mich nicht mehr erreichen.

»Ich wusste es! Du spielst ›Chained Joys‹.«

»Ist das verboten?« Sie nahm ihr Handy und schaltete den Ton ab.

»War das live?«

»Klang das etwa wie euer Album?« Sie verschränkte die Arme und wirkte sauer.

»Wo hast du das her?«

»Aufgenommen.«

»Und was hast du da mit deinen Füßen gemacht? Mach das noch mal!« Das war nicht das, was ich ihr beigebracht hatte.

»Das habe ich dir schon beim letzten Mal gezeigt. Jetzt habe ich etwas anderes für dich. Ich habe meine Theorie bewiesen.«

»Welche Theorie?« Musste ich ihr alles aus der Nase ziehen?

»Du kannst nicht spielen!«

»Was?« Mit einem Fuß schob ich den Hocker beiseite und stellte mich direkt vor Sam. »Sag das nochmal, sassy weasel.«

Sie grinste und legte den rechten Zeigefinger auf meine Brust. »Du. Kannst. Nicht. Spielen.« Bei jedem Wort stupste sie mich an.

Ich griff nach ihrer Hand, zog sie nach unten und hielt sie dort fest. »Ich spiele so gut, dass du noch einiges von mir lernen kannst.«

»Aber du kannst nicht zählen! Deswegen hat Logan sich beim Solo verspielt.«

Ich zog sie näher an mich, beinahe berührten wir uns. Sie musste ihren Kopf in den Nacken legen, um mir in die Augen zu sehen.

»Nicht ich hab mich verspielt, sondern Logan.«

»Du bist schneller geworden.«

»Unsinn. Beweise es!«

Sie zog an ihrer Hand. »Wenn du mich loslässt.«

»Nein.« Das kam nicht infrage. Ich setzte mich auf den Hocker und zog sie auf meinen Schoß.

»Jayden, ich bin total verschwitzt!«

»Ist mir egal.«

»Na gut.« Sie lehnte sich zurück und rieb sich an mir.

»Danke, so war das nicht gemeint.«

»Nicht?« Ich hörte das Grinsen in ihrer Stimme.

Sie machte Anstalten, wieder aufzustehen, aber ich umklammerte sie mit beiden Armen und hielt sie fest. Jetzt bedauerte ich die langen Ärmel, die zwischen meinen Armen und ihrem Bauch lagen.

Über ihre Schulter hinweg sah ich zu, wie sie den PIN-Code in ihr Smartphone tippte und ein Video auswählte. Es war nicht nur eine Tonaufnahme des Konzertes. Sie hatte uns gefilmt.

»Hier.« Sie reichte einen Ohrhörer nach hinten. Den anderen behielt sie für sich. Dann scrollte sie durch das Video und suchte die Stelle kurz vor dem Gitarrensolo.

Mit der freien Hand angelte sie nach dem Drumstick, den sie vor Schreck auf den Boden hatte fallen lassen. Ich hob ihn auf und reichte ihn ihr.

»Nur die Eins und die Drei.« Sie versuchte ein Pedal zu erreichen, blieb dann aber bei der Snare Drum. Automatisch setzte sie sich wieder gerade auf.

Sie hatte die Aufnahme zu früh gestartet. Gut zwei Minuten beobachtete ich sie, wie sie auf mein Spiel lauschte und den Takt laut mitzählte.

»Gleich kommt es …«

Das Solo. In Gedanken zählte ich ebenfalls mit und achtete auf meine Schläge, die sie aufgenommen hatte. Sie waren alle korrekt. Genau wie auf dem Album. Ich hatte nicht improvisiert. Nicht an dieser Stelle.

»Hast du es gehört?«

Ich schüttelte den Kopf. »Was denn?«

»Du wirst schneller. Glaub mir, damit kenne ich mich aus.«

»Ach, passiert dir das oft?«

Sie drehte sich um, damit sie mich angrinsen konnte. »Im Gegenteil: Ich kann es gut genug, um es absichtlich falsch zu machen.«

»Ist klar …« Eine bessere Ausrede fiel ihr nicht ein?

»Verrate es Kev nicht, aber früher habe ich immer dann das Tempo angezogen, wenn er an einem schwierigen Part gearbeitet hat. Er war so auf sein Spiel konzentriert, dass er es nie bemerkte. Egal, wie oft er sich meinetwegen verspielt hat.«

Sie strahlte vor Stolz. Nett war es nicht von ihr, aber sie freute sich so sehr darüber, dass ich sie allein dafür hätte küssen können.

Es war so falsch in vielerlei Hinsicht, aber ich musste es tun. Wenigstens dieses eine Mal, sonst würde ich den Gedanken daran nie aus dem Kopf bekommen.

Langsam neigte ich meinen Kopf.

»Komm, ich zeig's dir.« Sam sprang auf, aber ich zog sie zurück zu mir.

»Einen Moment noch.«

»Warum?«

»Bevor du mein Selbstbewusstsein zerstörst und mir zeigst, dass ich doch nicht so toll bin, wie ich glaube, muss ich etwas tun.«

»Was denn?«

Ich legte meine Arme um sie und zog sie noch etwas näher an mich heran. Dann machte ich schnell, um ihr keine Chance zu geben, mir zu entgehen. Ich senkte meinen Kopf und küsste sie.

Sanft legten sich meine Lippen auf ihre. Es war nur eine leichte Berührung. Dann strich ich noch einmal an ihrer Unterlippe entlang, prägte mir das Prickeln jedes Nervs und jeder Zelle ein und löste den Kuss.

»Jayden?« Sam sah mich mit einem strengen Blick an.

Mist! Hatte es ihr nicht gefallen? Hatte ich Mundgeruch?

»Was war das, was deine Lippen da getan haben? Mach das noch mal!«

Nur zu gern! Ich lehnte mich wieder vor, doch dieses Mal wanderten meine Hände höher, in Sams Nacken. Ich führte sie die letzten Zentimeter zu mir und dann war sie diejenige, die mich küsste. Sie tat es fordernder. Ihre Hände krallten sich dabei in mein Shirt.

»Da haben sich die Schmetterlinge aber Zeit gelassen«, hauchte sie zwischen einzelnen Küssen.

»Du warst gestern Abend nicht da.« Nicht, dass ich es gewagt hätte, sie vor den anderen zu küssen, aber im Proberaum hätten wir uns schon gestern vergnügen können. »Ich habe dir extra ein Zeichen gegeben. Du hattest meinen Schlüssel.«

»Ich dachte, du hättest einen Krampf in der Hand. An den Schlüssel habe ich bei dem Gewackel nicht gedacht. Außerdem hättest du gestört. Ich musste erst herausfinden, wo dein Problem liegt.« Sam lehnte sich zurück und sah mich an. »Erst die Arbeit, dann das Vergnügen?« Sie reichte mir die Sticks. »Spiel es!«

Dieses Mädchen machte mich fertig.

Ich spielte den Teil für sie, aber das half nicht. Sie wirkte unzufrieden. »Warte.« Sam schaltete das Video ein. »Jetzt noch einmal!«

Sie stand direkt hinter mir. Wie sollte ich mich dabei konzentrieren? Egal, ich tat, was sie verlangte, und spielte den Song bis zum Gitarrensolo. »Du machst es wieder!«, rief sie.

Sammy – Training

Gestern hatte er ein paar Versuche gebraucht, aber dann hatte Jayden es ebenfalls bemerkt. Ich war mir sicher, dass er beim Solo mehr auf Logan als auf das Metronom achtete. Wenn er das einmal kapierte, würde er den Fehler nie wieder machen. Hoffentlich galt das dann auch für Logan.

Am Abend wollten Jayden und ich noch einmal gemeinsam üben. Falls er es dann richtig machte, musste ich vorbereitet sein und ihn mit einer Kleinigkeit überraschen.

Obwohl es Montagmorgen war, stand ich deshalb früh auf und nutzte die Gelegenheit, um kurz nach Luna und Dave zu verschwinden. Schlauer wäre es gewesen, vorher die Öffnungszeiten zu checken, denn dann hätte ich nicht vor einem geschlossenen Museum gestanden.

Ich holte mir einen Kaffee und setzte mich mit dem Becher in den Park. So früh morgens war es ruhig. Vielleicht lag es auch daran, dass es ein Montag war. Ich wartete bis kurz vor zehn, dann ging ich zum Eingang, um es noch vor den Reisebusladungen hineinzuschaffen.

Ich wollte eh nur zum Shop und der war morgens hoffentlich leer. Am Samstag hatten wir uns die Dinosaurier nicht mehr angesehen, aber im Onlineshop des Museums hatte ich das perfekte Geschenk entdeckt: ein Dinohaus mit fünf supersüßen bunten Dinos. Alles aus Plüsch.

Ich kaufte das Haus und machte mich damit auf den Weg in den nächsten Shop. Dort gab es Edelsteine und Schmuck – sogar Schmetterlingssouvenirs. Ich dachte an Ohrringe, aber nichts gefiel mir. Nach einer halben Stunde gab ich es auf. Die Erinnerung war eh viel besser.

Die Eingangshalle hatte sich bereits deutlich gefüllt. Es hatte sich eine Schlange gebildet, die sich nur langsam abbaute, weil so viele Taschen kontrolliert werden mussten.

Ich ging an den Wartenden vorbei und blieb an den Stufen des Museums stehen. Sollte ich zurück ins Hotel fahren oder noch eine Runde durch den Park drehen?

»Sam?«

Ich drehte mich herum. »Jayden? Was machst du denn hier?«

Er trug Jeans und ein weißes Shirt, wie immer mit langen Ärmeln. Es reflektierte die Sonne, sodass ich blinzeln musste.

»Das könnte ich dich auch fragen.« Er kam näher und hielt eine Hand hinter seinen Rücken. Mein Herz klopfte schneller. Gestern im Proberaum war alles unbeschwert gewesen. Zum Abschied hatten wir uns noch einmal geküsst, aber dann waren wir getrennte Wege gegangen. Ich wollte nicht, dass meine Brüder mich mit ihm sahen. Im Hotel war mir das Risiko zu hoch. Und jetzt wusste ich nicht, wie ich mich verhalten sollte. Da weitermachen, wo wir das Training beendet hatten, oder cool bleiben und Abstand halten?

»Eigentlich wollte ich dich damit heute Abend überraschen.« Er zog ein Stofftier hinter seinem Rücken hervor. »Aber wenn du schon hier bist ...« Er reichte es mir mit dem Schwanz voran.

Ich drehte es herum und dann erkannte ich es. »Wie süß! Ein Frettchen.«

»Ein Wiesel!«

»Nein, das ist ein Frettchen. Neles Freundin hat eins, das ihm ähnlich sieht.«

»Wiesel!« Jayden beugte sich vor und gab mir einen Kuss auf die Wange. »Danke für deine Hilfe.«

»Gerne ... Eigentlich solltest du es auch erst heute Abend bekommen und nur dann, wenn du das Zählen gelernt hast, aber ich will mal nicht so sein.« Ich griff in die Einkaufstüte, zupfte blind alle Dinos aus ihren Höhlen und reichte Jayden das leere Dinohaus.

»Danke.« Er betrachtete es von allen Seiten. Innerlich lachte ich mich schlapp über die vielen Fragezeichen in seinem Gesicht.

»Du wolltest Dinos sehen?« Nacheinander reichte ich ihm die Dinos. »Die gehören in die Höhlen.«

Jeden einzelnen sah er sich genau an und steckte ihn dann ins Haus. Wenn er so wie jetzt lächelte, bildeten sich Grübchen in seinen Wangen. Es sah niedlich aus und gleichzeitig zum Anbeißen. »Hast du Lust auf eine Bootstour?« Ich wollte ihn für mich allein haben.

»An was hast du gedacht? Gibt es hier Fähren?«

»Weiß ich nicht, aber es gibt Tretboote.« Ich zeigte in Richtung des Sees.

»Bin dabei.«

Ich wollte schon loslaufen, da fiel mir plötzlich wieder ein, dass ich andere Pläne hatte. Ich hatte Luna versprochen mit ihr in eines der Kunstmuseen zu gehen, die sie noch nicht gesehen hatte. Um halb zwölf wollte sie mit Dave von dem Interview zurück sein. Wenn ich nicht pünktlich ins Hotel käme, würden meine Brüder es bemerken und mein Dad würde einen Babysitter für mich engagieren.

»Tut mir leid, Jayden. Ich kann doch nicht.« Es war mir unsagbar peinlich, aber wenn ich jetzt meinen Kopf durchsetzte, würde es alles nur noch schlimmer machen. »Ich muss zurück. Luna und ich sind verabredet.« Um wieder hierherzufahren. Das war doch total dämlich, dass ich Jayden versetzen musste, statt die Zeit, bis Luna hier wäre, mit ihm zu verbringen.

»Okay.« Er lächelte. »Teilen wir uns ein Taxi?«

Das war nicht so gut wie ein Tretbootausflug, aber trotzdem ziemlich gut. Sobald wir saßen, tasteten Jaydens Finger nach meiner Hand. Ich rutschte näher, bis ich mich an ihn anlehnen konnte.

»Sehen wir uns heute Abend?« Er zog meine Hand auf sein Bein und streichelte über meinen Arm.

»Wenn du versprichst zu üben, obwohl du die Belohnung schon kassiert hast.«

Er lachte. »Ich werde mir jeden Dino verdienen.«

»Braver Jayden.« Ich wuschelte mit einer Hand durch seine Haare. Die Locken hatten mich von Anfang an fasziniert. Es juckte mich ständig in den Fingern, an einzelnen Locken zu zupfen oder meine Finger beim Küssen in seinen Haaren zu vergraben.

Am Hotel war Schluss mit Händchenhalten. Wir baten den Taxifahrer uns einen Block vorher abzusetzen. Dort stahl ich mir einen letzten, aber dafür sehr atemberaubenden Kuss, dann schlichen wir uns einzeln zurück auf unsere Zimmer.

Das Wiesel-Frettchen verstaute ich im Kleiderschrank und warf, nur zur Sicherheit, ein Shirt darüber. Zum Glück hatte ich damit nicht gewartet, denn Luna kam früher als erwartet zurück. »Na, war es so langweilig, wie ich es dir prophezeit habe?«, begrüßte ich sie.

»Es waren ein paar neue Fragen dabei.«

»Und David hat Dinge geantwortet, mit denen du nie im Leben gerechnet hättest?« Nicht nur, dass es langweilig war, stumm danebenzusitzen, die Fragen waren immer mehr oder weniger identisch. Warum konnten die nicht halbwegs kreative Fragen stellen?

»Ja. Ich hätte nie gedacht, dass Kevin mal eine Gitarre auf der Bühne zerschmettert hat.«

»Was?« Ich prustete vor Lachen. »Das haben sie erzählt?« Es war zur Anfangszeit von ›Bad Weeds Grow Tall‹ gewesen. Paul, Steve und Kev hatten gewettet. Kev hatte verloren. Er musste sich wie ein wilder Rockstar benehmen, aber er hatte gemogelt – er hatte eine billige Gitarre im Internet ersteigert, statt Charline zu opfern.

»Können wir los?« Luna hielt ihren Rucksack bereits in der Hand. »Das Portrait-Museum soll sehr interessant sein.«

Klar, es gab schließlich kein Internet, in dem man sich die Gesichter der ehemaligen Präsidenten hätte anschauen können. Furchtbar spannend. Besser, als blöd im Zimmer zu sitzen, aber eine miese Idee, im Vergleich zu dem Tretbootausflug mit Jayden.

»Was machst du heute Abend?«, fragte ich Luna. Gestern war sie mit Dave unterwegs gewesen und ich konnte mich deshalb unbemerkt aus dem Hotel schleichen. Für heute Abend brauchte ich eine ebenso gute Lösung.

»Die Jungs haben Termine. Wie wäre es mit Kino?«

Mist! »Weiß nicht.«

»Essen gehen?«

»Nee.« Wie konnte ich sie beschäftigen, ohne selbst anwesend sein zu müssen?

Luna lächelte. »Das Gleiche wie gestern?« Sie zog die Nase kraus, dann stürmte sie ins Bad.

»Mit dir und David ausgehen?«, rief ich ihr hinterher.

Sie kam zurück und drückte mir einen Labello in die Hand. »Ich glaube, ich fahre allein ins Museum.«

»Hab ich was angestellt?« War sie sauer auf mich?

»Wenn ja, dann will ich es nicht wissen.« Sie zeigte auf den Labello. »Zu viel Küssen trocknet die Lippen aus.«

Ertappt fuhr ich mit dem Zeigefinger darüber. Sie waren wirklich spröde. Ahnte Luna, was gestern passiert war?

Sie umarmte mich zum Abschied. »Ich weiß ja, wie deine Brüder sind, wenn es um dich und Jungs geht. Bis zum Abendessen hast du sturmfrei. Oder sollte ich dich doch besser mitnehmen?«

Ich grinste. »Nicht nötig.« Zum Dank drückte ich sie.

»Benimm dich.« Sie zwinkerte mir zu.

»Wir spielen nur Schlagzeug, versprochen.«

Luna öffnete die Tür und trat auf den Flur. »Den Labello beim Schlagzeugspielen nicht vergessen!«

***

Wir trafen uns auch am Dienstag und Mittwoch. Der Proberaum wurde zu unserem Rückzugsort, an dem jeder von uns ganz er selbst sein konnte. Ich mochte es, mit Jayden zu reden. Er verstand mich. Wenn ich ihm von meiner Familie erzählte, hörte er zu und nahm mich ernst. Und er konnte gut küssen.

»Willst du noch spielen oder kann ich dich zu etwas anderem überreden?«, fragte Jayden am Donnerstag.

Schon gestern hatte ich mehr gespielt, als er geprobt hatte. Heute hatte ich den ganzen Abend am Schlagzeug gesessen. Er hatte keinen einzigen Schlag getan, sondern mich beobachtet, im Nacken gekitzelt und geküsst.

»Was hast du vor?«

»Verrate ich nicht.« Er nahm seinen Rucksack und rief uns ein Taxi.

»Nachts im Museum?«, fragte ich, sobald ich erkannte, wo das Taxi uns absetzte.

»Die haben geschlossen.« Jayden griff nach meiner Hand und führte mich durch den Park zum Lincoln Memorial. Dort holte er eine Decke, Getränke und Sandwiches aus seinem Rucksack.

»Was hast du da noch alles drin? Ein Zelt?« Das musste er schon heute Nachmittag vorbereitet haben.

»Damit kann ich nicht dienen, aber mit Vollmond. Angeblich soll man hier den besten Ausblick der Stadt haben.«

Ich setzte mich zu ihm auf die Decke und betrachtete den Mond im Spiegelbecken. »Definitiv den schönsten Ausblick.«

Jayden legte einen Arm um meine Taille und rutschte näher zu mir. »Schön, dass es dir gefällt.«

Ich kuschelte mich an ihn und nickte an seiner Schulter. Es war wundervoll. Bei Tag hatte ich diesen Ort bereits beeindruckend gefunden, doch die Nacht verlieh ihm eine völlig andere Atmosphäre. Es waren nur wenige Menschen in der Mall und wer jetzt noch unterwegs war, gierte nicht nach Sehenswürdigkeiten, sondern genoss die Nacht.

Jayden schwieg neben mir. Sein Blick ruhte auf dem Wasser, dessen Oberfläche gelegentlich vom Wind verzerrt wurde.

»Bist du für das Konzert vorbereitet?«, fragte ich. »Oder sollen wir morgen Vormittag noch einmal üben?«

»Keine Sorge, Wieselchen. Ich hab's im Griff.« Er beugte sich vor, um die Decke über meine Beine zu ziehen, dann legte er eine Hand an meine Wange, damit ich ihn ansah. »Bekomme ich heute Abend schlagzeugfrei?«

»Einverstanden.« Zur Bestätigung bekam er einen Kuss. Ich brauchte kein Schlagzeug, um die Zeit mit ihm zu genießen.

Jayden – Killerklauseln

Unbemerkt schlichen wir uns vom Backstagebereich zurück ins Hotel. Ich presste die Keycard an den Scanner und wartete auf das grüne Blinken.

»Nach dir«, sagte ich und winkte Sam hinein.

Sie sah sich kurz um, dann sprang sie mit Schuhen auf das Bett. »Das muss gefeiert werden.« Sie hüpfte wie ein tollwütiges Kleinkind auf der Matratze und streckte die Hände nach mir aus. Bei jedem Sprung knallte das Kopfteil des Bettes gegen die Wand.

Ich reichte ihr meine Hände und hielt sie fest. »Etwas leiser, bitte. Die denken, wir treiben hier sonst was.«

»Ist mir egal. Hauptsache, meine Brüder merken es nicht und die stehen beide noch auf der Bühne.«

Sie protestierte, setzte sich aber neben mich aufs Bett. Einen Moment lang war sie still, dann sah sie mich an. »Du hast echt Angst, dass uns einer hört, oder?«

Ich zuckte mit den Schultern. »Wäre nicht gut.«

»Warum?«

»Unser Vertrag verbietet es. Keine Krankheiten, keine Drogen, keine Freundin.«

»Was?« Sie lachte. »Wer unterschreibt denn solche Killerklauseln?«

»Wir.«

»Und wenn ihr dagegen verstoßt, drehen sie den Geldhahn zu?«

»Dann verlangen sie das Geld zurück. Vollständige Rückabwicklung des Vertrags.«

Sam ließ sich nach hinten fallen. Ihre pinkfarbenen Haare breiteten sich auf dem Bett aus wie ein Fächer. Ihre Beine baumelten über den Bettrand. »Warum lasst ihr euch so verarschen?«

Ich lehnte mich ebenfalls zurück und stützte mich auf einen Ellenbogen, um sie besser ansehen zu können. »Nicht jeder hat einen Dad, der einen Namen in der Branche hat und sich um das Management kümmert. Wir waren froh über den Vertrag.«

Sam stemmte die Ellenbogen in die Matratze und richtete ihren Oberkörper wieder auf. »Erstens war es dämlich, den Vertrag zu unterschreiben, denn dann könnte das hier Ärger bedeuten.« Sie deutete mit einem Finger von sich zu mir.

»Zweitens?«, fragte ich, obwohl mir bereits erstens scheißegal war. Ich wollte Sam hier bei mir haben und solange sie nicht das Hotelzimmer demolierte, würde es schon keiner merken.

»Zweitens haben ›Bad Weeds‹ den Vertrag und die Tour verdient. Jeder von denen ist besser als ihr. Kev ist ein verdammter Gitarrengott und Steve spielt viel präziser als du.«

»Meinst du?«

Sam richtete sich auf. Eine Hand legte sie auf meine Brust und drückte mich auf die Matratze, mit der anderen zeigte sie auf mich. »Das weiß ich. Aber du hast Talent. Mit ein wenig mehr Unterricht von mir könntest du es schaffen.«

Ich griff nach ihrem Arm und drehte sie herum, sodass sie wieder mit dem Rücken auf der Matratze landete. »Du kleines Biest.« Nun beugte ich mich über sie. »Werd nicht frech!«

»Sonst?«

Sie versuchte sich unter mir herauszuwinden, aber ich umfasste ihre Handgelenke und hielt sie über ihrem Kopf fest.

»... werde ich das unterbinden müssen.«

»Meinen Nachhilfeunterricht? Gib zu, dass ich recht hatte!«

Ich beugte mich zu ihr herunter, bis sich unsere Nasenspitzen fast berührten. »Du hattest einen guten Riecher.« Mit meiner Nase stupste ich gegen ihre. »Aber du bist zu vorlaut.«

»Nur weil ...«

Meine Lippen stoppten ihre Widerworte. Es war kein Kuss. Ich streifte sie nur einmal.

»Mehr«, hauchte sie.

»Wovon?«

»Unterbinden.« Ihre Wangen färben sich rosa.

Ich verlagerte mein Gewicht auf den linken Arm und strich ihr mit der freien Hand über die Wange. Sie sah wunderschön aus. Die Wangen leicht gerötet, die Augen funkelten und ihre Lippen ... Sanft fuhr ich mit dem Daumen die Kontur entlang, dann wanderte meine Hand tiefer an ihren Hals und gab den Platz frei. Dieses Mal küsste ich sie richtig. Meine Hand drehte ihr Kinn und führte sie zu mir. Meine Zunge fuhr über ihre Lippen.

Sam erwiderte den Kuss. Schüchtern bewegte sie sich. Ihre Hand verstärkte den Druck um meine Finger.

Ich drehte mich auf die Seite und zog sie mit mir, bis sich unsere Körper berührten. Meine Hand wanderte in ihren Nacken. Meine Zähne erwischten ihre Unterlippe. Ich hielt sie fest und zog daran. Dann küsste ich sie erneut.

Sie schmeckte nach Pfefferminzkaugummi und Cola. Eine ekelhafte Mischung, aber in diesem Moment das Köstlichste, was ich mir vorstellen konnte.

»Dein Vertrag ...«, flüsterte sie unter meinen Lippen.

»Scheiß drauf!«

Sam schüttelte den Kopf und wich einen Zentimeter zurück. »Ich werde es keinem erzählen.« Dann küsste sie mich. Ihre Finger krallten sich in mein Shirt, kratzten über meinen Rücken und bohrten sich in meinen Nacken.

»Stopp!« Ich wich zurück und taste nach Blut auf meiner Haut. Scheiße! Sofort dachte ich wieder an damals. Kim hatte mich mit ihren langen Fingernägeln gekratzt. Ich hatte es zunächst gar nicht bemerkt. Sie war es, die aufgeschrien hatte, als sie das Blut auf den Laken entdeckte.

Doch jetzt blieben meine Finger sauber, egal wie oft ich über meinen Nacken fuhr. Sam hatte mich nicht verletzt. Auch an ihren Fingern klebte kein Blut.

Sam sah mich verständnislos an. »Was ist los?«

Ich hatte völlig überreagiert. Das war los. Ich hatte schon Schiss vor einem harmlosen Kratzer. Aber das konnte ich ihr schlecht erzählen, wenn ich ihr die Begründung für meine Sorgen verschweigen wollte.

»Deine Brüder werden gleich zurückkommen. Luna wird sich fragen, wo du bist, wenn du nicht in eurem Zimmer auf sie wartest. Du solltest gehen.«

Sammy – New York

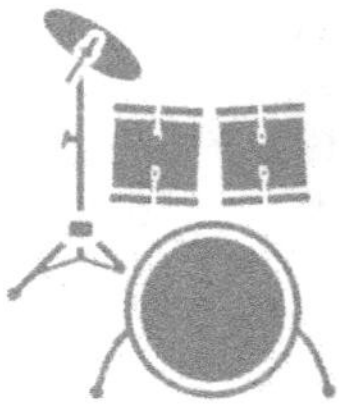

»Kannst du mir das erklären?« Ella stampfte auf Noah zu und hielt ihm ihr Smartphone hin.

Wir waren gerade in New York gelandet und alle noch gerädert vom Flug. Nur Ella nicht. Gleich nach der Landung hatte sie ihre Arbeit aufgenommen. Hätte sie Noah nicht so laut angebrüllt, hätte ich sie nicht bemerkt, aber jetzt sah ich zu ihnen. Mit jedem Schritt, den sie dem Bassisten näher kam, schien er einen Zentimeter zu schrumpfen.

»Was soll das?«, fragte sie.

Noah betrachtete das Display, sagte jedoch nichts.

»Wir haben einen Vertrag, mein Lieber! Hast du das vergessen? Mädchen sind tabu für dich!«

Noahs Mundwinkel zuckten. »Das ist Luna.«

»Wer? Sie kommt mir bekannt vor. Sag bloß, du kennst sie schon länger.«

Noah zeigte in unsere Richtung.

Auch David bemerkte den Streit der beiden und stellte sich demonstrativ vor seine Freundin. »Gibt es ein Problem?«

»Du schon wieder. Du brauchst das Mädchen nicht hinter dir zu verstecken.«

»Ella«, sagte Noah. »Luna ist Davids Freundin. Jemand muss das Foto in Washington gemacht haben. Wir waren alle gemeinsam aus. Es ist ein Zufall, dass sie und ich auf diesem Bild sind. Wo hast du das überhaupt her?«

Ich konnte mir ein Kichern nicht verkneifen. Diese Frau war die geborene Furie. Wie konnte man sich eine solche Person als Managerin für seine Band aussuchen? Das war ja nicht zu ertragen. Nahmen die Jungs sie ernst?

Offensichtlich, sonst hätte Noah anfangs nicht so kleinlaut gewirkt. Auch jetzt hielt er sich zurück. Und Jayden ... Er hatte es mir selbst erzählt. Sie hofften auf die große Chance und hatten einen Vertrag unterschrieben, den sie jetzt einhalten mussten. Eine kleine Geldstrafe wäre vielleicht zu verkraften, aber wenn sie alles zurückzahlen müssten, was sie bekommen hatten ... Ob sie sich das leisten konnten? Keiner von ihnen würde es riskieren. Das hatte ich inzwischen kapiert. Und das erklärte auch, warum Jayden mich aus dem Zimmer geworfen hatte.

»Fahrt ruhig schon ins Hotel«, sagte David. »Wir kommen nach.«

»Wer kommt nach?« Ich hatte nicht zugehört.

»Chrissi hat ein Interview für uns zugesagt. Es wird nicht lange dauern. In zwei oder drei Stunden sind wir am Hotel und holen euch ab.«

»Nö«, jammerte ich. »Wir sind endlich in New York angekommen. Jetzt will ich etwas von der Stadt sehen. Außerdem habe ich Hunger.«

»Ich auch«, sagte Luna. »Wir können etwas essen und uns mit den Jungs in der Stadt treffen.«

David sah wenig begeistert aus. »Ihr zwei allein in New York?«

»Wir werden uns schon nicht verlaufen«, sagte ich. »Außerdem hat Luna ein Handy, auf dem du sie jederzeit erreichen kannst.«

»Ich beeile mich.« Dave gab Luna einen Kuss, dann stieg er zu Kev ins Taxi.

Wir schnappten uns den nächsten Wagen und fragten den Fahrer nach einer Empfehlung, wo wir gut essen und unsere Sightseeing-Tour am besten starten könnten.

Er setzte uns direkt vor einem Restaurant ab. Wir zahlten und schon empfing uns der Lärm. New York bestand nur aus Motorgeräuschen, Hupen und Sirenen. Wie hielten die Leute es nur länger als zehn Minuten auf der Straße aus? Hier wurde man doch verrückt.

Der Geheimtipp des Taxifahrers machte auf Luna und mich keinen guten Eindruck, deshalb liefen wir zwei Blocks weiter, bis wir ein Restaurant fanden, das uns zusagte.

Es war ein italienisches Lokal, das sehr modern eingerichtet war. Die Preise waren hoch, aber das sah Luna zum Glück erst, als wir schon am

Tisch saßen und die Speisekarten betrachteten. Jetzt war es zu spät für Fastfood.

***

»Willst du von mir probieren?«, fragte ich. »Das ist köstlich.« Ich steckte mir eine weitere Gabel der Pasta in den Mund.

Luna hatte sich für Lasagne entschieden, ich mich für die Pasta mit Meeresfrüchten. Ich fand Garnelen schon auf Pizza lecker, aber was der Koch dieses Restaurants damit aus Pasta machen konnte, war unglaublich. Alles schmeckte viel intensiver. Waren die Nudeln selbst gemacht?

Bisher hatte ich nie verstanden, warum die Menschen gern in Restaurants gingen. Ich fand es langweilig, aber jetzt ... Wo gab es nur bei uns so was?

»Sam, hast du dir auf die Lippe gebissen?« Luna legte ihr Besteck ab und beugte sich über den Tisch zu mir.

»Nein. Das hätte ich gemerkt.« Mit der Serviette wischte ich mir über den Mund. Hielt sie die Soße für Blut?

»Sie ist so dick.«

Ich legte die Serviette beiseite und strich mit einem Finger über die Lippe. Es fühlte sich komisch an. Sie war wirklich dicker.

»Bin gleich wieder da.« Das wollte ich mir im Spiegel ansehen. Noch einmal strich ich mit dem Finger darüber. Die Schwellung war deutlich zu spüren.

Die Sanitärräume verfügten über einen Ganzkörperspiegel, vor den ich mich stellte. Ich wollte meinen Augen nicht trauen. Mein Gesicht war fleckig und die Pusteln, die darauf rot aufleuchteten, schienen allesamt geschwollen. Sofort ging ich zu einem Waschbecken und wusch mich mit kaltem Wasser, strich über die Erhebungen an meinen Wangen. Meine Zunge wurde taub. Was, wenn sie auch anschwoll?

Ich sah auf. Es war schlimmer geworden. Im Spiegel konnte ich zusehen, wie sich die Flecken auf meinen Wangen in alle Richtungen ausbreiteten. Sogar um meine Augen herum schwoll die Haut an.

Die Tür schwang auf und Luna kam herein. »Ist es wieder ...« Sie brach ab, als sie mich sah, und riss den Mund auf. »O mein Gott, Sam. Wir müssen einen Notarzt rufen.«

Sie packte mich am Arm und zog mich zurück ins Restaurant.

Ich versuchte mich zu wehren. »Ich kann doch so nicht rausgehen. Sieh mich an!«

»Hilfe«, rief Luna. »Wir brauchen einen Arzt.«

Ein Kellner rannte auf uns zu. »Das Krankenhaus ist gleich gegenüber. Soll ich Sie hinführen?«

»Ja, bitte.«

Luna hielt mich an einem Arm, der Kellner packte mich an der anderen Seite. »Können Sie gehen?«, fragte er, zog mich aber schon vorwärts.

Das Krankenhaus war nur wenige Meter entfernt. Der Kellner lieferte mich direkt vor der Anmeldung ab. »Kommen Sie ab hier allein zurecht?«

»Ja, danke«, sagte Luna.

Die Frau am Empfang sah mich voller Ekel an. Kein Wunder. Ich sah aus wie Quasimodo, der Glöckner von Notre-Dame. Und leider wurde es immer schlimmer.

Luna schien mein Anblick zu beflügeln. Plötzlich sprach sie fließendes Englisch und erklärte der Empfangsdame, dass ich dringend einen Arzt brauchte.

»Sam, kannst du zu den Behandlungsräumen gehen?«, fragte Luna.

»Meine Beine sind in Ordnung.« Mir ging es gut, ich sah nur verdammt scheiße aus.

»Aber deine Augen ... Kannst du sehen?«

»Ja, kann ich.« Und ich wollte so schnell wie möglich weg aus dem Eingangsbereich, wo mich alle anstarrten. In dem verspiegelten Handlauf konnte ich mein Gesicht nur verzerrt sehen, aber es reichte, um das Schlimmste zu erkennen. Die Lippen waren angeschwollen und das ganze Gesicht gleich mit. Es fehlte nicht mehr viel und die Nase würde zu einer Einheit mit meinen Wangen verschmelzen. In dem Spiegelbild waren meine Augen nur noch schmale Schlitze zwischen geschwollener Haut.

»Luna?«, fragte jemand und schon näherten sich Schritte.

Ich hoffte, dass ich mich bei der Stimme verhört hatte. Unmöglich konnte ich in seine Richtung gucken, denn dann hätte er mich gesehen.

Papiertüte! Ich brauchte eine Papiertüte.

»Was machst du hier, geht es dir gut?«

Wer hatte ihm so viel Anstand beigebracht? Luna brauchte keine Hilfe. Er konnte gehen.

Wo waren die schlechten Manieren, wenn man sie mal brauchte? Schon im Museum war Jayden der Haitianerin gegenüber hilfsbereit gewesen. Bestimmt führte er jede alte Dame über die Straße. Konnte ihn nicht irgendjemand um Hilfe bitten? Jetzt! Oder könnte er einfach das tun, was andere Jungs in seinem Alter taten? Computer spielen oder wenigstens wegsehen!

»Sam?«

Zu spät.

»Sie ist … Ich weiß auch nicht … Das ging so schnell«, stammelte Luna. »Gut, dass du da bist.«

Nein, nicht gut. Bitte geh einfach, flehte ich in Gedanken.

»Was ist passiert?« Jayden legte mir eine Hand auf die Schulter und versuchte mich herumzudrehen. Mit aller Kraft krallte ich mich an den Tresen.

»Alles gut«, sagte ich. »Wir sehen uns später im Hotel. Bis dann!«

»Sam!« Er zog fester und schob sich zwischen mich und den Tresen.

Ich schüttelte meine Haare nach vorn und hielt meine Hände vors Gesicht. »Nicht hinsehen!«

Lachte er?

Luna stammelte noch immer zusammenhangloses Zeug vor sich hin und Jayden lachte mich aus? Und das, obwohl er mein entstelltes Gesicht noch nicht gesehen hatte?

»Kommen Sie bitte mit?«, sagte jemand, der hoffentlich zum Personal gehörte.

Meine Hände ließ ich vor dem Gesicht, spreizte die Finger aber weit genug, um hindurchschauen zu können. Sobald ich den ersten Schritt machte, folgten Luna und Jayden mir. »Ich geh allein. Ihr wartet hier!«

Sollte Luna ihm erzählen, was sie wollte. Auf keinen Fall würde er das zu Gesicht bekommen.

***

Es dauerte nicht lange, bis ein Arzt erschien. Für mein Gesicht interessierte er sich zunächst nicht. Er wollte wissen, ob ich atmen und schlucken konnte. »Wir müssen ausschließen, dass Sie Schwellungen im Halsbereich haben.«

Er spritzte mir irgendwas und stellte tausende Fragen.

»Wir sind vorhin erst gelandet«, berichtete ich. »Von New York habe ich nicht mehr gesehen als dieses Restaurant. Wir wollten etwas essen und uns dann die Stadt ansehen.«

»Was haben Sie gegessen?«

In allen Einzelheiten erzählte ich von dem traumhaften Menü.

»Reagieren Sie allergisch auf Schalentiere?«

»Nein. Ich esse oft Garnelen.« Gut, oft war übertrieben, aber bisher war nie etwas passiert.

»Es gibt verschiedene Sorten. Das sollten Sie untersuchen lassen. Einen Allergietest können wir in den nächsten Tagen machen.«

»Aber so lange muss ich doch nicht hierbleiben, oder?«

»Wir müssen sichergehen, dass die Atemwege nicht eingeschränkt werden. Bis morgen werden wir das beobachten. Wenn die Schwellung bis dahin zurückgeht, können wir Sie entlassen. Der Allergietest ist nicht sofort notwendig.«

Super! Das hatte mir gerade noch gefehlt. Falls es bis morgen nicht wieder besser wäre, könnte ich als entstelltes Monster durch New York laufen. Das gäbe tolle Urlaubsfotos.

Jayden – Ausreden

Da Sam wie immer klang, hatte ich mir zunächst keine Sorgen gemacht, aber als Luna mir erzählte, was passiert war, und die Wartezeit immer länger wurde, bereute ich es, Sam allein gelassen zu haben. Wenigstens einer von uns hätte bei ihr bleiben sollen.

Stattdessen saßen Luna und ich auf Plastikstühlen im Wartebereich. Sie war völlig aufgelöst und ich wusste nicht, wie ich sie beruhigen sollte.

Plötzlich sprang sie auf. »Oh, wir haben nicht gezahlt.«

»Was?« Das Krankenhaus hatte sich bestimmt eine Kreditkarte geben lassen. »Keine Sorge. Das Krankenhaus rechnet das schon mit euch ab.«

»Nein.« Luna wurde hektisch. »Im Restaurant. Als es Sam schlecht ging, sind wir ohne zu zahlen gegangen. Der Kellner hat uns hergebracht.«

»Und? Die sind froh, wenn sie nicht von euch verklagt werden. Mach dir darum keine Sorgen.«

Luna nickte, wirkte aber nicht überzeugt. »Ich warte auf Sam, dann gehe ich rüber und bezahle.«

Eine Schwester kam auf uns zu. »Gehören sie zu Samantha Wilson?«

»Ja.« Luna sprang auf.

»Sie wurde aufgenommen und bittet Sie, ihr ein paar Sachen für die Nacht zu besorgen. Sie können jetzt zu ihr, wenn Sie wollen. Zimmer 412.«

»Danke.«

»Wie geht es ihr?«, fragte ich. »Wie schlimm ist es?«

»Dazu darf ich keine Aussagen machen.«

»Schon klar.« Einer der Aufzüge öffnete gerade seine Türen. Ich deutete darauf, damit Luna sich ebenfalls beeilte, und ging los.

Ein Handy piepte. Luna blieb stehen. »Das ist David. Endlich.«

Am liebsten hätte ich sie stehen lassen. Luna redete auf David ein, aber ich verstand kein Wort. Vermutlich sprachen sie Deutsch.

»Kannst du schon zu Sam gehen?«, fragte Luna plötzlich und sah zu mir.

»Ich? Ja, klar.«

»David ist gleich hier. Ich komme sofort mit ihm nach.«

»Gut.«

Der nächste Aufzug brachte mich in die vierte Etage. Das Zimmer fand ich schnell und klopfte an die Tür. Da niemand antwortete, ging ich langsam hinein.

»Sam?«

Jemand saß auf dem Bett und hielt sich die Decke vor das Gesicht.

»Wie geht es dir?«

»Mir geht es super. Wirklich. Ich sehe nur scheiße aus. Was ist daran so schwer zu verstehen?«

Ich war mir nicht sicher, ob sie gleich weinen oder schreien würde. Trotzdem setzte ich mich auf die Bettkante und legte einen Arm um sie. »Das wird schon wieder. Hauptsache, dir geht es gut. Wir haben uns Sorgen gemacht.«

Sie schüttelte meinen Arm ab. »Du solltest nicht hier sein. Es war richtig, dass du es gestern beendet hast.«

»Was?« Meinte sie das mit uns? Mir fehlten die Worte. »Ich habe nicht Schluss gemacht.«

»Stimmt. Wir waren nie zusammen.«

»Sam ...«

»Nein, schon gut. Ich verstehe das. Euer Vertrag ...«

»So war das nicht gemeint.« Fuck, wie sollte ich ihr die Wahrheit erklären? »Ich habe überreagiert, als ...«

Sam hob eine Hand. »Du musst dich an deinen Vertrag halten. Wenn Ella uns sieht, wissen wir beide, was passiert. Das hat sie heute eindrucksvoll an Noah demonstriert.«

»Ella kann mir nicht verbieten dich im Krankenhaus zu besuchen.«

»Aber ich. Was machst du überhaupt hier? Warum warst du im Krankenhaus?«

»Blut spenden.« Scheiße! War das ernsthaft das Beste, das mir gerade einfallen wollte?

»Aha, der hilfsbereite Jay. Warum wundert mich das nicht?«

Das fragte ich mich auch. Offenbar ging es ihr doch nicht so gut, wie sie dachte. Sie war doch sonst die Erste, die mich durchschaute.

Es klopfte an der Tür, sofort stand ich vom Bett auf. Luna und David kamen ins Zimmer.

»Sammy, was machst du für Sachen?« David ging dorthin, wo ich gerade noch gesessen hatte, Luna trat an die andere Bettseite und zog die Decke etwas zur Seite. »Das sieht schon viel besser aus, Sam.« Dann wandte sie sich mir zu: »Danke, Jayden. Willst du dich nicht setzen?«

Die Decke schüttelte sich. »Er wollte gerade gehen.«

Eigentlich wollte *er* klarstellen, dass er nicht Schluss gemacht hatte. Aber das hatte sich offenbar erledigt.

»Gute Besserung, Sam.« Auf dem Weg zur Tür stoppte ich bei Luna. Sie wirkte verwundert und schien mich mit ihrem Blick etwas fragen zu wollen, doch dann betrachtete sie Dave und die Decke, um sich fürs Schweigen zu entscheiden. »Ich kümmere mich um die offene Rechnung beim Italiener«, flüsterte ich ihr zu. Dann verabschiedete ich mich von David.

Sam – oder vielmehr der Decke – warf ich einen letzten Blick zu, dann riss ich mich los.

***

Immer wieder drückte ich den Knopf, der Aufzug ließ mich warten. Dabei wollte ich nur noch hier raus. Ich entschied mich für das Treppenhaus. Der Seitenausgang wäre näher gewesen, aber ich musste den Haupteingang nehmen, um zum Restaurant zu kommen.

Wie hatte das mit uns so schiefgehen können? Warum hatte ich mich so blöd verhalten? Es war so unnötig gewesen. Ein Kratzer war nun wirklich kein Drama.

Am liebsten hätte ich auf irgendetwas eingeschlagen, aber dann wäre ich gleich wieder im Krankenhaus gelandet und dort wollte ich nicht hin. Nur noch mein Versprechen einlösen und dann weg hier!

Es gab nur einen Italiener, der auf Lunas Beschreibung passte. Bevor sie sich noch aus Angst vor einer Gefängnisstrafe im Hotel versteckte, ging ich hinein.

»Wie geht es der jungen Frau?«, fragte einer der Kellner. »Es tut uns sehr leid.«

Wie erwartet wollten sie kein Geld, sondern baten mich Sam ihre Genesungswünsche auszurichten. Da ich mir sicher war sie so schnell nicht wiederzusehen, müsste ich ihr die Grüße wohl über Luna ausrichten lassen.

Sammy – Frühstück

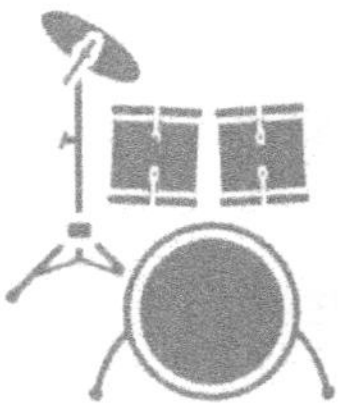

Die Kopfhörer hatte ich mir in die Ohren gestopft und die Musik voll aufgedreht. Meine Finger klopften im Takt von ›Chained Joys‹ auf das Tablett. Das Smartphone lag friedlich neben dem Brot, das ich nicht angerührt hatte.

Den Geruch von Reinigungsmitteln und Latexhandschuhen hatte ich ausgeblendet, meine Augen geschlossen. Alle meine Sinne richteten sich auf meine Erinnerungen an unseren letzten Abend im Proberaum.

Es war meine eigene Interpretation von ›Chained Joys‹ gewesen, die ich gespielt hatte, während Jayden mit geschlossenen Augen vor mir gesessen und zugehört hatte. Den Ausdruck in seinem Gesicht würde ich nie vergessen. Er hatte jeden meiner Schläge genossen. Sie in sich aufgesogen und ausgekostet. Erst danach hatte er mich zu unserem nächtlichen Picknick entführt.

Meine Finger hämmerten den Beat auf das Plastik. Sie schmerzten, aber das tat gut. Es half, die Tränen zurückzuhalten.

Warum war Jayden nur so ein egoistischer Idiot gewesen? Er hatte so viel riskiert. Warum hatte er mir nicht gleich von dem Vertrag erzählt? Niemals hätte ich ihn geküsst! Und niemals hätte ich mich in ihn verliebt!

›Chained Joys‹ … Was für ein bescheuerter, passender Titel. Meinen Spaß konnten sie ebenfalls in Ketten legen. Niemals hätte ich mit auf Tour gehen sollen!

Ich öffnete die Augen. Bunte Sterne blitzten auf, weil ich sie so fest zugekniffen hatte. Sie flackerten um David herum, der vor dem Bett stand.

»Dave?«

Er grinste. »Sammy?«

»Wie lange stehst du da schon?«

»Nicht lang. Seit wann spielst du wieder?«

Ich zuckte mit den Schultern.

Hatte Luna gepetzt? Sie war die Einzige, die von meinen Treffen mit Jayden wusste.

»Früher hast du ständig auf etwas eingeschlagen. Aus jedem Gegenstand hast du einen Ton geholt. Kannst du dich noch an Mums Topf erinnern, den du ihr voller Dellen zurückgegeben hast?«

»Nein, aber ihr habt es mir so oft erzählt, dass es mir vorkommt, als wäre ich dabei gewesen.«

Dave setzte sich zu mir aufs Bett. »Warum hast du damals aufgehört?«

»Ich hatte keine Lust mehr.«

»Schön, dass du sie wiedergefunden hast. Ich bin froh, dass Steve dich zum Spielen überreden konnte.«

Dachte Dave, dass Steves Aufforderung in Logans Garage dazu geführt hatte? Dann war ihm einiges entgangen.

»Logan hätte sich gewundert, was in dir steckt. F-of-J hättest du es gezeigt.« Er gab mir einen Stups in die Seite. »Jayden steckst du locker in die Tasche.«

»Er ist ziemlich gut.« Vor allem jetzt, wo er diesen blöden Fehler nicht mehr machte. »Im Gegensatz zu mir verwechselt er die Pedale nicht.«

»Du hast es versucht?«

Mist, verquatscht. »Klar, kennst mich doch.« Er durfte wissen, dass ich vor den Konzerten gespielt hatte, aber auf keinen Fall würde ich ihm von meinen heimlichen Proben mit Jayden erzählen.

»Ich würde es gerne hören. Wann kann ich dich mitnehmen? Du siehst schon wieder besser aus. Lassen sie dich gehen?«

Es war gut, dass Dave allein gekommen war, um mich abzuholen. Zwar zwang er mich das Frühstück zu essen, aber ansonsten war es mit ihm wie immer. Luna und mein Dad wären durchgedreht und hätten alles nur viel schlimmer gemacht.

Das bewies Luna, sobald wir das Hotel erreichten. »Es tut mir so leid, Sam. Ich hätte das eher bemerken müssen. Dann wäre es nicht …«

Mit einer Hand stoppte ich ihren Redeschwall. »Das ging so schnell, dass selbst Flash es nicht hätte aufhalten können.«

»Und wenn es wieder passiert?«

Dann hatte ich für den Notfall ein paar Tabletten, um hoffentlich nicht wieder in ein Krankenhaus zu müssen. »Ich werde weder Pasta noch Meeresfrüchte anrühren. Nur noch gute alte Burger.«

»Soll ich Jayden Bescheid sagen, dass du wieder hier bist?«

»Nein!«

Luna wich einen Schritt zurück. »Okay, kein Jayden.« Mitleid lag in ihrem Blick, aber zum Glück bohrte sie nicht nach. »Willst du dich hinlegen? Die Jungs fahren gleich los.« Heute Abend stand das erste New-York-Konzert an. »Ich könnte bei dir bleiben.«

Musste ich jetzt schon im Hotelzimmer überwacht werden? Wenn es so weiterging, konnte mein Dad wirklich einen Babysitter für mich engagieren. Mit dem könnte ich dann endlich New York erkunden.

So nervös, wie Luna war, brauchte ich sie nicht danach fragen. Außerdem sollte sie nicht das Konzert verpassen. Nur weil ich Jayden nicht sehen wollte, bedeutete es nicht, dass sie Dave nicht mehr anschmachten durfte.

»Ich würde die Jungs gerne sehen, aber vorher duschen und mich umziehen.« So würde ich genug Zeit schinden können. Ich hatte nichts gegen das ›Bad Weeds‹-Konzert, aber Jaydens Auftritt wollte ich zu gern verpassen.

Jayden – Nachtleben

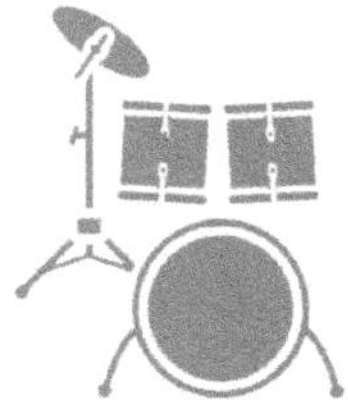

Sam war wieder hier. Logan und Kevin hatten sich darüber unterhalten, dass David sie aus dem Krankenhaus abgeholt hatte.

Einige Male war ich kurz davor, zu ihrem Zimmer zu gehen, nach ihr zu sehen und sie zur Rede zu stellen. Nichts davon tat ich. Mittags hatte ich nur eine Kleinigkeit gegessen, seitdem saß ich auf meinem Zimmer. Die Zeit verstrich, aber ich konnte mich zu nichts aufraffen.

Es ärgerte mich, dass Sam das letzte Wort behalten hatte. Wären Luna und David nicht ins Zimmer gekommen ... Keine Ahnung, was ich ihr dann gesagt hätte. Vermutlich das Falsche.

Mein Smartphone piepte und zeigte mir eine Textnachricht an. Ich ignorierte sie. Allerdings sah ich die Uhrzeit. Schon zehn vor fünf. Shit, ich musste los. Zeit zum Duschen blieb nicht mehr. Ich zog mich schnell um, nur um dann den Ärmel wieder nach oben zu schieben. Ich hatte noch nichts gespritzt.

In der Hektik brauchte ich zwei Anläufe, dann trommelte es auch schon gegen die Tür. »Jay!«

Verdammt! Das war Logan. Ich presste den Kolben der Spritze herunter, zog die Nadel heraus und klebte ein Pflaster über die Armbeuge.

»Jayden!«

»Bin schon da.« Die Tür konnte ich gerade noch öffnen, dann drehte sich alles.

»Wir müssen los.«

»Ja.« Ich nickte und wollte mitgehen, aber meine Beine waren so weich, dass ich schwankte.

Logan fasste mich an der Schulter. »Hey, geht es dir nicht gut?«

»Doch, geht gleich wieder.« Das hoffte ich zumindest. Ich hatte die Menge viel zu schnell gespritzt und wenn ich Pech hatte, kämen gleich noch Kopfschmerzen hinzu. Ideale Voraussetzungen für ein Konzert.

»Mann, du blutest.« Logan zeigte auf meinen Ärmel. Der weiße Stoff hatte sich am Unterarm hellrot verfärbt.

Shit! Eine Ausrede! »Ich muss mich im Bad verletzt haben. Die Duschtür ist kaputt.«

Logan sah in die andere Richtung. »Kriegst du das allein hin? Ich warte draußen.«

Konnte er kein Blut sehen? »Klar, bin sofort bei dir. Gib mir eine Minute.«

Nie wieder weiße Shirts! Der Einstich hatte nachgeblutet. Viel war es nicht, aber es war am Arm heruntergelaufen und sah auf dem weißen Shirt gleich doppelt so schlimm aus. Ich verklebte alles erneut, wusch den Arm sauber und kramte ein schwarzes Shirt aus dem Koffer. Damit hätte niemand etwas bemerkt ...

***

Solange ich spielen konnte, fragte Logan nicht nach meiner angeblichen Verletzung. Er schlug lediglich vor, dass ich mich beim Hotel über die Dusche beschweren sollte.

Während jedes Songs fragte ich mich, ob Sam im Publikum stand oder backstage auf einen der Monitore sah und mir zuhörte. Ich konnte es nicht lassen und baute in zwei Songs Fills von ihr ein. Meine kleine Nachricht an sie, damit sie wusste, dass ich an sie dachte. Die Jungs bemerkten es nicht, aber Sam würde sofort erkennen, dass es ihre Ideen waren.

Ich stellte mir vor, dass sie meine Botschaft erhalten hatte und auf dem Weg zur Garderobe auf mich wartete. Sobald die Idee einmal in mir aufgetaucht war, formte sich daraus eine Hoffnung. Hatte sie es sich anders überlegt?

***

Das Blöde an Hoffnungen war, dass man sie leicht enttäuschen konnte. Sam musste nichts dafür tun, um mir einen erneuten Tritt zu verpassen. »Vergiss es,

Jayden«, schienen die Wände auf jedem Meter des Weges zu schreien. Die Weeds, Securitymitarbeiter und Techniker waren im Backstagebereich, aber keine Sam.

»Habt ihr eure Ausweise mit?«, fragte Logan. Gemeint waren die Fälschungen, auf denen wir über einundzwanzig waren.

»Klar«, sagte Noah. »Party?« Er sah zu mir.

»Bin dabei.« Vielleicht würde mich das auf andere Gedanken bringen.

Logen schlug mir auf die Schulter. »Alter, das wurde auch Zeit.«

»Du hast gestern was verpasst«, sagte Noah.

Sie hatten die ganze Nacht über jeden Club ausgetestet, den sie finden konnten, aber solange Sam im Krankenhaus war, wollte ich nicht feiern.

»Nicht nur gestern. Seit der Tour bist du so still und drückst dich ständig. Gestern nach der Landung hast du dich auch gleich verpisst, statt mit uns was zu essen.«

»Mir war schlecht vom Flug.«

»Du brauchst dich nicht herausreden.« Logan schlug mir auf die Schulter. »Wenn dir alles über den Kopf wächst, zieh dich ruhig zurück. Das ist mir allemal lieber, als wenn du abstürzt und zu einem dieser Drummer wirst, die nur spielen können, wenn sie high sind.«

»Ich kann dich verstehen«, sagte Noah. »Das Tourleben ist merkwürdig. Damit muss man erst mal klarkommen. Aber wir haben ja noch ein paar Tage, um uns daran zu gewöhnen.«

***

Wir waren erst ins Hotel gefahren, weil Logan der Meinung war, dass wir mit Turnschuhen nicht in die Clubs kämen. Außerdem hatten wir alle eine Dusche gebraucht.

»Ihr seid früh dran«, sagte der Taxifahrer, der uns in die Clubs bringen sollte. »Es geht erst in ein oder zwei Stunden richtig los.«

»Ist doch gut.« Logan drehte sich zu Noah. »Dann müssen wir nicht wieder so lange in der Schlange stehen.«

New York war für sein Nachtleben bekannt. Ich hätte mich freuen sollen, aber die passende Stimmung kam nicht auf. Außerdem kannte ich mich in der Clubszene nicht aus. Noah und Logan hatten Adressen rausgesucht und ich folgte ihnen wie ein überflüssiges Anhängsel. Wenigstens gab es keine Probleme mit den Ausweisen. Ich hatte meinen online bestellt und vertraute der Qualität nicht, zumal das Paket aus China gekommen war.

»Die erste Runde geht auf mich.« Logan schob Noah und mir Schnapsgläser zu.

Es brannte im Mund und meine Speiseröhre wurde wärmer. Viel schmecken konnte ich nicht, aber es war okay. Noah und ich übernahmen die nächsten Runden, dann sahen wir uns im Club um.

Es dauerte keine fünf Minuten, bis Logan sich für ein Mädchen entschieden hatte. Wenn sie keinen Freund hatte, der nur kurz auf dem Klo war, würde sie die Nacht mit Logan verbringen. So lief es immer. Komischerweise fielen sie alle auf seine ›Charmanter-Badboy‹-Masche rein.

Noah hielt Logan am Arm fest. »Du kannst dir später ein Mädchen suchen. Lass uns erstmal feiern.«

Ella hatte nur Freundinnen verboten, keine One-Night-Stands. Logan hielt sich für clever, weil er die Grauzone ausnutzte. Ich bezweifelte, dass er auch nur bei einem der Mädchen Interesse an mehr als einer Nacht hatte. Vermutlich spekulierte Ella genau darauf. Würde jemals bekannt werden, was nach den Konzerten lief, könnte sie die Nachrichten gewinnbringend verwerten.

»Die Kleine hat eine Freundin«, sagt Logan. »Einer von euch kann sie haben.«

Das klang, als wären noch ein paar Popcornkrümel in der Tüte, die er dringend loswerden wollte.

»Viel Spaß«, wünschte ich den beiden. »Ich gehe wieder an die Bar.« Vielleicht hätte mich eines der Mädchen von Sam ablenken können, aber das wollte ich nicht ausprobieren. Zwei Drinks lang sah ich zu, wie Logan seinen Charme spielen ließ. Als die Jungs mit ihren Aufrissen von der Tanzfläche verschwanden, verließ ich den Club.

Sammy – Schlaflos

Nach dem Konzert feierten die Jungs backstage. Es war nichts Großes, eher ein gemütliches Beisammensein. Sie sprachen über den Gig und mein Dad erzählte von einer Überraschung, die er morgen für sie hätte. Luna und ich dürften sie begleiten, aber *die Sache* sei nur für Jungs.

»Dann bleibe ich im Hotel.« Ich lehnte mich zurück und verschränkte die Arme. »Wenn ich nicht mitmachen darf, habe ich keine Lust.«

»Du kannst zusehen«, sagte Dad, »aber Mitmachen ist nicht drin.«

»Nö.«

Luna sah zu Dave. Ihre Mundwinkel zuckten nach unten, dann setzte sie ein gekünsteltes Lächeln auf. »Dann machen wir einen Mädels-Tag.«

Wie aufopferungsvoll von ihr. »Ich kann bei Chrissi bleiben, dann braucht ihr keinen Babysitter abstellen.«

»Sammy!« Dave kam zu mir und setzte sich auf die Lehne des Ledersessels. »Wir machen uns Sorgen.«

»Mir geht es wieder gut. Du weißt das! Sag es den anderen.«

»Trotzdem«, sagte Luna.

»Schon gut.« Ich stand auf. »Ich komme mit. Und jetzt gehe ich schlafen.«

»Ich wollte auch gerade gehen«, sagte Steve.

Es war zum Schreien. Ich fühlte mich von allen bedrängt. Jeder schien mich zu beobachten und reagierte, sobald ich die kleinste Bewegung machte. Warteten sie nur darauf, dass mein Gesicht wieder zu einer Wassermelone anschwoll?

Auf einmal wollten auch alle anderen ins Hotel. Zwischen D.C. und New

York war ich zum Partykiller mutiert. Ich hasste die Stadt schon jetzt, obwohl ich noch immer nichts davon gesehen hatte.

***

»Weißt du, was Jack für morgen geplant hat?«, fragte ich Luna, als wir allein auf unserem Zimmer waren.

»Keine Ahnung. David war auch überrascht.«

»Steve hat keinen Plan, freut sich aber trotzdem.«

»Warten wir es ab. Morgen wissen wir mehr.« Luna legte sich ins Bett und zog sich die Decke bis zum Hals.

»Soll ich das Licht ausschalten?«

Sie nickte. »Gute Nacht.«

»Schlaf gut.« Ich streckte mich nach dem Schalter aus, dann lehnte ich mich ans Kopfteil des Bettes. Mein Smartphone zeigte ein Uhr nachts an. In Deutschland war es sieben Uhr morgens. Entweder war Nele arbeiten oder sie schlief – kein guter Zeitpunkt, sie anzurufen.

Ich surfte von einer Seite zur nächsten, aber auf nichts konnte ich mich wirklich konzentrieren. Meine Gedanken kreisten ständig um Jayden und unsere Begegnung im Krankenhaus. Hatte ich ihm das Richtige gesagt? Ja? Ja!

Ich stand auf und holte die Hotelmappe vom Tisch. Mit dem Handy leuchtete ich über die Speisekarte. Sollte ich noch etwas essen? Hunger hatte ich eigentlich nicht. Unser Zimmer hatte keine Badewanne, aber Duschen wäre doch was. Besser, als im Bett zu liegen. Oder schwimmen? Ich sah Luna an. Sie schlief. Dann blätterte ich durch die Mappe und suchte nach Informationen. Gab es einen Pool?

Ich blätterte durch die Seiten, bis ich den ersehnten Hinweis fand. Es war noch besser als gedacht.

Um Luna nicht zu wecken, kramte ich den Bikini aus dem Schrank und stopfte ihn in meine Hosentasche. Damit schlich ich aus dem Zimmer. Ich trug nur meinen Schlafanzug, aber der bestand immerhin aus Shorts und einem T-Shirt. Normale Klamotten sahen kaum anders aus. Und wen sollte ich um diese Zeit schon treffen?

Im Aufzug drückte ich den obersten Knopf, der mich direkt aufs Dach brachte. Niemand war hier oben. Es war ruhig, vor allem für New Yorker Verhältnisse. Und wunderschön. In der Mitte des Rooftops lud ein Pool zum Schwimmen ein. Der Boden war mit Holz ausgelegt, zwei der vier Seitenwände bestanden aus Glas und erlaubten den Blick in die New Yorker Nacht. Wie kleine Lämpchen funkelten vereinzelte Fenster in den Wolkenkratzern. Kaum ein Gebäude war dunkel. Die Stadt lebte, sogar nachts.

Obwohl ich allein war, ging ich in eine der Kabinen, um den Bikini anzuziehen. Ein kluger Gedanke, denn kaum hatte ich ihn angezogen, hörte ich etwas ins Wasser platschen.

Ich ließ den Schlafanzug in der Kabine und ging die wenigen Schritte zum Pool. Die Holzplanken fühlten sich angenehm unter meinen Füßen an. Hoffentlich war das Wasser ebenfalls warm.

Der anderen Person schien es zu gefallen. Ich konnte gerade noch sehen, wie sie sich am Beckenrand abstieß und dann in kräftigen Zügen durch das Becken tauchte. Es war ein Mann, schlank und muskulös. Die letzten Züge tat er an der Oberfläche. Ich beobachtete seine Bewegungen, die Rückenmuskeln, die sich mit jedem Ausholen der Arme anspannten. Dann stieß er sich erneut ab und drehte um. Dieses Mal tauchte er nicht wieder unter. Vermutlich hatte er mich gesehen. Damit ich nicht wie eine Spannerin aussah, ging ich zur Treppe und hielt einen Fuß ins Wasser. Es war wirklich angenehm. Ich stieß mich ab und sprang.

»Sam?«

Meinen Namen hörte ich noch, dann tauchte ich unter. Der Pool war ein schlechtes Versteck, denn kurze Zeit später musste ich auftauchen und mich der Person stellen, die ich am wenigsten erwartet hatte.

»Hast du mich nicht erkannt?« Jayden lächelte.

Na ganz toll! »Nein?« Die nassen Haare hingen glatt an ihm herunter. Keine Spur von den Locken, die mir so gut gefielen. »Du hast weder Tattoos noch Tunnel oder Piercings. Wie soll man auf die Idee kommen, dass man einen Metal-Drummer vor sich hat?«

»Woher willst du das wissen? Vielleicht habe ich Tattoos und Piercings.«

»Du trägst nur eine Badehose. Viel kannst du damit nicht verstecken.«

»Du auch nicht.« Er deutete auf meinen Bikini.

Ich zuckte mit den Schultern. »Nacktbaden ist hier verboten.«

»Seit wann hältst du dich an Regeln?« Er hielt sich mit einer Hand am Rand fest und zog sich näher an mich heran. »Ich habe dich vermisst.«

Ich wich zurück. »Das war keine gute Idee. Ich sollte wieder gehen.«

Jayden umfasste mein Handgelenk und hielt mich fest. »Warum bist du hergekommen?«

»Bestimmt nicht deinetwegen.« Ich riss an meinem Arm, aber er hielt das Handgelenk weiter umschlossen und zog mich damit zu sich.

»Was tust du hier mitten in der Nacht?«

»Ich wollte allein sein, aber das hast du verhindert. Ständig schwirrt irgendwer um mich herum. Nie kann ich machen, was ich will. Immer muss ich begründen, was ich tue. Jeder will mein Babysitter sein. Ich hab die Nase voll!«

Obwohl ich die letzten Worte schrie, blieb Jayden davon unbeeindruckt. »Ich bin nicht dein Babysitter. Du musst mir nichts erklären und du kannst machen, was du willst. Dafür bist du doch hergekommen, oder nicht?«

Ich war hergekommen, weil ich in Ruhe nachdenken wollte. Vor allem über ihn. Er störte dabei.

»Weiß Luna, dass du hier bist?«

»Nein. Sie schläft.«

»Sam, du hättest ihr wenigstens eine Nachricht hinterlassen können, falls sie wach wird.«

»Damit sie herkommt und mich nervt?« Ich zog wieder an meinem Arm. Jayden hielt ihn vorsichtig und doch so fest, dass ich mich nicht befreien konnte.

»Wenn du dich wie ein Kind benimmst, werden sie dich auch so behandeln. Versetz dich doch mal in ihre Lage. Sie machen sich Sorgen um dich, weil du ihnen wichtig bist. Wie würdest du reagieren, wenn einer von ihnen gerade aus dem Krankenhaus kommt?«

Sofort erinnerte ich mich wieder an die Nachricht vom Unfall der Jungs. Etwas war auf die Bühne gestürzt, während die Weeds gespielt hatten. Es gab Verletzte, aber keiner hatte mir sagen können, was genau passiert war.

Ich wusste nur, dass Kev und Dave ins Krankenhaus gebracht worden waren. Dann hatten Luna und ich erfahren, dass Dave lebensgefährlich verletzt worden war. Bis heute wusste ich nicht, wie Luna so ruhig bleiben und das Auto hatte fahren können. Allein der Gedanke, dass ich ihn nie wieder hätte sprechen können, schnürte mir auch jetzt noch die Kehle zu.

»Ich weiß, wie das ist. Ich habe es erlebt. Es ist noch kein Jahr her. Sie mussten Dave sofort operieren.«

Jayden kam noch ein wenig näher und legte seine Arme um mich. »Nicht weinen. Ich wusste nicht, dass ihm etwas passiert ist. Aber es geht ihm doch wieder gut.«

»Schon okay. Du hast ja recht.«

Ich hatte mir verdammte Sorgen um meine Brüder gemacht. David gegenüber hatte ich es nicht so offen zeigen wollen, aber immer, wenn unsere Mum ihn gefragt hatte, wie es ihm ging, war ich froh darüber gewesen, wenigstens auf diese Art an neue Informationen zu kommen. Er hatte die OP gut überstanden und konnte seine Milz behalten. Bis auf die Narbe war er wieder ganz der Alte. Und doch gab es diese Momente, in denen ich mir auf der Bühne jede der Traversen genau ansah, nur um sicherzugehen, dass keine hinunterstürzen und einen der Jungs erwischen konnte.

Jayden hielt mich noch immer und sagte kein Wort. Hin und wieder rollten Wassertropfen an uns hinunter, sonst bewegte sich nichts.

»Geht es dir wieder gut?«, fragte er irgendwann. Seine Finger streichelten über meinen Hinterkopf.

Ich nickte, obwohl ich nicht wusste, ob er die Allergie oder die schmerzhaften Erinnerungen meinte.

»Rede mit den anderen. Ihr werdet eine Lösung finden. Wir waren in Miami allein Eis essen, in D.C. im Proberaum und in der Mall. Sie lassen dich dein Ding machen, solange du dich verantwortungsvoll benimmst und sie merken, dass sie dir vertrauen können.«

Das sagte der Richtige. Ich rückte von ihm ab. »Und was ist mit deiner Verantwortung? Hätte Ella uns beide erwischt ... Das hätte für die ganze Band Probleme bedeutet.«

Er stemmte sich mit beiden Armen am Beckenrand hoch und setzte sich darauf. »Wir sollten reden.«

Die Entscheidung, ob ich nun ging oder mich zu ihm setzte, überließ er mir. Dieses Mal hielt er mich nicht fest oder zog an mir. Unschlüssig sah ich von der Leiter zu Jayden. Mir fiel ein Bluterguss an seinem Arm auf.

»Was hast du angestellt?« Ich zeigte darauf.

»Blut spenden, sagte ich doch.« Plötzlich klang er gereizt. »Reden wir oder reden wir nicht? Es gibt ein paar Dinge, die ich dir gern erklären würde, aber dafür sollten wir am Anfang beginnen.«

»Geht es wieder um den Rausschmiss? Ich habe doch schon gesagt, es war richtig, dass du es beendet hast.«

Jayden schüttelte den Kopf. »Ich habe nichts beendet. Zumindest nicht das, was du denkst. Du wirst es verstehen, wenn ich dir alles erzählt habe.«

Mit einer Hand an der Leiter stieg ich aus dem Becken. Ich hatte keine Lust, mir seine Ausreden anzuhören. »Nein, ich verstehe es. Auf weitere Erklärungen kann ich verzichten.« Ich schnappte mir ein Handtuch und holte meinen Schlafanzug.

»Sam, warte!«

»Nein, Jayden. Ich sollte zurück ins Zimmer, bevor Luna aufwacht und mich sucht. Verantwortung und so. Erinnerst du dich?«

Jayden – Columbia University

In der Nacht hatte ich kein Auge zugetan. Das Gespräch mit Sam ging mir nicht mehr aus dem Kopf. Warum hatte ich mich auch so dämlich angestellt und sie wieder verjagt, wo sie doch zuvor noch in meinen Armen gelegen hatte? Es war mir in dem Moment falsch vorgekommen, einfach mit der Wahrheit herauszuplatzen. Ich wollte sie nicht überfordern. Es musste einen Weg geben, es ihr schonend beizubringen. Und vielleicht konnten wir dann auch wieder zusammenkommen.

Auf keinen Fall wollte ich sie zu etwas drängen. Wenn sie nicht mit mir zusammen sein wollte, dann konnte ich das akzeptieren. Aber sie sollte die Wahrheit kennen, bevor sie sich entschied.

Logan und Noah saßen mir gegenüber am Frühstückstisch und hatten Mühe, die Augen offen zu halten. Mir ging es ähnlich, obwohl bei den beiden vermutlich noch ein ordentlicher Kater hinzukam. Wenigstens der blieb mir erspart.

Ich schenkte uns Kaffee nach. Es blieb nur noch eine Viertelstunde, bis wir uns mit Ella trafen. Sie hatte einen Termin in der Columbia University für uns vereinbart.

Sollten wir jetzt unterrichtet werden? Welcher Prof gab sonntags Vorlesungen? Und wer lernte am Wochenende freiwillig Musiktheorie?

***

»Los jetzt, sonst dreht sie wieder durch.« Ich stieß gegen Logans Schulter, damit er endlich aufstand. Noah war bereits vorgegangen, weil er aufs Klo wollte. Deshalb wunderte es mich nicht, als ich ihn allein im Foyer sah.

»Schläft Ella noch?«, fragte Logan.

»Nein.« Noah reichte ihm einen Zettel. »Sie ist vorgefahren. Wir sollen zu dieser Adresse kommen.«

»Sollen wir was zum Schreiben mitnehmen?« Ella hatte nichts gesagt, aber das hatte bei ihr nichts zu bedeuten.

»Das ist eine Uni«, sagte Logan. »Die werden Papier haben.«

***

Die Columbia gehörte zu den besten Hochschulen weltweit. Erst vor Kurzem hatte ich gelesen, dass sie bei einem Wettbewerb extrem gut abgeschnitten hatte.

Schon jetzt fühlte ich mich fehl am Platz. Die Highschool hatte ich halbwegs gut beendet und wollte bald aufs College gehen, aber die Columbia University war eine andere Liga.

»Wir sind da.«

Das Taxi hielt, aber ich sah nichts, das nach Vorlesungssälen aussah. »Sind wir hier richtig?«

»Das ist die Adresse.«

Ella stand ein paar Meter entfernt und verlagerte das Gewicht von einem Bein auf das andere. Offenbar war es der richtige Treffpunkt.

»Wo bleibt ihr denn?« Sie strich den Rock ihres Kostüms glatt. »Ihr kommt noch zu spät. Dort vorne geht es zu den Umkleidekabinen. Die Studenten warten schon und werden euch alles erklären.«

Was taten wir hier? Das war ein Stadion, kein Klassenzimmer.

»Da sind Steve und Kevin«, sagte Logan.

Kaum hatte ich sie gesehen, entdeckte ich dahinter auch Paul und David. Hatte Ella sie ebenfalls hergeschleppt?

»Wie geil ist das denn?«, fragte Logan. »Das hätte ich Ella nicht zugetraut. In der Highschool wäre ich beinahe Quarterback geworden.«

Klar, ich auch – wenn ich nur einmal am Sportunterricht hätte teilnehmen dürfen. Selbst hatte ich es nie ausprobiert, aber ich mochte Football. Ich sah mir fast jedes Spiel an und der Super Bowl war bei uns zu Hause Pflicht.

»Wer spielt?«, fragte ich.

Einer der Studenten trat uns entgegen. »Ihr!«

»Gegen Euch?« Plötzlich verlor Logan seine Selbstsicherheit.

»Nein.« Der Typ, der mindestens zwei Meter groß und hundert Kilo schwer war, lachte. »Ihr spielt gegeneinander. Wir teilen euch unter uns auf.« Er hatte nicht nur die Statur von Hulk, sondern auch seine Mimik. Gegen ihn würde ich ganz bestimmt nicht spielen.

Wessen Idee war das gewesen? Ellas? Was dachte die sich dabei? Wir sollten Football spielen? Gegen ein College-Team? Wie viele davon würden in der nächsten Saison bei den Profis spielen? Das war eine ganz beschissene Idee! Wenn die uns erst zu Brei geschlagen hatten, müsste Ella sich eine neue Band suchen.

Ich sah mich um. Vier Weeds und drei von uns. »Je zwei Weeds und einer von uns pro Team? Das geht nicht auf. Ich gehe freiwillig auf die Bank.«

»Schön hiergeblieben.« Hulk legte mir eine Hand auf die Schulter. Die allein war so schwer wie ein Sixpack Bier. »Jeder kann mitmachen.«

»Super, aber ich brauche meine Arme und Beine noch.«

»Stell dich nicht an. Wofür gibt es Schutzausrüstung. Los, zieht euch um! Helme nicht vergessen!«, kommandierte Ella.

Innerlich lachte ich mich selbst aus. Das sollte der Sommer meines Lebens werden. Ich hatte einen Plattenvertrag, war mit meiner Band auf Tour und schon jetzt kam das große Finale: Ich durfte zum ersten Mal in meinem Leben Football spielen. So richtig, mit Profis und Vollkontakt. Großartig!

Sollte ich so tun, als hätte ich mir den Fuß verstaucht? Vielleicht könnte ich auf dem Weg zum Spielfeld umknicken?

»Los geht's!« Nach dem Umziehen winkte Hulk uns nach draußen und stellte seine Teamkameraden vor. Den Weeds wurden schnell die Regeln erklärt, dann wurden wir aufgeteilt. Letzte Chance, wenn ich mich drücken wollte. Logan und Noah rannten bereits an mir vorbei. Paul und Steve folgten ihnen, nur Dave drehte sich zur Tribüne. Luna und Sam saßen dort und winkten ihm zu.

»Was ist? Auf geht's.« Kev klopfte mir im Vorbeigehen auf die Schulter.

Wie ein Loser auf der Bank sitzen, mit Sams Blick im Nacken, oder es durchziehen? »Bin schon da«, rief ich und stellte mich zu meinem Team.

Der Quarterback gab uns ein paar letzte Anweisungen, dann ging es los. Vor lauter Körpern um mich herum verlor ich den Überblick. Es war etwas ganz anderes, selbst auf dem Feld zu stehen, als das Spiel am Fernseher zu verfolgen. Wenigstens waren die Studenten rücksichtsvoll und achteten darauf, uns ins Spiel zu integrieren.

Logan und Noah schienen gut damit klarzukommen, aber den Weeds erging es wie mir. Sie irrten unsicher auf dem Feld herum.

Nach ein paar Spielzügen wurde es besser. Wir wussten, wer was zu tun hatte, und liefen zumindest in die vorgegebene Richtung. Plötzlich flog der Football auf mich zu. Meine Chance – ich schnappte ihn und rannte. Weit kam ich allerdings nicht. Ausgerechnet Steve tackelte mich. Er traf mich unterhalb des Schulterpolsters und krachte mit voller Wucht auf meinem Oberarm. Ich ging zu Boden und landete auf dem Football, der sich in meinen Magen bohrte und das Frühstück gegen die Lungen presste.

Fuck! Das hätte nicht passieren dürfen!

Die Studenten hatten Rücksicht auf uns genommen, aber Steve war voll draufgegangen.

»Hey, Mann. Alles okay?« Steve reichte mir eine Hand, um mir aufzuhelfen. Ich ignorierte sie und stützte mich mit beiden Armen vom Boden.

»Halb so wild«, sagt Hulk. »Das gehört dazu.«

Ich nickte. »Glückwunsch«, sagte ich zu Steve. »Du hast den Spielzug beendet.« Dann ging ich vom Feld.

Was war ich nur für ein Idiot gewesen? Football war so ziemlich das Dämlichste, auf das ich mich hatte einlassen können.

»Jayden! Was ist passiert? Geht es dir gut?«

Sam stand plötzlich vor mir. Wenn ich es ihr schonend beibringen wollte, hatte sie keine Lust, mir zuzuhören, aber jetzt alles mit eigenen Augen ansehen? Sicher nicht!

»Sam, auch ich brauche keinen Babysitter. Außerdem ist das die Umkleide. Hier hast du nichts verloren.«

Ich knallte die Tür zwischen uns zu.

Mehr als mein Portemonnaie und meine Klamotten hatte ich nicht bei mir. Wenn ich wenigstens den Rucksack mitgenommen hätte ...

Ich zog das Jersey aus und befreite mich von den Schulterpolstern. Zum Glück hatten die Gelenke nicht viel abbekommen, aber der linke Oberarm wurde schon dick.

»Alles klar?« Hulk kam in die Kabine gestapft und sah auf meinen Arm. »Etwas Eis drauf, dann wird das wieder. Das tut weh, aber in ein paar Tagen ist es wieder in Ordnung.«

Danke für den Tipp. Auf die Idee wäre ich niemals gekommen. »Klar. Hast du Eis?«

»Nimm die.« Er zog zwei Plastikbeutel aus einer Tasche, schlug einmal darauf und reichte sie mir. Sofort wurden sie kalt.

»Danke.«

Damit war ich ihn los und konnte ein Taxi rufen. Höchste Zeit, dass ich ins Hotel kam. Kühlen würde helfen, aber der Arm war schon wieder dicker geworden ...

***

Heilfroh eine Dosis mehr besorgt zu haben, spritzte ich sie und stellte den Rest zurück. Dann legte ich mich aufs Bett, schaltete den Fernseher ein und kühlte den Arm.

Es klopfte. Ich ignorierte es.

Wieder klopfte es. Zweihändig und rhythmisch: eine Viertel, zwei Achtel, eine Halbe. Das war sicher keine Putzfrau. »Sam, jetzt nicht!«

»Jayden? Mach auf!«

Falls Wiesel nicht plötzlich in den Stimmbruch kamen, war das nicht Sam. Ich stand auf und öffnete. »Steve?« Der hatte mir gerade noch gefehlt.

»Du hast Sammy erwartet?«

»Nein.« Ich hatte gedacht, dass das Klopfen ein Zeichen von ihr gewesen wäre. So hatte sie mich manchmal im Proberaum begrüßt. Aber nun kapierte ich, dass es ein Insider zwischen Sam und Steve war. Großartig!

»Scheiße, war ich das?« Er deutete auf meinem Arm. Der Bluterguss in der Ellenbeuge trat neben dem Oberarm in den Hintergrund. Der Muskel hatte einiges abbekommen.

»Dumm gelaufen. Hulk sagte, dass der Arm in ein paar Tagen wieder in Ordnung ist.«

»Wer ist Hulk?«

»Der Student, der uns betreuen musste.«

»Bruce?«

Obwohl mir gerade eigentlich nicht danach war, musste ich lachen. Wie passend, dass der Forscher, der in den Comics zu Hulk wurde, Bruce Banner hieß.

»So kannst du nicht spielen.« Steve setzte sich auf mein Bett und sah mich ratlos an. Dann entdeckte er die Kühlpacks. »Die sind schon zu warm. Ich besorge dir neue.«

»Lass mal. Ich habe noch welche.« Aus dem Rucksack holte ich ein neues und aktivierte es.

»Gut, dass Bruce sich um dich gekümmert hat. Hätte ich das geahnt ... Das wollte ich nicht.«

»Ich weiß. Es ist passiert. Das gehört beim Football dazu.«

Steve wirkte erleichtert. Er machte sich bei mir breit, als wären wir die besten Kumpel. »Und was läuft nun zwischen dir und Sammy?«

Warum nur hatte ich beim Klopfen ihren Namen genannt? »Nichts.«

»Deinetwegen spielt sie wieder.«

»Du hast sie gehört? Bei der Probe in der Capital One Arena?«

»Nein.« Er schüttelte den Kopf. »Sie hat in der Arena gespielt?«

»Sie hat die Roadies bestochen, damit sie an mein Schlagzeug durfte.«

»Verstehe. Wie soll Tom sich auch gegen Sammy durchsetzen? Er sollte dir leidtun.«

»Armer Tom.« Ich machte es mir bequem und presste das Kühlpack wieder gegen den Arm. »Wenn du sie nicht gehört hast, woher weißt du dann, dass sie wieder spielt?«

Steves Blick glitt in die Ferne, als könnte er durch die Wände hindurch zu

Sam sehen. »Sammy spielt nicht einfach Schlagzeug. Sie erzählt eine Geschichte, die sie vorher irgendwo aufgeschnappt hat. Jedes Geräusch ist für sie Musik und fügt sich in ihrem Kopf zu einem Takt zusammen. Wenn sie durch die Stadt läuft, hört sie mehr als wir. All die Stimmen, der Straßenlärm, Vögel, für sie ergibt es ein Gesamtbild, eine Harmonie.« Er lächelte. »Ich habe sie seit Jahren nicht mehr spielen hören, aber ich sehe, dass sie in ihrem Kopf wieder angefangen hat. Wenn sie geht, haben ihre Schritte einen eigenen Rhythmus. Mit jeder Bewegung wird sie zu einem Teil der Geschichte, die ihr die Welt erzählt.«

»Wie lange wart ihr ein Paar?«

»Was?« Steve lachte. »Sammy und ich waren nie zusammen. Als wir uns kennengelernt haben, war sie ein Kind. Jung, aber sehr talentiert. Sie hat mir viel beigebracht.«

»Sie dir?«

»Ja.« Er zuckte mit den Schultern. »Sie hatte schon seit Jahren klassischen Unterricht. Ich konnte ihr nicht das Wasser reichen. Ich habe oft bei den Wilsons geübt, weil es dort keinen störte. Wenn sie zu Hause war, kam Sammy dazu und gab mir Tipps.«

»Erzählst du das in Interviews? Ein kleines Mädchen hat mir das Spielen beigebracht?«

»Nein.« Steve verzog das Gesicht. »Dank einer großartigen Musikerin bin ich heute dort, wo ich immer sein wollte.« Er stand auf. »Und damit meine ich nicht dein Zimmer.«

Ich folgte ihm zu Tür.

»Wenn ich was für dich tun kann, melde dich. Neues Eis besorgen oder so. Ich hoffe echt, dass es bis zum Konzert wieder besser ist und du spielen kannst.«

»Wird schon.« Ich würde die Jungs nicht wegen ein paar blauer Flecken hängen lassen. Wenn es das Schultergelenk gewesen wäre oder der Magen etwas abbekommen hätte, hätte ich ein Problem gehabt. Dafür hätte ich einen Arzt gebraucht. Den Arm bekam ich auch allein wieder hin.

»Und was Sam angeht …« Steve blieb vor der Tür stehen. »Ich finde es gut, dass sie wieder spielt. Vermutlich bist du nicht ganz unschuldig daran. Aber solltest du sie verletzten, dann … Sie wirkt immer so tough, aber sie macht alles mit dem Herzen. Brich es nicht!«

Sammy – Brushes

Ich ging Jayden zwar aus dem Weg, befolgte jedoch seinen Ratschlag. Ich hatte mit Luna und meinem Dad geredet und ihnen versprochen immer ein Handy dabeizuhaben, abends pünktlich im Hotel zu sein und zu sagen, wo ich hinging. Ich zeigte mich verantwortungsvoll – sie ließen die Zügel locker. Tatsächlich war es sogar etwas schwieriger gewesen, Luna zu überzeugen. Aber da mein Dad zugestimmt hatte, konnte sie mir meine Trips wohl kaum madig machen.

Am Dienstag lud ich sie trotzdem auf einen gemeinsamen Ausflug ein.

»Du hast mich im Restaurant zu Tode erschreckt.« Während wir durch Manhattan schlenderten, fing sie schon wieder damit an.

»Ich weiß und ich bin dir dankbar, dass du dich so gut um mich gekümmert hast. Deshalb habe ich eine Überraschung für dich.«

»Echt? Was denn?« Sie blieb stehen.

»Ich habe sie nicht hier. Die gibt es dort drüben.« Ein wenig mussten wir noch laufen, um zum Heliport zu kommen.

Den Rundflug hatte ich online gebucht und alles so geplant, dass wir pünktlich im Süden Manhattans ankommen müssten.

»Spann mich nicht auf die Folter. Was hast du dir überlegt?«

»Willst du noch immer die Freiheitsstatue sehen?«

Wieder blieb Luna stehen. Dieses Mal fiel sie mir um den Hals. »Fahren wir mit der Fähre rüber?«

»Nicht ganz.«

Ich zeigte auf den Helikopter, der gerade zu einer Tour aufbrach. Die

Rundflüge dauerten nur eine Viertelstunde, aber sie sollten jeden Cent wert sein.

***

Ich hatte darauf geachtet, dass der Anbieter Audioführungen anbot. Über Kopfhörer schallte die Stimme zu uns. Nur so erfuhren wir, dass wir die Wallstreet überflogen, die ich sonst nicht erkannt hätte. Anders war es bei der Freiheitsstatue, die uns schon aus der Ferne begrüßte.

Wir flogen über den Madison Square Garden, den Central Park und dann kehrten wir schon wieder um.

Luna und ich hatten in der kurzen Zeit so viele Fotos wie möglich geschossen und doch war es viel zu schnell vorbei gewesen.

»Wenn ich das David erzähle …«

Die zwei waren so süß. Ständig dachten sie an den anderen. »Es war seine Idee.«

***

Steve bestand darauf, dass ich am nächsten Tag mit ihm einkaufen ging. Nein, keine Klamotten, sondern neue Becken. Wir hatten das früher oft zusammen gemacht, aber seit ich nicht mehr spielte, hatte ich auch kein Musikgeschäft mehr betreten.

David musste ihm etwas erzählt haben. Er war der Einzige, der wusste, dass ich wieder spielte, weil ich mich so blöd verquatscht hatte. Und natürlich Luna, der ich von dem Proberaum erzählt hatte, aber sie hätte bestimmt nicht mit Steve darüber geredet.

»Wo willst du hin?«, fragte ich ihn.

»Keine Ahnung. New York ist groß. Es wird schon irgendwo ein Geschäft geben.«

Im Smartphone suchte ich nach Läden, die Schlagzeuge führten. Die Liste war lang. »Die können wir nicht alle abklappern.«

Steve nahm mir das Handy aus der Hand, scrollte durch die Einträge und gab es mir eine Sekunde später zurück. »Da fragst du noch?«

Ich sah auf das Display. Steve hatte die Seite von ›Sam Ash‹ aufgerufen. »Ein guter Name.« Ich klickte mich durch das Menü auf der Homepage. »Die haben einen Drum-Store in der 48. Straße.«

»Dann nichts wie los.«

***

Der Laden war das Paradies. Die Auswahl war groß und wir probierten vieles aus. Steve kam mit einem Verkäufer ins Gespräch, während ich mich weiter umsah. Stunden, vielleicht auch Tage, hätte ich hier verbringen können, aber deswegen waren wir nicht hergekommen. Steve suchte neues Equipment, also ging ich wieder zu ihm. »Brauchst du Hilfe?«

Er grinste. »Ein gutes Ohr.«

»Hab zwei mitgebracht.«

Wir probierten uns durch die Auswahl, spielten alles an und reizten die Geduld des Verkäufers aus. Es war mir ein Rätsel, wie er es schaffte, aber er blieb gelassen und hörte mir aufmerksam zu, wenn ich den Becken verschiedene Töne entlockte.

»Crash oder Ride?«, fragte ich Steve.

»Mh?«

»Wonach suchst du?«

Er sah an mir vorbei und auf einmal durchschaute ich ihn. »Du suchst gar nicht, oder? Du wolltest mich nur herschleppen.«

»Vielleicht. Trotzdem kann ich neue Becken gebrauchen.«

»Dafür bist du mir etwas schuldig.«

»Ist es mir wert.«

Solange Steve selbst nicht wusste, was er wollte, konnte ich ihm auch nicht helfen. Ich ließ ihn allein nach den Becken gucken und probierte die Trommeln aus. Am liebsten hätte ich eine mitgenommen, aber im Hotel konnte ich damit nicht viel anfangen. Es wäre nur eine Frage der Zeit gewesen, bis sich andere Gäste beschwerten. Trotzdem wollte ich etwas mitnehmen. Ich suchte mir Drumsticks und Brushes aus. Bevor Steve mich damit sah, schlich ich zur Kasse.

Zum Glück war meine Tasche groß genug, um die Sticks fast vollständig darin verstecken zu können. Nur die Spitzen lugten heraus.

»Viel Spaß damit.«

Ich schloss die Tasche und musterte den Verkäufer. Ein junger Kerl mit vielen Piercings. »Danke!« Hinter ihm entdeckte ich ein Plakat: ›Open Mic Wednesdays at Sam Ash‹ Neunzehn bis zwanzig Uhr dreißig.

Das könnte lustig werden. Falls Luna nichts vorhatte, könnten wir uns die Auftritte zusammen ansehen. Wenn ich mich beeilte und schnell ins Hotel kam, könnte ich es aber auch noch zu einem eigenen Auftritt schaffen …

»Können wir los?«, fragte ich Steve.

Er hatte zwei Becken in die engere Auswahl genommen, von denen ich eins aussuchen durfte. Die Roadies sollten es abholen und bereits für das nächste Konzert am Freitag aufbauen.

Wir traten aus dem Geschäft, aber ehe ich ein Taxi rufen konnte, baute Steve sich vor mir auf und grinste. »Du hast den armen Verkäufer völlig fertiggemacht.«

Unsinn! »Ich war nett zu ihm.«

»Du warst unglaublich. Der Typ wollte mir den Unterschied zwischen zwei Becken erklären, dann kommst du dazu, entlockst den Dingern völlig einzigartige Klänge und vergleichst sie mit Farbtönen. Dem Kerl blieb der Mund offen stehen. Eigentlich ist es verboten, die Becken anzufassen, aber dich konnte er nicht aufhalten.« Steve lachte. »Spiel wieder. Ich will es hören.«

Ein guter Punkt. Darauf wollte ich ebenfalls zu sprechen kommen. »Bevor du Nein sagst …« Ich winkte nach einem Taxi, denn langsam hatte ich es eilig. »Du schuldest mir was und das werde ich gleich heute einlösen.«

Es war schon fünfzehn Uhr. Wenn ich mich noch stylen wollte, mussten wir uns beeilen. Luna hatte ich gesagt, dass ich erst gegen acht zurück wäre, weil ich mit Steve essen wollte. Hoffentlich war sie im Hotel.

Wir stiegen in das nächstbeste Taxi und auf dem Weg gab ich Steve genaue Anweisungen. Ich wollte nicht nur zuschauen, sondern mitmachen. Dafür brauchte ich Kev und den sollte Steve für mich überreden, während ich mich vorbereitete.

Ich wusste bisher weder, was ich spielen wollte, noch, was ich anziehen sollte. Bequem musste es sein.

Im Koffer hatte ich zwei Stoffhosen, in denen ich schon an Jaydens Schlagzeug gespielt hatte. Die waren super, weil sie die Bewegungen nicht einschränkten. Und dazu? Vielleicht etwas von Luna?

***

Im Hotel angekommen presste ich die Schlüsselkarte so fest gegen den Scanner, dass die Zimmertür aufflog.

Luna schrie auf und im selben Moment sah ich nichts als nackte, tätowierte Haut. Sofort zog ich die Tür wieder zu.

»Super!« Das hatte mir gerade noch gefehlt. Dave hatte sein eigenes Zimmer. Da konnte er ihr von mir aus jedes Tattoo einzeln zeigen.

Plötzlich fiel mir auf, was ich gesehen hatte. Wieder hielt ich die Karte an den Scanner. »Das ist neu«, rief ich und zeigte auf Daves Rücken. Von dem Tattoo hatte er mir nichts erzählt.

»Sammy, wie wäre es mit Klopfen?« Dave kletterte aus dem Bett und reichte Luna eine Hand, um ihr hoch zu helfen. Sie war vollständig bekleidet.

»Warum? Du trägst eine Hose. Entweder seid ihr fertig oder habt noch nicht angefangen.«

»Sam!« Luna hielt sich die Hände vors Gesicht. »Sein Shirt war nass. Ich habe Cola darüber geschüttet.«

Dave blieb locker.

»Das Tattoo?«, erinnerte ich ihn.

»Will hat es gestochen.«

»Wann?«

»Zwischen den letzten Aufnahmen.«

Ich zog meinen Bruder an den Gürtelschlaufen herum, damit ich das Motiv betrachten konnte. »Luna, ist das von dir?«

Es sah toll aus. Ein Baum ging an der Krone und von den Wurzeln aus in ein Oval über. Die äußeren Verzierungen kamen mir bekannt vor, aber noch wusste ich einfach nicht woher. Der Baum war schlicht und beinahe kahl.

Nur vereinzelt hingen rote Blätter daran. Es passte zu David, der sich mit dem Song am meisten identifizierte. Aber da war noch mehr. Ich wusste, dass das Tattoo nicht einfach nur für ›Red Leaves‹ stehen konnte. Luna verstand es zu gut, Dinge miteinander zu verweben. Es waren der Song, vielleicht auch die Weeds und dieser Rahmen, der alles zusammenhielt. »Granny!« Jetzt erkannte ich es. Der Rahmen bestand aus einer Zwillingspanzerkette, ihrer Halskette. Granny umschloss alles, selbst die Weeds, die nur dank ihr zu ihrem Bandnamen und einigen der Songtitel gekommen waren.

Will konnte gut zeichnen, aber das ging über sein Talent hinaus. »Das ist unglaublich, Luna.«

»Sie hat es an Silvester gezeichnet. Erinnerst du dich?«

»Nach dem Feuerwerk«, sagte Luna. »Als wir alle wieder drinnen saßen.«

»Ich will auch so eins.« Lunas Bilder waren so großartig, dass mir ein Tattoo lieber war als ein Piercing. Oder beides?

Dave verdrehte die Augen. »Das klärst du mit Mum.«

»Sagt der mit den vielen Tattoos …« Ich ging zum Schrank und fing an meine Sachen zusammenzusuchen. Über Körperschmuck konnten wir ein anderes Mal reden. Ich hatte zu tun. »Was macht ihr heute Abend?«

»Wir wollten den Film gucken.« Luna zeigte auf den Fernseher. Hugh Grant öffnete gerade eine blaue Tür.

»Das schafft ihr vorher. Wir treffen uns um neunzehn Uhr bei Sam Ash. Hier ist die Adresse.« Ich reichte Dave eine Karte. »Heute Abend haben sie eine offene Bühne und ich würde gern die Show sehen.«

Jayden – Open Mic

»Da bist du.« Steve kam an unseren Tisch und setzte sich auf den freien Stuhl.

Kevin und ich waren uns zufällig im Restaurant begegnet. Paul war kurze Zeit später nachgekommen, allerdings nur mit WhatsApp beschäftig gewesen, Kev und ich hatten uns deshalb allein unterhalten.

Da sich nun auch Steve zu uns gesellte, waren die Weeds fast vollständig. Beinahe hätte ich ihn gefragt, wo David blieb, aber das konnte ich mir denken.

»Wie fit bist du als Jazzgitarrist?«, fragte Steve.

»Keinen Schimmer.« Kevin zuckte mit den Schultern. »Ich würde gern sagen, dass man das nie verlernt, aber ohne Übung vergisst man viel.«

»Dann hoffen wir, dass du Glück hast und Sam sich für Punk entscheidet. Die Brushes, die aus ihrer Tasche lugten, sahen allerdings verdächtig nach Jazz aus.«

»Und?«

»Ihr Auftritt ist in einer Stunde und sie braucht einen Gitarristen. Ein Saxophonist wäre auch gut, aber wo soll ich den auftreiben?«

»Wo tritt sie auf?« Mir rutschte die Frage raus, ehe ich darüber nachdenken konnte, ob es gut war, vor ihrem Bruder so direkt nach Sam zu fragen.

Steve hatte damit kein Problem. »Offene Bühne in Manhattan. Was ist, Kev? Bist du dabei? Als Teilnehmer bekommst du sogar einen Zehn-Dollar-Gutschein.«

»Toll, das reicht nicht einmal für einen Satz neuer Saiten.«

»Du lässt Sammy hängen?«

»Natürlich nicht. Was ist mit dir, Paul?«

»Wenn ich helfen kann, bin ich dabei.«

»Sehr gut.« Steve stand auf. »Seid ihr satt? Ich habe die Adresse. Wir können gemeinsam fahren.«

***

Wir erreichten das Musikgeschäft noch vor neunzehn Uhr. Die Jungs hatten mich eingeladen mitzukommen. Sam stand vor der Bühne und sprach mit einem der Mitarbeiter. Steve öffnete die Glastür und winkte mich hinein, aber ich schüttelte den Kopf. »Ich komme gleich nach.«

Unsicher, ob Sam mich sehen wollte, wartete ich vor dem Laden. Sie hatte alle Unterstützung, die sie brauchte. Einer nach dem anderen umarmte sie und wünschte ihr Glück. Sogar von hier aus konnte ich erkennen, wie nah sie sich standen. Nicht nur für ihre Brüder, auch für Paul und Steve war sie wie eine kleine Schwester. Es war schön zu sehen, wie sehr Sam von allen gemocht wurde, aber irgendwie versetzte es mir auch einen Stich. Ich war einfach kein Teil ihres Lebens. Nicht, wenn sie es verhindern wollte.

Der erste Auftritt gehörte einem Singer-Songwriter. Der Straßenlärm überdeckte die Musik. Von grandios bis grottig hätte er alles sein können, aber da das Publikum applaudierte, musste er sich gut geschlagen haben.

Eine Gruppe von Jugendlichen lief an mir vorbei in den Laden. Ich folgte ihnen, um mich unbemerkt unter die Gäste zu mischen. Keinen Moment zu früh. Sam stieg gerade auf die Bühne. Kevin und Paul folgten ihr.

Eins musste man Kevin lassen. Obwohl er der Star war, trat er hinter seiner Schwester zurück, senkte den Blick und überließ ihr das Publikum. Dieser Abend gehörte ihr und sichtlich sog sie die Stimmung des Publikums auf. Als wäre jeder Gast nur ihretwegen gekommen, richtete sie ein paar Worte an das Publikum, bevor sie begann.

Alles musste improvisiert sein, schließlich hatten Paul und Kevin erst beim Essen von dem Auftritt erfahren, aber Kevin verstand es, eine perfekte Harmonie zwischen der Begleitung durch Paul und Sams Spiel herzustellen.

Zunächst war das Schlagzeug nur eine unaufdringliche Begleitung der Gitarrenmelodie, doch dann drängte es sich weiter in den Vordergrund.

Was Sam tat, war unglaublich. So etwas hatte ich noch nie erlebt. Sie strich mit den Brushes über die Snare Drum, streifte ein Becken, klopfte im Wechsel gegen den Rahmen und den Kessel der Toms und entlockte ihnen verschiedenste Klänge und Rhythmen, die weit mehr als nur Jazz verkörperten.

Viel zu schnell trat einer der Mitarbeiter auf die Bühne und zeigte auf seine Uhr. Die Zeit für die Auftritte war begrenzt und die nächsten Musiker warteten bereits mit ihren Instrumenten in den Händen.

Sam beendete das Stück und trat ans Mikro. »Vielen Dank!« Viele Leute applaudierten, aber die erste Reihe pfiff und schrie. Besonders Steve setzte sich durch und rief Sams Namen über die Köpfe der anderen hinweg.

Sie strahlte.

»Das war toll. Mal was anderes«, sagte der Typ im schwarzen Shirt. »Kenne ich dich nicht?«

Sam schüttelte den Kopf. »Sehr unwahrscheinlich.«

»Nicht dich, ihn! Ich habe dein Tutorial bei ›Vibrating Strings‹ gesehen.«

Kevin spielte es herunter und ging an den anderen vorbei, um von der Bühne zu kommen. »Hey, warte«, rief der Typ ins Mikro. »Jetzt wollen wir etwas von dir hören. Zeig mal, was du noch so kannst.« Er zog das Mikrofon aus dem Ständer und richtete es ins Publikum. »Wollt ihr von Kevin Silver lernen?« Ein paar Jungs riefen ihm ihre Antworten zu. Die Musiker, die als Nächstes an der Reihe waren, blieben still.

»Und das ist Dave, oder? Komm zu uns.« Er bückte sich und hielt David das Mikro hin.

»Sorry, hab keine Gitarre dabei.«

»Schau dich um. Wir finden schon was für dich.«

Sam stahl sich von der Bühne. Luna kam nicht weg, solange Dave am Mikro stand, aber ich konnte an den Gästen vorbei zum Rand der Bühne laufen und holte Sam ein, bevor sie Luna erreichte. »Was war das, was du da mit den ausgefransten Sticks gemacht hast?«

»Jayden?« Sie drehte sich um und ihre Augen wurden groß. »Brushes. Das waren Brushes.«

»Du warst unglaublich.«

Sie lächelte, aber die Euphorie war erloschen. Es sollte ihr Abend sein, aber nun gehörte er ihren Brüdern. Ob sie wollten oder nicht.

»Was hältst du von einer Limo auf dem Rooftop? Und morgen erklärst du mir das mit den Brushes.«

»Du willst mich nur im Bikini sehen.«

»Wenn du willst, komm im Schneeanzug. Ich will mich entschuldigen. Ich hätte die Tür nicht zuschlagen sollen.«

Sam legte den Kopf schief und schien zu überlegen. Sonst war sie immer so schnell mit ihren Antworten, doch jetzt ließ sie mich zappeln. Erst nach einer gefühlten Ewigkeit sagte sie: »Lassen wir das. Ich hätte nicht wegrennen sollen. Neuanfang?«

Kevin begann ein Solo zu spielen. »Lass uns hier abhauen.«

Sam sah zu Luna und schüttelte den Kopf. »Ich lasse sie nicht allein.«

»Morgen?« Wir sollten zwar am Nachmittag nach Hartfort fahren, weshalb wir schon mittags aufbrechen mussten, aber den Vormittag konnten Sam und ich nutzen.

»Sorry, morgen fahren wir nach Boston.«

»Das ist ziemlich weit von hier. Was zieht dich nach Boston?«

Sam lächelte und sah zur Bühne. »Dave hat ein Jahr dort gelebt und möchte seine Gastfamilie besuchen. Sie haben uns alle eingeladen.«

»Also bist du morgen mit deinen Brüdern unterwegs?« Meine Enttäuschung konnte ich nicht verbergen.

»Nein, mit allen. Luna, Steve und Paul kommen auch mit. Allerdings kommen sie erst später dazu. Wir treffen uns abends alle im Hard Rock Cafe. Soll ich dir ein T-Shirt mitbringen?« Sie grinste.

»In New York gibt es auch eins. Wir könnten übermorgen dort hingehen und uns T-Shirts holen?«

»Damit wir im Partnerlook rumlaufen? Nö, ich bleibe beim Boston-Shirt, du bekommst New York.«

Sammy – Brüder

Seit Jahren hatte ich nicht mehr mit Kev gespielt und ganz vergessen, wie großartig das war. Er war ein begnadeter Gitarrist, der mit seinen Ideen perfekt auf mich eingehen konnte. Noch nie hatten wir so etwas auf die Beine gestellt wie bei dieser spontanen Session, aber es war das Beste gewesen, das wir je gespielt hatten. Unglaublich, fantastisch, wiederholenswert.

Der Rest des Abends war leider weniger optimal verlaufen. Es war ein Tumult entstanden, als mehrere Mädchen Dave erkannt und Autogramme von ihm gefordert hatten. Bevor sie aber ihre Freundinnen in das Geschäft hatten locken können, waren wir längst wieder auf dem Rückweg gewesen.

Ich bereute trotzdem nicht, dass ich den Gig durchgezogen hatte. Auch die anderen konnten beim Frühstück über den Abend lachen. »Beim nächsten Mal lassen wir Dave im Hotel«, sagte Kev.

»Der Typ von Sam Ash hat erst dich erkannt«, erinnerte ich ihn. »Du hast zu gut gespielt. Bau beim nächsten Mal ein paar Fehler ein und klau dir von Dave Sonnenbrille und Basecap, dann klappt das schon.«

Dave kam mit einem Teller voller Bacon für sich und Obst für Luna zurück an den Tisch. »Ihr plant schon den nächsten Auftritt?«

»Alles«, sagte Steve, »damit Sam weiterspielt.«

Ich lehnte mich an ihn und legte den Kopf nach hinten, um ihm in die Augen sehen zu können. »Man soll aufhören, wenn es am schönsten ist.«

»Das kannst du vergessen.« Steve schob mich von sich. »Sonst rede ich kein Wort mehr mit dir.«

»Ganz deiner Meinung«, sagte Dave. »Aber bitte lasst es uns heute Abend ruhig angehen. Soweit ich weiß, tritt im Hard Rock Cafe keine Band auf und ich wäre euch dankbar, wenn ihr nicht die Bühne stürmt.«

»Warum nicht?« Wie konnte er mich in einem Satz auf eine Idee bringen und gleichzeitig das Gegenteil erwarten?

»Ich habe die Band verlassen, um das Auslandsjahr machen zu können. In Boston habe ich keinem von euch erzählt. Es käme mir falsch vor, mich nun damit zu brüsten.«

Luna streichelte über seinen Arm. »Aber jetzt bist du wieder Teil der Band.«

Kev hatte Dave den Austritt nie vorgehalten. Auch als Dave nach Deutschland zurückkam und dann für das Studium wegzog, hatten wir es alle sofort akzeptiert. Für die Band war es großes Glück, dass Dave im richtigen Moment zurückgekehrt war und wieder den Posten des Leadsängers eingenommen hatte, aber für ihn war es nicht einfach gewesen. Ich hatte vermutet, dass es Schuldgefühle waren, die an ihm genagt hatten, aber eigentlich gedacht, dass er sie inzwischen überwunden hätte. Boston schien sie jedoch wieder aufkommen zu lassen.

***

Wir brachen früh auf, um etwas vom Tag zu haben. Bis nach Bosten waren es gute vier Stunden Autofahrt, weshalb wir Hotelzimmer reserviert hatten, um erst am nächsten Morgen zurückfahren zu müssen.

Da wir nicht alle in ein Auto passten, mussten wir uns aufteilen und trafen uns zum Check-in im Hotel. Steve und Paul zogen zuerst los. Sie wollten sich Boston ansehen. Luna und ich brauchten länger, um noch einmal die Haare zu kämmen und die durchgeschwitzten Shirts zu wechseln. Ich nahm mir vor mich auf dem Rückweg durchzusetzen und im anderen Auto zu fahren, denn bei unserem funktionierte die Klimaanlage nicht richtig.

»Seid ihr fertig?«, fragte Dave.

Er und Kev hatten das Zimmer neben uns und warteten seit zehn Minuten vor unserer Tür. Ich öffnete ihnen.

»Einen Moment noch.« Luna flocht gerade ihre Haare zu einem Zopf, ich musste nur noch die Schuhe zubinden.

Ich freute mich darauf, Davids Gastbruder Mason zu treffen. Während seines Auslandsjahres hatte Dave mir viele Mails geschrieben und mindestens einmal pro Woche einen Videoanruf eingeplant. Manchmal war auch Mason dabei gewesen.

Wir liefen zurück in die Garage und stiegen wieder ins Auto. Zum Glück war es vom Hotel nicht mehr weit bis nach Dorchester. Dave hatte viel von dem Stadtteil erzählt, aber wirklich spannend fand ich ihn nicht.

»Hat er noch diese komische Frisur?«, fragte ich Dave. Zum Ende des Schuljahres hatte Mason damit begonnen, seine Haare rot zu färben und in Form von Stacheln zu frisieren. Er fand es cool, aber mich erinnerte es an Pumuckl. Außerdem betonte es seine Pickel.

»Das wirst du gleich sehen«, sagte Dave. »Wir sind da.«

Die Wohngegend war von hellen Holzhäusern geprägt. An jedem von ihnen hing eine amerikanische Flagge. Entweder über dem Geländer der Veranda oder an einem Fahnenmast. Bei manchen Häusern waren es sogar zwei oder drei Flaggen. So auch bei Masons Familie.

Dave parkte vor dem Haus und führte uns die Stufen zur Veranda hinauf. Im Vergleich zu New York war es hier viel stiller und grüner. An der Straße standen viele Bäume, die Häuser besaßen Gärten, Hecken und Büsche. Es gefiel mir.

Die Haustür wurde geöffnet, ehe David sie erreichte. Jemand stürzte hinaus und zog ihn in eine Umarmung. »Hey, mein Bruder, schön dich zu sehen.«

Erst jetzt erkannte ich Mason, der wieder braune Haare hatte und außerdem alle Pickel losgeworden war. Hinter ihm tauchte eine junge Frau auf, die etwas schüchtern wirkte.

»Das ist Chloe, meine Freundin«, sagte Mason.

David begrüßte sie und stellte uns der Reihe nach vor. Masons Dad war arbeiten, aber seine Mutter Linda bat uns ins Haus. Auch sie umarmte David, dann schickte sie ihn zum Tischdecken: »Es fehlen noch Gläser, kannst du die bitte holen?«

Es fühlte sich merkwürdig an, dieses Haus zu betreten, in dem David sich zu Hause gefühlt hatte. Wir hatten uns immer sehr nahegestanden, bis er hierhergekommen war. Obwohl Dave sich oft gemeldet hatte, wurde ab dem Auslandsjahr alles anders. Er wurde erwachsener und ich … Erwachsen würde ich wohl nie werden.

Wenn ich jetzt sah, wie Linda und Mason mit Dave umgingen, kam es mir so vor, als hätte er hier einen Ersatz für uns gefunden. Früher hatte ich immer geglaubt, dass er Heimweh gehabt oder sich allein gefühlt haben musste. Jetzt schien mir der Gedanke naiv. Was wollte er mit seinen kleinen Geschwistern, wenn er das hier hatte?

Linda hatte auf der Terrasse alles für uns vorbereitet. Während Dave sich drinnen noch mit ihr und Mason unterhielt, setzten wir uns an einen großen Gartentisch. Hier war es angenehm warm und nicht zu windig.

»Hattet ihr eine gute Fahrt?« Chloe schenkte uns von Lindas selbst gemachter Limonade ein.

»Ja«, sagte Kevin. »Keine Staus und alles gut gefunden. Dave kennt sich hier noch aus.«

»Das freut mich. Mason hat viel von euch erzählt. Ich freue mich total, dass ihr es einrichten konntet und wir euch noch vor dem Konzert sehen.«

Ich sah zwischen Kev und Chloe hin und her und wartete auf eine Erklärung. »Welches Konzert?«, fragte ich.

»Na, das der Weeds. Wir haben die Karten schon seit Monaten. Mason würde sich das doch nicht entgehen lassen.«

Innerlich musste ich schmunzeln. Hatte David das wirklich nicht geahnt? Es war doch logisch, dass Mason sich informiert hatte.

»Kommt ihr zu zweit?«, fragte Kev. »Ich lasse euch VIP-Pässe reservieren.«

Chloe sah zum Tisch und zupfte an dem Blumenstrauß herum, der in der Mitte stand. »Zwei Schulfreunde kommen auch mit. Ihr lernt sie heute Abend kennen.«

»Gut, also vier Karten.«

»Danke.« Chloe sah auf und lächelte.

»Dave wird sich freuen«, sagte ich, obwohl ich mir dessen nicht so sicher war. »Was für eine tolle Überraschung.«

»Ja, nicht?«, sagte Chloe. »Mason musste sich zusammenreißen, um nichts zu sagen. Einmal lief sogar das Album im Hintergrund, als er und David telefoniert haben, aber zum Glück hat David es nicht bemerkt.«

Ich nickte. »Dann sagen wir ihm noch nichts. Die Überraschung mit den VIP-Pässen ist doch viel besser. Kommt nach dem Konzert einfach in den Backstagebereich.«

»Das ist eine super Idee.« Chloe strahlte. »Ich suche Mason, bevor er sich verquatscht.«

Kev sah mich mit einem strengen Blick an. »Er wird sich freuen, aber wir sollten ihn vorwarnen.«

»Das denke ich auch«, sagte Luna. Toll, kaum waren wir allein, konnte sie wieder sprechen! Weder zu Chloe noch zu Linda hatte sie vorher etwas gesagt.

»Aber dann ruiniert ihr die Überraschung.« Ich verschränkte die Arme vor der Brust.

»Ich glaube«, sagte Luna, »der Tag heute wäre für David leichter, wenn er wüsste, dass alle längst Bescheid wissen.«

»Das stimmt«, sagte Kev. »Er wird die Band nicht von selbst ansprechen, um nicht als Angeber dazustehen.«

»Gott«, stöhnte ich. »Er hat ein Jahr hier gelebt. Sie werden doch wohl wissen, dass er kein Prolet ist.«

»Sam!« Kev sah mich wieder mit diesem Blick an.

»Ja, schon gut. Luna, das ist deine Aufgabe.«

Jayden – F-of-J

»Eine letzte Frage«, sagte Jennifer, die uns seit einer Stunde mit letzten Fragen löcherte. Eine ihrer Haarsträhnen wickelte sie verspielt um den Finger, den Kopf legte sie schief. Es wirkte wie ein Flirt, aber ihre Augen funkelten gefährlich.

»Stört es euch, dass eure Songs nicht im Radio gespielt werden?«

Noah sprang sofort darauf an. »Du meinst: noch nicht.«

»Warte die Tour ab«, sagte Logan. »Wenn uns das Land erst kennt, werden sie von uns nicht genug bekommen können.«

»Und dann stürmen wir die Charts«, sagte Noah.

Ich schwieg und betrachtete Jennifers Augen.

»Ein schöner Traum«, sagte sie. »Nur spielt ihr die falsche Musik. Habt ihr jemals eine Metal-Band in den Charts gesehen? Wie oft hört ihr Metal im Radio? Popmusik ist gefragt.«

Noah rang mit sich, Logan blieb zum Glück gelassen: »Jenny, du hörst die falschen Sender. Soll ich dir welche empfehlen?«

Mir reichte es. Ich wollte mich nicht vorführen lassen und was Jennifer tat, kam fast einer Beleidigung gleich. Wir waren nicht hier, um unseren Stil kritisieren zu lassen. »Hast du noch Fragen zu unserem Album oder der Tour?«, fragte ich.

Jennifer strich die Haarsträhne nach hinten und blickte auf ihren Notizblock. »Nein, vielen Dank. Für den Artikel habe ich alles, was ich brauche.«

Sie erhob sich von dem Ledersessel, der unserem Sofa gegenüberstand. Auch wir standen auf. Es tat gut, wieder Abstand von den Jungs zu haben, mit denen es auf dem Sofa nicht eng, aber doch zu nah gewesen war. Vermutlich sollten die weichen Polster für eine entspannte Stimmung sorgen, in der man redselig seine größten Geheimnisse offenbarte. Bei mir hatte es zum gegenteiligen Effekt geführt.

»Ich kann nicht glauben, dass wir für den Unsinn zweieinhalb Stunden gefahren sind«, sagte ich, kaum dass wir das Gebäude verlassen hatten.

Jennifer arbeitete für irgendein Onlinemagazin und hatte den Termin mit Ella vereinbart. Mir war schleierhaft, was die beiden sich davon versprachen.

»Für die Weeds wäre Jenny auch nicht extra nach New York gekommen«, sagte Logan.

Ich schnaufte. »Die Weeds hätten sich nicht die Mühe gemacht, zu Jenny zu fahren.«

»Wo stecken die eigentlich?«, fragte Noah.

»Boston.« Ich fand es komisch, dass sogar Steve und Paul mitgefahren waren. Andererseits zeigte das mal wieder, wie eng sie alle zusammenhielten. Die Weeds und die Wilsons waren eine große Familie. »David besucht Freunde und abends treffen sich alle im Hard Rock Cafe.«

»In Boston?«, fragte Noah. »Das kann nicht weit sein. Fahren wir hin?« Er zog sein Smartphone aus der Tasche und öffnete Google Maps.

Vermutlich hätte ich Nein sagen sollen, denn selbst wenn es von hier nach Boston nur zwei Stunden waren, wie Noah über die App herausfand, mussten wir von dort wieder zurück nach New York und das war die doppelte Strecke. Die Aussicht, auf Sam zu treffen, rückte jedoch alle Zweifel in weite Ferne.

***

Es war noch zu früh, trotzdem sah ich mich im Hard Rock Cafe nach Sam um.

»Lasst uns etwas essen.« Logan setzte sich an einen der Tische. Wir wählten alle drei Burger.

»Vielleicht hat Jennifer recht«, sagte Noah. »Wir brauchen mehr Mainstream.«

»Meinst du das ernst?« Sie hatte uns provozieren wollen. Mehr nicht. Wen interessierten ihre Worte? Sie arbeitete nur für ein kleines, unbedeutendes Onlinemagazin. Es reichte nicht mal für den Druck einer eigenen Zeitschrift. Außerdem hatte ich den Namen recherchiert. Selbst in den sozialen Medien hatte das Magazin weniger Follower als wir.

»Niemals singe ich Balladen«, sagte Logan.

Noah winke ab. »Musst du ja nicht, aber Hard Rock statt Metal? Nicht ganz so krass? Von Metallica gibt es auch Rockballaden.«

»Nothing Else Matters?« Ich mochte den Song, aber die Band hatte dafür auch reichlich Kritik einstecken müssen.

Eine Kellnerin brachte das Essen.

Ich nutzte Noahs vollen Mund, in dem mindestens ein Viertel des Burgers steckte, um meine Bedenken anzumelden: »Die ersten Schritte haben wir geschafft. Das Album. Die Tour. Wir sollten unserem Stil treu bleiben und weitermachen.«

»Unser Stil?« Noah spuckte mir ein Stück Gurke entgegen, der Rest des Burgers blieb im Mund. Er sah zu Logan und zeigte auf mich. »Ausgerechnet der Neuling will mir etwas von unserem Stil erzählen? Er hat keine Ahnung!«

»Früher waren wir noch nicht so krass«, erklärte mir Logan. Er zeigte mit einer Pommes auf Noah. »Aber wir wollten etwas anderes. Erinnerst du dich?«

Mit einer Serviette wischte ich mir über den Mund und stand auf. Noah konnte mich mal und was den Neuling anging ... Er war es doch, der erst noch lernen musste, was ein Takt war und wie man in einer Band spielte. Über alte Zeiten konnten die beiden allein philosophieren. Noah mochte ein super Kumpel sein, aber bei diesem Thema wurde er zum größten Arschloch Floridas. Er bemerkte nicht einmal, wie er mich damit ausgrenzte und die Abkürzung des Bandnamens F-of-J zum Motto machte: ›Fuck off, Jay‹ oder ›Verpiss dich, Jay‹.

Genau das tat ich. Der Schlüssel des Leihwagens steckte in meiner Jeans, also konnte ich mir Zeit lassen.

Erst ging ich aufs Klo, dann sah ich mir die vielen Ausstellungsstücke an. Die ›Wall of Cymbals‹ zog mich an wie ein Magnet. Ich konnte mir schon jetzt

Sams Gesicht vorstellen, wenn sie das Restaurant betrat und die Wand voller Schlagzeugbecken entdeckte.

Ich bestellte mir einen Eistee und setzte mich an die Bar. Automatisch kategorisierte mein Kopf die Becken und ordnete sie verschiedenen Verwendungsmöglichkeiten zu. Anders als bei den anderen Ausstellungsstücken waren sie nicht einzeln aufgehängt, sondern einander überlappend auf der ganzen Wand verteilt worden. Sie formten ein Gesamtbild und doch repräsentierte jedes seine eigene Geschichte.

Ich malte mir aus, welches Becken an dieser Wand mich darstellen könnte. Meistens spielte ich auf Becken von Zildjian. Es würde also eins von diesem Hersteller sein. Bei Sam war es schwieriger. Es gab keine Marke oder Größe, die für sie stehen konnte. Bei ihr lebte das Gefühl, wie sie erst gestern wieder bewiesen hatte. Sam war eine Perkussionistin, die ebenso einen Satz Schraubenschlüssel verwenden konnte, um einem Song ihre Seele einzuhauchen.

Ich holte mein Smartphone hervor und öffnete die Video-App. Logan hatte uns hergefahren und auf der Rückbank hatte ich die Gelegenheit genutzt, um mich über den Auftritt im Musikladen zu informieren. Sie schnitten die Abende mit und stellten die Videos auf ihre Internetseite. Das Video von Sam hatte ich auf der Fahrt runtergeladen und startete nun die Wiedergabe. Der Sound war zu leise, aber ich sah die Energie, mit der Sam spielte, und konnte sie beinahe spüren.

Jemand boxte mir von hinten auf die Schulter.

»Logan, geht das auch vorsichtiger? Ich bin kein Sandsack.« Ohne mich nach ihm umzudrehen, trank ich weiter von dem Eistee und hoffte, dass er nicht zwischen Noah und mir vermittelt wollte. Wenn ich ganz viel Glück hatte, verzog er sich ohne ein weiteres Wort.

Hatte ich aber nicht. Der Hocker neben mir wurde zurückgezogen und ausgerechnet Noah setzte sich. Noch schlimmer.

Es wäre mehr als leichtsinnig von mir gewesen, aber ich ballte eine Hand zur Faust und bereitete mich darauf vor, ihm beim ersten falschen Wort eine reinzuhauen. Heute war kein guter Tag für dumme Sprüche. Mir reichte es. Wenn er mir hinterherlief, musste er mit den Konsequenzen leben.

»Scheiß auf die alten Zeiten«, sagte Noah.

Wieder trank ich von dem Eistee und vermied es, ihm ins Gesicht zu schauen.

»Logan hat recht. Du bist unser erster Schlagzeuger, der bis vier zählen kann.«

»Das konnte Daniel auch«, widersprach ich. Auf alten Aufnahmen hatte ich ihren Schlagzeuger gehört und fand ihn ganz gut.

»Aber der hätte auch einen Walzer bis vier angezählt.«

Noah zeigte der Kellnerin mein Glas, damit sie ihm auch eins brachte. »Früher war alles besser ... Was ein Scheiß. F-of-J ist jetzt besser.« Er zeigte zur Bühne. »Dort werden wir spielen. Unsere Instrumente werden an den Wänden hängen.«

Ich zeigte auf einen schwarz-weiß gestreiften Overall mit tiefem Brustausschnitt, den Steven Tyler getragen hatte. »Ob Logan dafür erst so ein hässliches Kostüm tragen muss?«

Noah lachte. »Besser er als ich.« Er nahm seinen Eistee und stand auf. »Komm wieder zu unserem Tisch.«

»Damit du mir die Vorzüge der Popmusik schmackhaft machen kannst?«

»Können wir die Schnapsidee bitte vergessen? Wir sind hier im ›Hard Rock Cafe‹ und nicht im ›Pop Rock Cafe‹. Ich muss da etwas verwechselt haben.« Er boxte noch einmal gegen meine Schulter. »Komm schon, Alter!«

»Gleich.«

Schon beim ersten Mal hatte er die Schulter blöd erwischt. Ich wusste, dass es keine Absicht war, aber der Arm war noch immer angeschwollen. Eine kaputte Schulter fehlte mir gerade noch. Da ich kein T-Shirt trug, dessen Ärmel ich einfach hätte hochschieben können, ging ich zu den Toiletten. Dort gab es einen Spiegel. Zum Spritzen wäre es ebenfalls der bessere Ort gewesen, aber ich hatte nichts dabei. Außerdem wollte ich das heute Abend auch nicht. Sam müsste bald hier sein und ich wollte sie auf keinen Fall verpassen.

Den Arm bewegte ich ein paarmal hin und her, betrachtete ihn im Spiegel und hoffte auf das Beste. Auf dem Weg zum Tisch stachen mir wieder etliche Ausstellungsstücke ins Auge. Darunter eine zertrümmerte E-Gitarre von

Nirvana und eine gut erhaltene Gitarre einer anderen Band. Darunter war ein Schild befestigt: »Jack Wilson spielte die Gitarre auf der ›Back to the roots‹-Tour.« Ich machte ein Foto der Aufschrift in Nahaufnahme, dann noch eins von der Gitarre.

Noah und Logan beachteten mich nicht. Sie hatten Gesellschaft bekommen und schienen sich sehr für die Geschichten der drei Mädchen zu interessieren. Alle drei trugen knappe Shirts. Darunter vermutete ich Push-ups. Bei den Fingernägeln musste ich nicht raten. Die waren künstlich.

Für die Mädchen hatten sie weitere Stühle an den Tisch gestellt und sogar an einen Platz für mich gedacht. Direkt neben dem blonden Mädchen im babyblauen Trägershirt. Im Vergleich zu ihr musste ich nach tiefstem Winter aussehen: lange Hose, lange Ärmel.

»Du musst Jay sein«, sagte Babyblau. »Ich habe viel von dir gehört.«

Aha. Wann das denn? Mein Blick glitt zu den Jungs, aber die beachteten uns nicht.

Babyblau hielt mir eine Hand hin. »Ich bin Brandy.«

»Jayden«, sagte ich, obwohl sie das schon wusste.

»Was führt euch nach Boston?«

»Der Zufall. Es war Noahs Idee.« Der hatte bereits einen Arm um das Mädchen zu seiner Linken gelegt.

»Das ist gut.« Brandy rückte näher zu mir. »Jetzt können wir uns kennenlernen.«

Um nicht wie ein verklemmter Idiot zu wirken, versuchte ich es mit einer unverfänglichen Frage. »Kommst du von hier?«

»Geboren und aufgewachsen.« Sie lächelte. »Und wie es aussieht, bleibe ich noch eine Weile. Das MIT hat mich aufgenommen.«

»Glückwunsch.« Das beeindruckte mich tatsächlich. Selbst wenn ich gewollt hätte, wäre ich nie zum MIT gekommen.

»Danke. Erzähl mir, was du machst. Ihr seid in einer Band? Das ist sicher aufregend.«

»Unwirklich trifft es eher. Im Moment kann ich es manchmal selbst nicht glauben.«

»Du solltest es genießen.«

»Das werde ich.« Solange die Tour anhielt, wollte ich jedes unserer Konzerte voll auskosten.

»Kenne ich etwas von euch?«

»Wer weiß« Ich zuckte mit den Schultern. »Chained Joys?«

»Hmm.« Sie biss auf ihre Unterlippe. »Vielleicht.«

Ich hatte das ganze Album dabei. Song fünf startete ich für Brandy und reichte ihr das Smartphone, damit sie es sich ans Ohr halten konnte. Hier war es zu laut, um anders genug zu hören.

Brandy lauschte konzentriert unserem Spiel, dann riss sie die Augen auf. »Mist. Chloe hatte recht. Da ist mein Ex. Spiel mit!«

Ehe ich begriff, was sie mir sagen wollte, presste sie die Hand samt Smartphone an meine Wange und küsste mich auf den Mund, während der Refrain von ›Chainded Joys‹ an mein Ohr drang.

Sammy – Teufelchen

Steve und Paul warteten bereits auf uns. Dave stellte ihnen Mason und Chloe vor, dann gingen sie hinein. Steve wartete, bis ich die Tür mit den Gitarrengriffen erreichte. »Und?«, fragte er. »Wie war der erste Eindruck?«

Ich verzog den Mund. »Komisch, aber das liegt nicht an ihnen. Es ist merkwürdig, dass Dave hier eine zweite Familie hat. Mason nennt ihn seinen Bruder.«

Steve legte mir einen Arm um die Schulter und öffnete die Tür. »Aber auf der ganzen Welt hat er nur eine Schwester.«

»Stimmt.« Mit einem Grinsen sah ich mich im Hard Rock Cafe um. Es war groß und voll. Mason führte die anderen zu zwei Tischen. Wir folgten ihm vorbei an einem Bühnenoutfit von Madonna und an einer Gruppe, die mir irgendwie bekannt vorkam. Einer sah aus wie Logan und … Ich blieb abrupt stehen. Den Rücken hätte ich vielleicht nicht erkannt, aber die langen Ärmel und die F-of-J-Handyhülle, die ein Mädchen in der Hand hielt, während es mit der anderen Hand Jaydens Stuhllehne umklammerte, um ihm beim Küssen halb auffressen zu können.

Auch Steve blieb stehen. Genau in dem Moment, in dem Jayden das Mädchen zurück auf ihren Stuhl schob.

Ich hakte meinen Zeigefinger in eine von Steves Gürtelschlaufen und ging weiter. »Mach schneller, ich hab Hunger!« Steve stockte zunächst, folgte dann aber meinem Finger.

»War das Jayden?«, fragte er.

»Nein!« Ich wollte nicht darüber reden. Nicht jetzt und nicht mit Steve.

Mason hatte zwei nebeneinanderstehende Tische ausgesucht. Ich setzte mich an den ersten und schnappte mir die Speisekarte. »Was haben die Amis nur mit Mac and Cheese? Ist das wirklich so gut?«

Es dauerte eine Ewigkeit, bis alle saßen und die Bedienung kam. Bis dahin kommentierte ich die Speisekarte rauf und runter.

Mason bestellte zweimal die Jumbo Combo für unseren Tisch. Laut Karte war das eine Mischung aus Bruschetta, Frühlingsrollen, frittierten Zwiebeln, Hähnchen und ein paar Soßen.

Ich blieb bei dem, was mich gleich angezogen hatte: »Für mich bitte die Twisted Mac, Chicken and Cheese.«

Kev bestellte nur ein Sandwich. Ich war mir sicher, dass er F-of-J ebenfalls entdeckt hatte, aber er ignorierte sie. Vielleicht hatte er sie beim Reinkommen begrüßt. Besser so, denn die waren ohnehin völlig mit den Mädchen ausgelastet. Eine von ihnen spielte gerade an Logans Tunneln. Das war echt ekelig und ich hoffte, dass sie damit aufhörte, ehe unser Essen kam.

Steve merkte ich an, dass er etwas sagen wollte. Er öffnete den Mund, aber ich kam ihm zuvor. »War das Madonnas Unterwäsche? Die Korsage ist ja okay, aber warum rahmt man ihren Tanga ein?«

Auf keinen Fall wollte ich jetzt tröstende Worte oder Ähnliches hören. Solange ich über belangloses Zeug reden konnte, war alles okay. Verdrängung war das Stichwort. Ich wollte nicht mehr an den Kuss denken. Nie wieder. Wenn ich es schaffte, ihn aus meinem Gedächtnis zu streichen.

»Manche stehen vielleicht auf so was«, sagte Steve.

Aus dem Augenwinkel sah ich, dass Jayden aufstand und zu uns kam.

Nicht jetzt, betete ich in Gedanken. Ich war noch nicht so weit ihm gegenüberzutreten. Wir hatten einen Neuanfang vereinbart, aber den hatte ich mir, ehrlich gesagt, völlig anders vorgestellt.

Es war, als könnte ich Jaydens Präsenz fühlen. Mit jedem seiner Schritte wurde die Luft wärmer und dünner. Mir fiel keine Ausrede ein, um zu verschwinden. Das lag vor allem daran, dass ich nicht wusste, was er sagen würde. Wie sollte ich reagieren? Niemals würde ich einen Spruch wie »Es ist nicht so, wie du denkst« kommentarlos akzeptieren. Und was war eigentlich mit dem Vertrag? Hatte der in Boston keine Gültigkeit?

»Hey, Leute.« Jayden stellte sich direkt hinter mich. »Schön euch zu sehen. Darf ich Sam kurz entführen?«

Steve schob seinen Stuhl und damit auch Jayden zurück. »Wir haben gerade Essen bestellt. Komm doch später wieder oder will deine *Begleitung* schon gehen?« Er nickte in Richtung F-of-J-Tisch, sodass alle seinem Blick folgen konnten.

Ich wollte mir das Mädchen nicht ansehen und betrachtete stattdessen lieber Luna und Dave. Auch sie sahen zu der Gruppe. Luna zeigte keine Regung, aber Dave wirkte überrascht.

»Komm schon, Sam.« Jayden klang überhaupt nicht schuldbewusst. »Ich will dir etwas zeigen. Es dauert nicht lang. Dann kannst du den anderen beim Essen davon erzählen.«

Was bildete der sich ein? Glaubte er, dass ich den Kuss nicht gesehen hatte? Wollte er es mir unter vier Augen erklären?

»Gut. Bei dem Tempo der Bedienungen hier habe ich noch ein paar Minuten bis zum Essen.« Ich sah zu Steve und bat ihn mit einem Blick nichts zu sagen. »Bin gleich wieder da.«

Jayden ging ein paar Schritte und bog um eine Ecke. Wenigstens konnten die anderen uns hier nicht sehen, egal wie ich gleich reagieren würde. Sie würden höchstens meine Schreie hören.

Für den Notfall nahm ich mir vor einfach zu lachen. Das war die bessere Lösung, wenn man nicht wusste, ob man lachen oder weinen sollte. Und gerade wusste ich nicht, ob ich maßlos enttäuscht, eifersüchtig oder wütend sein sollte.

War seit unserem Gespräch im Krankenhaus genug Zeit vergangen, um ein Mädchen kennenzulernen?

»Hier ist sie.« Jayden tippte an eine Vitrine. »Ich war mir nicht sicher, ob ihr herkommt, deshalb habe ich Fotos gemacht. Aber so ist es besser.«

Nichts war besser! Ich wollte mir mit ihm keine Ausstellungsstücke irgendwelcher Ex-Rockstars ansehen.

»Wusstest du das?«

»Was?« Ich musste ziemlich blöd gucken, denn gerade überlagerte die Verwirrung alle anderen Gefühle.

»Das ist Jacks Gitarre.«

»Was?«, fragte ich wieder und betrachtete erst die Gitarre und dann das Schild. »Nein.« Dad hatten wir erzählt, dass wir hier verabredet waren, aber er hatte nichts gesagt. Vielleicht, weil Dave es wusste. Wenn seine Freunde hier Stammgäste waren, hatte er die Gitarre bestimmt schon während seines Auslandsjahres entdeckt.

Meinen Dad kannte ich nicht als Musiker. Natürlich hatte ich alle Songs gehört, aber da waren sie schon alt gewesen. Diese Gitarre in einer Vitrine war etwas Neues für mich. Sein Studio in England hing voller Gitarren, aber nur diese war von Glas geschützt und hatte ein eigenes Schild. »Back to the roots« las ich davon ab. Plötzlich war ich unheimlich stolz auf meinen Dad.

Irgendwann würde auch eine von Kevs Gitarren – natürlich nicht Charline – hier hängen und vermutlich auch ein paar Drumsticks von Jayden. Er war ganz gut, aber was ihn ausmachte, war, dass er ständig dazulernte. Wenn er so weitermachte, würde er irgendwann zu den besten Schlagzeugern der Metal-Geschichte zählen.

Vielleicht auch nicht. Ich sah ihn an. Wenn ich ihn vorher erwürgte, würde es nie dazu kommen. Wie konnte er nur so gelassen bleiben, obwohl dieses Mädchen nicht weit entfernt auf ihn wartete?

Ich war nur mitgekommen, damit wir reden konnten. Die Gitarre meines Dads konnte ich mir auch ohne Jayden ansehen. Er hatte gerade noch ein anderes Mädchen geküsst und sollte mir nicht so nahe sein. Das fühlte sich nicht richtig an. Mir war eher nach einem Aufstand zumute, aber damit hätte ich allen den Abend ruiniert. »Ich sollte zurückgehen.«

Ich wollte es nicht tun, aber dann blieb ich doch stehen und fragte ihn: »Glaubst du, dass ich den Kuss nicht gesehen habe?«

»Ich habe es gehofft.« Jayden wurde verlegen. »Eigentlich habe ich dich hierhergeholt, um es dir zu erklären, aber es ist nicht der richtige Ort dafür.«

»So ist es doch immer, oder? Es ist nie der richtige Ort oder der richtige Zeitpunkt. Wir sollten es einfach sein lassen.«

»Nein, es ist nicht, wie du denkst.«

»Klar. Es ist nicht so, wie es aussah, du kannst das erklären und eigentlich kennst du das Mädchen gar nicht.«

»Genau. Ich habe Brandy gerade zum ersten Mal gesehen. Sie ist die Ex-Freundin von deinem Bruder.«

»Was?« Heute verfügte ich über die Eloquenz eines Gürteltieres, aber mehr war einfach nicht drin.

»Wir haben nur geredet, aber als sie David gesehen hat, kam es zu dieser Kurzschlussreaktion. Ich hab ihr gesagt, dass ich nicht mitspielen und mich als ihren Freund ausgeben werde. Da half auch ihre herzzerreißende Geschichte nicht.«

Das wurde ja immer besser. Deshalb hatte David so blöd geguckt. »Wir müssen zurück zum Tisch. Unser Essen kommt.«

»Verzeihst du mir?«

Was gab es da zu verzeihen? Er hatte nichts getan. »Es war nicht deine Schuld. Im Gegenteil, du hast eine super Story ausgegraben. Nele wird begeistert sein! Hoffentlich erreiche ich sie nachher.« Ich drückte ihm schnell einen Kuss auf die Wange, solange wir noch hinter der Wand standen und die anderen uns nicht sehen konnten. »Danke.«

»Was?« Er sah mich an wie ein Koalabär.

»Ich will sie kennenlernen.«

»Das kannst du nicht machen. Außerdem wäre es unfair, wenn du sie damit aufziehst. Es geht ihr auch so schon schlecht.«

Da war er wieder, der hilfsbereite Jayden.

»Ich werde nett sein. Ich will nur ein paar Infos.«

»Du bist ein kleines Teufelchen. Gib's zu, für eine gute Story würdest du töten.« Er schüttelte den Kopf. »Du brauchst den Lästerstoff wie die Luft zum Atmen.«

Ich ließ ihn stehen und holte meinen Teller. Mit der Pasta setzte ich mich auf Jaydens Platz und reichte Brandy die Hand.

»Hi, Brandy. Ich bin Sam, ein großer Fan von F-of-J und begleite die Band auf ihrer Tour. Ich hab jedes Konzert gesehen und kann nicht glauben sie alle hier zu treffen.«

»Sam, lass das«, flüsterte Jayden in mein Ohr, aber ich ignorierte ihn.

»Du bist also Jaydens Freundin.« Solange sie mir mehr über sich erzählte, würde ich bereitwillig so tun, als könnte ich ihre Lüge glauben. »Jayden hat mir viel von dir erzählt. Ich freue mich sehr dich kennenzulernen. Ich möchte alles über dich erfahren.«

Jayden – Die Wahrheit

»Ich hätte nicht gedacht, dass Kevin so begeistert von der Gitarre ist«, sagte ich. »Ich hätte sie ihm zuerst zeigen sollen. Bei dir fehlte der Enthusiasmus.«

»Ich fand sie auch toll!«

»Gut, vielleicht war mein Timing nicht das beste.« Ich hätte ihr erst von Brandy erzählen sollen, aber dazu hatten mir die Worte gefehlt. Auf die Gitarre zu zeigen war einfacher. »Dave hat es wohl nicht so sehr mit Erinnerungsstücken.«

Sam blieb stehen und betrachtete ihre Fingerspitzen. »Er und Dad haben ein rein geschäftliches Verhältnis. Dave hält ihn auf Abstand und will nichts von früher wissen. Du erinnerst dich an die Szene an der Hotelbar?«

Ich nickte, obwohl ich sie nur zum Teil mitbekommen hatte. Es war offensichtlich, dass Dave ein Problem mit Jack hatte, trotzdem arbeiteten die beiden gut zusammen. Ich fragte mich, wie das auf Dauer funktionieren konnte.

»Es wird besser«, sagte Sam, bevor ich mehr dazu sagen konnte.

Wir gingen einen breiten Weg im Central Park entlang, der uns über eine Holzbrücke führte.

Die Jungs und ich waren noch in der Nacht mit dem Leihwagen zurückgefahren. Die anderen hatten in Boston übernachtet. Vor zwei Stunden hatten Sam und ich uns zufällig im Hotelfahrstuhl getroffen und ich konnte die Gelegenheit nutzen, sie zu fragen, ob wir was unternehmen wollen. Nach einem richtigen Date hatte ich nicht gefragt, schließlich wollte sie einen Neuanfang. Ich hatte das Gefühl, dass es besser war, mich zurückzuhalten und es vorsichtig angehen zu lassen. Der Central Park erschien mir dafür wie gemacht.

Das Wetter war toll und der Park dementsprechend voll. Trotzdem war er so riesig, dass wir für uns sein konnten.

»Hast du Luna von Brandy erzählt?« Mir tat sie schon jetzt leid.

»Nein, das ist Daves Aufgabe. Ich habe es nur Nele verraten.« Sie schmunzelte. »Und Dave habe ich gefragt, ob ihm Brandy nicht bekannt vorkam.«

»Und?«

»Im Gegensatz zu ihren Erinnerungen hatten sie seiner Meinung nach nur zwei Dates. Langweilig.«

Wir kamen an einem Hotdog-Stand vorbei. »Hunger?«, fragte ich. Es war bereits Mittag.

Wir holten uns beide einen Hotdog und aßen ihn im Gehen.

»Du hast da Ketchup«, sagte Sam.

Mit dem Handrücken rieb ich über meinen Mund.

»Nicht da.« Sam blieb stehen und streckte eine Hand nach mir aus.

Ein Schauer durchfuhr mich, als ihr Daumen über meine Wange strich.

»Glatt rasiert. So mag ich das.« Sie legte den Kopf schief und lächelte mich an. Ihr Daumen verweilte an meiner Wange.

Was tat sie nur? Am liebsten hätte ich sie gepackt und geküsst. Wie sollte ich mich beherrschen, wenn sie mir so nahe kam? Schon der kleine Dankeschön-Kuss gestern hatte mir den Verstand geraubt. Ich konnte nicht klar denken, wenn Sam mich berührte.

Zwei Jogger, denen ich auswich, retteten mich. Der eine Schritt zur Seite genügte, um meine Gedanken zu sortieren. Kein Date, kein Flirt! »Gibt es etwas, das du sehen möchtest?«

Sam schüttelte den Kopf. »Morgen soll es regnen, dann kann ich mir die Wolkenkratzer und Museen von innen ansehen. Lass uns heute das gute Wetter genießen.«

Wir suchten uns einen Schattenplatz auf einer Wiese und legten uns ins Gras.

»Also, was war das, das du vorgestern gemacht hast?« Ich wollte unbedingt mehr darüber erfahren. Wenn Sam spielte, wurde sie zu einer anderen Person. Das war ihr wahres Ich, das sie nicht hinter frechen Sprüchen verstecken musste.

»Jazz.« Ich konnte das Lachen in ihrer Stimme hören.

»Ich liebe Jazz.«

»Echt?« Sie drehte ihren Kopf zu mir. »Hätte ich nicht gedacht. Wie lange schon?«

»Seit vorgestern.«

Sie boxte mir mit der Kraft und Geschwindigkeit einer Schnecke gegen die Rippen. »Haha.«

»Nein, ich fand es wirklich gut! Wo hast du das gelernt?«

»Das meiste war improvisiert. Keine Ahnung, wo die Ideen plötzlich herkamen. Aber die Vorliebe für Jazz habe ich von meinem Schlagzeuglehrer.« Sie rollte den Kopf zurück und sah zum Himmel.

»Warum hast du aufgehört?« Die Frage hatte ich mir schon so oft gestellt, aber noch keine richtige Antwort von ihr bekommen.

»Plötzlich war es anders.«

Ich drehte mich auf die Seite und sah Sam an. Ihre Haare hatten schon fast wieder einen natürlichen Ton angenommen, der mit dem Grün der Wiese harmonierte, auf dem sie sich ausbreiteten. »Was hat sich geändert?«

»Schwierig ...« Sie verzog den Mund und schien zu überlegen. Ihre Augen folgten den Wolken, die über uns vorbeizogen.

Ich legte mich zurück ins Gras und ließ Sam nachdenken. Bei ihr hatte ich nicht das Gefühl, etwas sagen zu müssen.

Sie war es, die das Schweigen brach. »Wie kamst du zum Spielen?«

Ich blieb im Gras liegen, daher drehte sie sich zu mir und suchte meinen Blick.

»Wie jeder typische Schlagzeuger, vermute ich. Ich habe Krach gemacht. Und du?«

»Das werfen sie mir vor, aber ich bin mir keiner Schuld bewusst. Es gibt Fotos, aber die beweisen nichts.«

»So? Was für Fotos?« Ich versuchte mir Sam als Kind vorzustellen, das mit Holzlöffeln auf umgedrehte Salatschüsseln eindrosch.

»Peinliche! Bei einem sitze ich in einem Mikey-Mouse-Pyjama bei Phil Davis auf dem Schoß und halte Drumsticks in den Händen.«

»Phil Davis?« Meinten wir dieselbe Person? Phil war einer der größten Metal-Drummer. Von ihm hatte ich mir viel abgeguckt. »Warum sitzt du auf seinem Schoß?«

»Eifersüchtig?« Sam grinste. »Ich war keine zwei Jahre alt. Er saß am Schlagzeug und hätte er mich nicht hochgehoben, wäre ich gar nicht an die Becken gekommen.«

»Du hast früh angefangen.«

»Das waren nicht die Anfänge. Gestartet habe ich viel eher. Zumindest behauptet das meine Mutter. Sie dachte die ganze Schwangerschaft über, dass ich ein Fußballer werden würde, weil ich angeblich so viel gezappelt und getreten habe. Jetzt behauptet sie, dass ich schon damals die Pedale des Schlagzeugs erreichen wollte.«

Das glaubte ich sofort. Seit ich Sam das erste Mal an meinem Schlagzeug gesehen hatte, konnte ich sie mir nicht mehr ohne vorstellen. Wenn selbst ihre Mutter so dachte, wie hatte Sam dann jemals damit aufhören können?

»Hast du Lust auf Eis?«, fragte sie.

Ahnte sie, was mir durch den Kopf ging? »Klar.«

Ich stand auf und reichte Sam eine Hand. Mit einem Ruck zog ich sie auf die Füße. Für einen Moment überlegte ich ihre Hand einfach festzuhalten, aber dann gab ich sie frei.

Wir holten uns jeder zwei Kugeln – Sam wählte wieder Amarena – und setzten uns damit unter unseren Baum.

»Was ist das?« Sie hatte aufgegessen und zeigte auf den oberen Rand meines Pullovers.

Hatte ich mich bekleckert? Ich zog das Shirt etwas herunter, um es betrachten zu können.

Sam rutschte näher, bis sie seitlich hinter mir saß. »Ich meinte das.« Sie strich mit einem Finger am Hals entlang zum Schlüsselbein und von dort über meinen Nacken.

Ein Prickeln folgte der Spur, die sie malte. Es fühlte sich vertraut und wunderbar an. Auch das war etwas, womit sie niemals aufhören sollte.

»Du bist braun geworden.«

Ich schluckte. »Sam, es war gelogen, dass ich schnell Sonnenbrand bekomme.« Es war an der Zeit, ihr die Wahrheit zu erzählen. »Und das mit der Blutspende auch. Zweimal habe ich dich angelogen und ...«

»Stopp!« Sie legte mir von hinten einen Finger auf den Mund. »Neuanfang! Du hast mich nie belogen.«

»Aber, Sam ...«

»Stopp!« Sie zog mich nach hinten. Mein Kopf landete in ihrem Schoß. Sam beugte sich so weit nach vorn, dass ihr Gesicht über meinem schwebte. »Ich bin dir nicht böse. Alles schon vergessen.«

»Trotzdem. Ich würde gerne ...« Ich versuchte mich aufzurichten, aber Sam legte ihre Hände auf meine Schultern und hielt mich damit sanft, aber bestimmt auf dem Boden.

»Wie geht es eigentlich deinem Arm?« Sie strich mit den Fingerspitzen vorsichtig darüber.

»Geht schon wieder.« Wenn ich ihn nicht belastete, war es okay, aber spielen war noch nicht drin. »Lenk nicht ab.«

»Warum? Weil du nicht zugeben willst, wie unsportlich du bist?«

Wie sollte ich mich besser anstellen, wenn ich es nie versucht hatte? »Das sagst du nur, weil du noch nie mit mir surfen warst.«

»War das eine Einladung?«

»Wenn du dann endlich aufhörst abzulenken.«

»Es war mein Traum, weißt du?«

Ich nickte, denn das verstand ich gut.

Ihre Finger fuhren durch meine Haare. »Ich habe lange gespielt und dachte, dass ich es mein Leben lang machen würde. Mein Lehrer hat an der Musikhochschule Frankfurt studiert, aber ich wollte etwas anderes. Dann habe ich vom PIT gehört und habe noch mehr geübt, um in LA studieren zu können.«

»Du wolltest in Amerika studieren?«

»Warum nicht? Das Music Institute ist eine einmalige Chance. Chuck Flores hat dort unterrichtet.«

»Du wolltest wegen der berühmten Namen dorthin?« Das kaufte ich ihr nicht ab. Ausgerechnet das Mädchen, das schon als Kleinkind mit Phil Davis gespielt hatte, wollte mir das weismachen?

»Das war nur ein Grund. Außerdem wollte ich etwas Eigenes machen und damit Erfolg haben.«

»Du wolltest berühmt werden und in Amerika durchstarten.« Ich streckte einen Arm aus und zog spielerisch an einer ihrer Haarsträhnen. »Gib es zu.«

»Vielleicht. Wer träumt als Kind nicht davon? Es gab auch mal eine Phase, in der ich Supermodel werden wollte.«

»Du kannst es noch immer tun. Du spielst unglaublich. Das Music Institute würde dich sofort nehmen.«

Sam zuckte mit den Schultern und vergrub ihre Hände tiefer in meinen Haaren.

»Ich mag deine Locken.«

Ihre Fingerspitzen massierten meinen Kopf und ich schloss meine Augen. Es fühlte sich wunderbar an und von mir aus konnte sie das den ganzen Tag lang machen.

»Weißt du, ich hatte einfach keine Lust mehr.«

»Verständlich. Du bist eben doch eher das Model. Fängt schon beim Essen an. Eis, Nudeln, Käse ...«

»Damit würde ich nie aufhören.«

Aber mit dem Schlagzeugspielen? »Was ist passiert?«

Ihre Finger rutschten von mir ab. Sam lehnte sich nach hinten und stützte sich mit den Händen in die Wiese. »Kev bekam ein Angebot vom Music Institute. Kurz danach hatte die Band erste Erfolge. Er entschied sich deshalb gegen das Studium am GIT und ging mit der Band auf die erste Promotour. Ich blieb allein zu Hause. Ich wollte meinen Brüdern nicht nacheifern und in ihre Fußstapfen treten. Den Unterricht habe ich an den Nagel gehängt. Steve war nicht da, um mit mir neue Techniken zu üben, Kev und Dave konnte ich nicht begleiten und allein machte es keinen Spaß mehr.«

»Du hast aufgehört, weil deine Brüder Erfolg hatten?«

Sam lachte. »Du bist ein Einzelkind, oder?«

»Ja.« Und dafür gab es gute Gründe. »Meine Mom wollte immer zwei Jungs. Ich bin der Grund, warum sie keine weiteren Kinder bekommen hat.«

»Unsinn.«

»Es stimmt. Als sie erfahren hat, dass ich nicht in Ordnung bin, hat sie sich dafür die Schuld gegeben.«

Sam sah sich um, dann beugte sie sich über mich. Ihre Hände fuhren an mein Kinn und hielten es fest. »Sag das nicht. Ich finde dich ziemlich in Ordnung.« Sie gab mir einen schnellen Kuss. »Und eine Macke braucht doch jeder.« Als ihre Lippen sich ein zweites Mal auf meine legten, streichelten ihre Finger über meinen Hals.

Ich konnte nicht anders, als Sam zu packen und zu mir zu ziehen. Seit wir in New York waren, hatte ich mich zusammengerissen, aber jetzt würde ich mich nicht mehr zurückhalten. Nie wieder.

Sammy – Zukunft

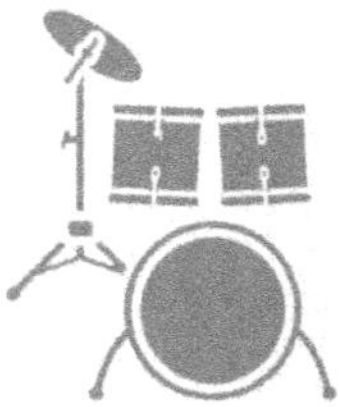

Jayden zog mich in seine Arme. Nirgendwo wäre ich in diesem Moment lieber gewesen, aber wir waren hier in der Öffentlichkeit.

Ich legte eine Hand auf seine Brust und schob uns auseinander. »Nicht hier.« Einen kleinen Kuss klaute ich ihm noch, dann setzte ich mich mit etwas Abstand zu ihm ins Gras.

Jayden sah mich an, als hätte ich ihn gerade aus dem Tiefschlaf geweckt. Doch die Verwunderung wich bald einem enttäuschten Blick.

»Lass uns abhauen.« Ich stand auf.

»Wo willst du hin?«

»Mir egal. Irgendein Ort, an dem wir allein sind.«

Jayden biss sich auf die Lippe und überlegte. »Kino?«

»Dein Zimmer?« Er hatte mir gefehlt und ich wollte nicht schon wieder Abstand halten müssen. »Falls uns dort jemand erwischt, sagen wir, dass ich dir Jazz-Techniken beibringe.«

»Sagte ich schon, dass ich Jazz liebe?«

***

Unser Plan wurde von Kev zunichtegemacht, der uns noch vor dem Hotel abfing. »Sam, da bist du ja! Chrissi sucht dich.« Er drückte mir eine Karte in die Hand. »Du kannst sie unter dieser Nummer erreichen.« Dann sah er Jayden, der aus dem gleichen Taxi stieg. »Hi, Jay.«

»Hallo, Kevin.«

Jaydens Anspannung konnte ich regelrecht spüren, aber Kev verhielt sich völlig normal. »Bis heute Abend«, sagte er nur und nahm unser Taxi.

»Was war das denn?«, fragte Jayden.

»Ich habe keine Ahnung.« Vielleicht war er gedanklich schon so tief in seinem Termin, dass er eins und eins nicht mehr zusammenzählen konnte.

»Wartest du, während ich Chrissi anrufe?« Auf dem Zettel stand eine Festnetznummer, unter der ich eine Frau erreichte, die mich an Chrissi durchstellte. Ein Anruf auf dem Handy wäre weniger kompliziert gewesen.

»Sam, wo warst du denn? Ich brauche ein paar Unterlagen, kannst du sie mir bringen? Es ist alles in dem Ordner abgeheftet.« Sie erklärte mir, was sie brauchte und wo ich es fand. Durch das Praktikum bei ihr kannte ich ihr Ablagesystem gut genug, um nicht alles mitschleppen zu müssen. Die gesuchten Papiere würde ich schon finden.

»Chrissi braucht Hilfe. Ich muss noch einmal weg«, erklärte ich Jayden. »Heute Abend?« Ich legte eine Hand an seine Wange und gab ihm einen Kuss. »Ich will mehr vom Neuanfang.«

Er lächelte und Grübchen bildeten sich an seinen Wangen. »Bin dabei.«

Allein sein Blick löste tausende Gefühle in mir aus. Am liebsten hätte ich ihn nie wieder losgelassen und den Moment ewig ausgekostet, aber ich musste in Chrissis Zimmer.

Sie hatte die Rezeption bereits informiert, sodass ich problemlos an den Schlüssel zu ihrem Zimmer kam und die benötigten Unterlagen holen konnte. Trotzdem brauchte ich allein schon wegen der Fahrtzeit zu Chrissi länger als gedacht.

Kaum war ich wieder im Zimmer, klingelte das Telefon. Nele.

»Was geht?«

»Nichts. Gerade war ich bei Chrissi, jetzt bin ich allein auf dem Zimmer.«

»Langweilig.«

»Und bei dir?«

»Kev weiß nichts von Brandy. Ebenso langweilig. Ich hab auf eine Story gehofft. Also muss ich bei dir graben. Erzähl! Wie war es heute mit Jayden?«

»Kannst du schweigen?«

»Ja.«

»Ich auch.«

»Sammy, spann mich nicht auf die Folter! Habt ihr euch wieder vertragen?«

Vermutlich. »Ich habe ihn geküsst.«

Nele kreischte ins Telefon. »Glückwunsch! So macht man das. Und jetzt?«

»Kam uns das Leben dazwischen. Wir müssen es geheim halten. Du darfst es niemanden erzählen, sonst gibt es Probleme wegen seines Vertrags.«

»Die Killerklauseln?«

»Ja. Eigentlich wollte ich das nicht. Mehr als Freundschaft kann nicht funktionieren.«

»Und doch hast du ihn geküsst. Ich find's gut. Genieße es!«

Das wollte ich, aber da waren auch so viele Fragen, auf die ich keine Antworten hatte. »Und wenn ich mehr will?«

»Dann nimm es dir.«

»Das ist nicht so einfach. Die Ferien enden bald. Uns bleibt nicht mehr viel Zeit. Ich habe Angst, dass es einfach so endet und ich es nicht enden lassen will.«

Wir hatten uns im Park nur geküsst, aber ich wusste in dem Moment, dass ich keinen Rückzieher mehr machen würde. Dafür hatte ich Jayden zu gern. Ich wollte in seiner Nähe sein, mit ihm reden, spielen, meine Finger in seine Locken graben …

»Ihr findet schon eine Lösung, wenn ihr das wirklich wollt.«

Auf dem Weg zum Abendessen dachte ich über Neles Worte nach. Bestimmt gab es Wege. Ich könnte es wie David machen und für ein Schuljahr nach Florida gehen. Wenn ich mich beeilte, würde es vielleicht noch dieses Jahr klappen. Das Schuljahr hatte schließlich noch nicht begonnen. Oder Jayden und ich würden uns zu einem gemeinsamen Urlaub in Rom treffen, damit er echtes italienisches Eis probieren konnte. Aber ob Jayden das auch wollte?

Ich konnte es kaum erwarten, ihn endlich zu sehen. Am Buffet stellte ich mich extra dicht an ihn, um unbemerkt mit den Fingern über seinen Arm fahren zu können. Im Restaurant mussten wir vorsichtig sein, aber später in seinem Zimmer wären wir ganz für uns.

Wenn wir nur aufpassten, würde es klappen. Es durfte niemand von uns wissen, aber keiner konnte uns verbieten, dass wir mal ein paar Sätze miteinander sprachen. Ich wollte es machen, wie Nele gesagt hatte, und die Zeit mit Jayden auskosten.

Leider war das schwieriger als gedacht. Luna hatte ich noch nicht über die Versöhnung und meine Pläne informiert und so lud sie während des Essens David zu einem Film auf unser Zimmer ein. »Wir müssen es verschieben«, flüsterte ich Jayden zu, als wir uns noch einen Nachtisch vom Buffet holten.

»Wenn du nicht willst ...«

»Nein, das ist es nicht. David würde es merken. Treffen wir uns morgen vor dem Konzert?«

***

Ich bat Chrissi mich mitzunehmen, damit ich als eine der Ersten in der Konzerthalle ankam. Heute sollte das zweite New York Konzert stattfinden. Morgen früh ging es für uns alle weiter nach Detroit.

Inzwischen hatte ich ein hochwertiges Stativ besorgt, filmte aber weiterhin mit dem Handy. Mein Taschengeld war mir für eine neue Kamera zu schade, zumal ich sicher war meinen Dad früher oder später von einem Kauf überzeugen zu können. Es war schließlich seine Band, die ich filmte, also arbeitete ich quasi für ihn und er musste mir die Ausrüstung stellen. Leider war er bisher anderer Meinung. Noch.

Schicke VIP-Bereiche hatten wir in New York nicht, deswegen baute ich heute alles am Bühnenrand auf und filmte von hinten. Das sah zwar nicht so toll aus, aber es war gutes Material, um später einen Trailer aus mehreren Videos zusammenschneiden zu können.

»Du bist schon da?« Jayden schlang von hinten einen Arm um mich und drückte einen Kuss auf meine Schulter.

»Hab auf dich gewartet.« Ich drehte mich herum und legte meine Arme in seinen Nacken, die Finger versteckte ich in seinen Locken. »Warum bist du so spät?«

»Logan wollte noch etwas besprechen.«

»Ich wollte viel wichtigere Dinge tun.« Ich zog seinen Kopf näher zu mir, um ihm zu demonstrieren, was ich meinte.

Auf dem Gang erklangen Schritte und wir fuhren auseinander. »So ein Mist«, schimpfte ich. »Ich dachte, die wären fertig.«

Einer der Roadies lief über die Bühne und wieder zurück. Toll, der hatte sich wohl verlaufen! Zu tun hatte er jedenfalls nichts.

»Lass uns spielen.« Jayden stupste mich in die Seite und ging an mir vorbei zu seinem Schlagzeug. »Ich hatte eine neue Idee.«

Er begann etwas zu spielen. Ich stellte mich hinter ihn und beugte mich weiter vor, als notwendig gewesen wäre, aber so konnte ich mich an seinen Rücken lehnen. Das sorgte dafür, dass Jayden nicht mehr so schnell spielen und ausholen konnte, aber er beklagte sich nicht. »Du riechst gut«, flüsterte ich, sobald es wieder leiser wurde.

»Waschmittel oder Duschgel?«

Ich strich mit der Nase über seinen Hals. »Duschgel. Deine Haut riecht danach.«

»Willst du es auch probieren?«

»Klar!« Ich leckte über seinen Hals, obwohl ich genau wusste, dass er das nicht gemeint hatte.

Er reichte mir die Sticks. »Sam, ich meinte das Stück!«, sagte er gespielt ernst, aber ich hörte das Lachen in seiner Stimme.

Wir spielten, bis wir von der Bühne gejagt wurden. Ich blieb trotzdem in der Nähe, um die Aufnahme pünktlich starten zu können. Jayden musste sich mit den Jungs treffen und später von der anderen Seite auf die Bühne kommen, aber er wusste, dass ich hier auf ihn wartete, und allein das gab mir schon ein gutes Gefühl.

***

Es war völlig anders, ein Konzert von diesem Platz aus zu verfolgen. Der Klang war verzerrt und die Stimmung des Publikums kam hier nur teilweise an. Auf der anderen Seite war ich der Band und damit Jayden näher, wodurch ich viel mehr von den Jungs mitbekam. Von Jayden blieb mir nur der Rücken, aber wenn Logan über die Bühne lief, konnte ich sehen, wie er das Gesicht verzog, wenn ihm etwas nicht passte, oder wie er grinste, wenn das Publikum ein paar Sätze mit ihm mitsang.

›Chained Joys‹ spielten sie heute super. Jayden hielt Logan und Noah im Takt und das Solo klappte fehlerfrei. Doch dann spielte Jayden etwas anderes. Erst hielt ich es für einen Fehler, weil es nicht zu ihm passte, aber dann erkannte ich es. Er hatte meine Fills in sein Spiel eingebaut.

Das war so viel besser als die blöde Tattoo-Geste von David. Zu gern hätte ich Jaydens Gesicht gesehen, aber er spielte, als wäre nichts gewesen. Nur ich wusste, dass er mit seinen Gedanken bei mir war.

Jayden – Surfen

Auf Detroit hatte ich überhaupt keine Lust. Für Autos interessierte ich mich nicht. Außerdem war die Zeit als Autostadt eh längst vorbei. Wer wollte sich Bauruinen ansehen? Ich wäre viel lieber länger in New York geblieben, aber der Tourplan verlangte nun mal andere Orte.

Am Flughafen hatte ich keine Chance, ungestört mit Sam zu reden. Also nahm ich mein Gepäck und setzte mich in ein Taxi, ohne mich auch nur zu verabschieden. Es nervte mich an jedem neuen Ort mehr, dass ich quasi nackt ankam und erst wieder alles besorgen musste. Ich hatte schon überlegt, ob ich das Spritzbesteck einfach im Koffer verteilen und hoffen sollte, dass sich die Security-Leute nicht daran störten. Dann hätte ich mich wenigstens darum nicht mehr kümmern müssen. Aber es war zu riskant.

***

Als ich im Hotel ankam, hatte ich keine Ahnung, wo Sam steckte. Ich hätte an der Rezeption nach ihrem Zimmer fragen können, aber das half mir auch nicht weiter. Wir brauchten eine bessere Lösung.

Warum hatte ich nicht in New York mehr mit Sam unternommen? Hier mussten wir uns wieder jede Minute stehlen.

Ich surfte durchs Netz und suchte erst nach Kinos in Detroit und dann nach Sehenswürdigkeiten. Die Footballsaison hatte noch nicht begonnen, aber die Lions hatten am nächsten Tag ein Preseason-Spiel. Das war zwar nicht romantisch, aber immerhin könnte Sam sich so wenigstens einmal ein echtes Footballspiel ansehen. Ich reservierte kurzerhand zwei Karten und hoffte, dass sie Lust darauf hatte.

Im Grunde ging es mir nur darum, Zeit mit ihr zu verbringen. Damit, dass sie total begeistert sein würde, hatte ich nicht gerechnet. Sie jubelte und schrie. Und sie kannte sich verdammt gut aus.

Für die ›Chicago Bears‹ besorgte ich uns ebenfalls Karten. Unsere Termine lagen so eng, dass wir zwischen den Konzerten und Flügen nur wenig Freizeit hatten, aber bald gab es wieder ein paar freie Tage.

***

»Fast so gut wie der Super Bowl.« Sam sprang von ihrem Platz auf und jubelte den Bears zu.

Sie hatte Glück, dass das Team ein Heimspiel hatte und gewann, denn das war bei ihnen alles andere als selbstverständlich.

»Ich könnte dir ewig dabei zusehen, wie du die Bears anfeuerst«, sagte ich nach dem Spiel zu Sam.

»Dito. Auf dem Feld taugst du nichts, aber als Fan bist du Weltklasse.«

»Ein Kompliment von dir, sassy weasel? Ich werde mir diesen Tag merken. Ich fahre dich jetzt ins Hotel und werde dann gleich im Anschluss eine Notiz in meinen Kalender setzen.«

»Ich will noch nicht zurück!«

Das wollte ich eigentlich auch nicht. Zurückfahren bedeutete, dass wir Abstand halten mussten. Noch hatte ich einen Arm um Sam gelegt und sie hatte sich an mich geschmiegt. Im Hotel konnten wir das vergessen.

Ich dachte an die Sehenswürdigkeiten. Weder die Automuseen noch das ›Institute auf Arts‹ waren passend, aber ich hatte noch etwas gefunden: Vom Stadion aus konnten wir durch den Grant Park spazieren. »Wie wäre es mit einem Eis am Lake Michigan?«

»Ist das deine Taktik?« Sams Augen verengten sich zu schmalen Schlitzen. »Lädst du Mädchen immer zum Eis ein? Was anderes hast du nicht drauf?«

»Das mache ich nur bei Drummerinnen, die ich damit von einem Wechsel zur Modelkarriere abhalten will.«

»Da wären Nachos mit Käse effektiver.«

Und gemütlicher. »Bei welchem Film?«

Ich bevorzugte alles, was spannend war, Sam stellte sich als Actionfan heraus. »Ich dachte, du hättest gern eine Liebesgeschichte zum Kuscheln?«, zog ich sie auf.

»Nö. Zum Kuscheln habe ich dich und für die Unterhaltung den Film.«

Im Kino kannte uns keiner und wenn doch, dann würde uns zumindest niemand sehen. Wir wählten Plätze, zwischen denen die Armlehne hochgeklappt werden konnte. Sam rutschte zu mir und zog die Beine auf den Sitz.

»Lässt du mir etwas übrig?«, fragte ich.

Sie verdrückte die Nachos in Rekordgeschwindigkeit. Da Sam rechts von mir saß und ich einen Arm um sie gelegt hatte, musste ich mit links essen und kam kaum hinterher.

Ich stellte mir vor, wie es wohl wäre, richtig mit ihr auszugehen. Wenn ich Logan und Noah von ihr erzählte, würde Noah sich schon etwas ausdenken. Aber das war zu optimistisch gedacht. Ich konnte meine Bandkollegen unmöglich einweihen. Bei mir wäre das schon der zweite Vertragsbruch – obendrein der erste, von dem sie wüssten. Damit machte ich sie zu Mitwissern, die Ella niemals ungestraft davonkommen ließe. Obwohl es bei der Freundinnen-Klausel nur darum ging, wie wir in der Öffentlichkeit wirkten, war ich mir sicher, dass Ella zu allem fähig war, solange sie einen Vorteil für sich vermutete. Das Geld, das bei der Rückabwicklung unseres Vertrags an sie fließen würde, war ein gutes Argument.

Sam nickte an meiner Schulter ein, ehe der Film endete. Ich ließ sie schlafen und versuchte immer wieder sie im Dunkeln zu betrachten. Als der Film endete, streichelte ich vorsichtig über ihren Arm und kitzelte ihren Nacken, bis sie die Augen aufschlug.

»Was ist los?«

Ich schmunzelte. »Der Film ist zu Ende.« War das nicht offensichtlich? »Jetzt wird es wirklich Zeit, dass ich dich ins Hotel bringe.«

»Na gut.« Sam gähnte. »Aber dafür erwarte ich etwas.«

»Aha? Was denn?«

»Du hattest mir Surfstunden versprochen. Ich habe Surfer auf dem Lake Michigan gesehen. Lass es uns versuchen.«

»Heute Mittag? Auf dem Weg zum Stadion?«

Sie nickte.

»Aber jetzt ist es Nacht.«

»Dann morgen früh.« Sie gähnte.

Warum musste ihr das ausgerechnet jetzt wieder einfallen? Bei uns kannte ich mich aus, aber der See war völliges Neuland für mich. »Hast du jemals eine Welle geritten?«

»Nein. Deshalb sollst du es mir beibringen.«

»Wir können es versuchen, aber erhoffe dir nicht zu viel. Nicht jeder schafft es gleich am ersten Tag, eine Welle zu erwischen.«

»Ich schon.«

Sie wäre nicht Sam gewesen, wenn sie nicht stur daran festhalten hätte. Also gut. »Einverstanden. Gib mir Zeit für die Vorbereitungen. Übermorgen hole ich dich zum Surfen ab.«

***

Ich hatte uns einen Leihwagen besorgt und unseren Besuch beim Surfverleih angekündigt. Carl, mit dem ich schon telefoniert hatte, erwartete uns bereits.

»Zwei Bretter und Neoprenanzüge. Ich habe sie schon für euch rausgestellt.«

»Sind Schuhe dabei?«

Er schüttelte den Kopf. »Es ist warm genug.«

Verletzen konnten wir uns trotzdem. Jeder Schnitt in die Booties war mir lieber als blutige Füße.

Ich deutete auf Sam. »Sie ist Anfängerin. Ich will nicht, dass sie sich verletzt.«

Dass es hauptsächlich eine Sicherheitsmaßnahme für mich war, konnte ich ihm schlecht erklären. Mit Sam hatte ich noch immer nicht darüber gesprochen und wollte es ganz sicher nicht jetzt vor Carl machen.

»Als Anfänger braucht man den Kontakt zum Board. Barfuß hat sie ein besseres Gefühl.«

»Dann surfe ich auf jeden Fall barfuß.«

»Nein, wir surfen mit Boots!« Ich kannte den Abschnitt nicht, den ich für uns ausgesucht hatte. Vielleicht gab es Felsen oder scharfe Steine im Wasser.

»Eure Entscheidung.« Carl suchte Schuhe in unseren Größen heraus.

Sam half mir alles ins Auto zu laden, dann fuhren wir los.

»Ich bin schon mega aufgeregt.« Sie trommelte mit den Fingern auf das Armaturenbrett.

»Wir haben Glück. Die Wellen sind heute ideal.« Ich parkte den Wagen und lud die Bretter ab.

»Die freuen sich auf uns.«

»Auf dich vielleicht.« Ich griff nach ihrer Hand und drückte sie. »Aber denk dran, was ich dir gesagt habe. Pass immer schön auf deinen Kopf auf, damit du kein Brett dagegen bekommst. Und achte auf die anderen Surfer.«

»Ich hab's kapiert. Lass uns loslegen!«

Wenn es nach ihr gegangen wäre, hätte Sam sich sofort ins Wasser gestürzt, aber so einfach war es nicht. Ich wartete, bis sie den Neoprenanzug anhatte, und bereitete die Bretter vor. »Wir beginnen mit Trockenübungen. Erst musst du lernen, vom Liegen in den Stand zu kommen.« Ich zeigte auf ihr Brett. »Leg dich drauf.«

Sam sah sich zu den Surfern im Wasser um.

»Tu nicht so, als wäre es dir vor den anderen peinlich. Das kauft dir niemand ab.«

»Aber das ist langweilig.« Ihr Quengeln erinnerte mich an die Tochter unserer Nachbarn. Weder sie noch Sam konnte ich in solchen Momenten ernst nehmen und musste ein Schmunzeln unterdrücken.

»Das sind die Grundlagen. Du kannst keine Welle reiten, wenn du nicht aufstehen kannst.«

Sam stellte sich wirklich ein bisschen wie ein kleines Kind an, aber am Ende gab sie nach. Sie legte sich auf das Brett, tat, als würde sie paddeln, dann kletterte sie auf die Knie und drückte sich nach oben.

»Nicht so. Versuch es mit mehr Schwung und in einem Zug.«

Sie machte es noch mal und stolperte über ihre eigenen Füße.

»Das ist nur wegen der Schuhe. Die sind komisch.«

»Du bist auch komisch.« Ich beugte mich zu ihr hinunter und küsste sie auf die Wange. »Versuch es weiter.«

Kaum hatte sie es zweimal geschafft, schnappte sie sich das Brett. »Ich kann es. Jetzt will ich ins Wasser!«

»Warte.« Ich kniete mich vor sie und befestigte die Leash an ihrem Fußgelenk. Mit der Leine bestand keine Gefahr, dass sie ihr Brett verlor und ich es aus dem See holen musste.

»Wir werden ein Stück rauspaddeln. Immer nach vorn und wenn eine Welle kommt, musst du darüber hinweg, verstanden?«

»Ja.« Sam verdrehte die Augen. »Kein Problem. Ich mache es einfach wie die anderen.«

Auf unseren Brettern paddelten wir hinaus und Sam stellte sich ganz gut an. Ich hatte schon Anfänger gesehen, die es nicht über die ersten Wellen schafften und zurück ans Ufer getrieben wurden, aber Sam hielt durch.

»Wenn die nächste Welle kommt, drehst du dein Brett, stehst auf und reitest sie. Bereit?«

Sie sah zu mir. Ihre Augen funkelten. »Die Welle gehört mir!«

Sie war so siegessicher, dass ich es ihr gegönnt hätte, aber die Welle kippte das Brett und Sam fiel ins Wasser.

Prustend und wild um sich schlagend tauchte sie wieder auf. Sie schaute so überrascht wie ein Hund, den man ins Wasser geworfen hatte. Vor Lachen wäre ich beinahe von meinem Board gefallen.

»Schwimm zum Brett«, rief ich ihr zu, aber da traf sie schon die nächste Welle. Sie wurde erneut unter Wasser gedrückt und es dauerte ein paar Sekunden, bis sie wieder an die Oberfläche kam. Etwas hatte sich verändert. Sam paddelte nicht mehr. Die Arme streckte sie seitwärts aus, um sich über Wasser zu drücken. Ihr Blick war starr. Kein Laut entwich ihrer Kehle, so sehr war sie mit dem Atmen beschäftigt.

Mir verging das Lachen. Ich sprang von meinem Brett und schwamm auf Sam zu. »Zieh dich an der Leine zum Board!« Daran konnte sie sich festhalten. Doch schon im nächsten Moment erwischte sie eine dritte Welle. Ich tauchte darunter hinweg und erreichte Sam. Sie schlug nach mir und versuchte nach oben zu kommen. Ich hatte Mühe, sie über Wasser zu halten und selbst nicht verletzt zu werden.

»Ich hab dich, keine Angst.«

Doch sie strampelte und schnappte nach Luft. Ich zog mein Brett zu uns.

»Atme tief ein und lass die nächste Welle einfach vorbeiziehen, okay?«

Jetzt nickte sie, aber statt Luft zu holen, hustete sie noch immer.

Ich war heilfroh, als ich sie endlich wieder auf dem Brett hatte und an den Strand bringen konnte. Sam ließ sich in den Sand fallen. Ich legte die Bretter neben ihr ab und setzte mich zu ihr. »Was war das eben?«

»Die Wellen haben mich unter Wasser gedrückt und ehe ich wieder genug Luft holen konnte, kam schon die nächste.«

»Das haben Wellen so an sich«, versuchte ich sie mit einem blöden Spruch aufzumuntern. Ich legte einen Arm um ihre Schultern und zog sie an mich. Im See hatte ich eine verfluchte Angst um sie gehabt. Sie jetzt – noch immer zitternd – neben mir zu spüren beruhigte mich.

»Ich dachte, ich ertrinke.«

Wenn sie weiterhin so reagiert hätte, wäre das möglich gewesen. Ich hatte es in ihren Augen gesehen. »Das werde ich nicht zulassen. Du darfst nicht panisch werden. Die Wellen ziehen an dir vorbei. Und wenn es dir doch zu viel wird, kannst du dich am Bord festhalten.« Beim nächsten Mal wäre ich vorsichtiger. Die Kinder unserer Nachbarn waren von klein auf in den Ozean gegangen und ihnen war nie etwas geschehen. Sam würde es auch schaffen.

»Die Wellen waren echt fies.« Sie lächelte. Es war nur ein halbes Lächeln, aber immerhin ein Anfang. »Du hättest mich warnen sollen.«

»Wir wollten Wellenreiten. Dachtest du, dass wir das ohne Wellen machen?«

»Nein. Aber im Schwimmbad hat mich außer meinen Brüdern nie etwas unter Wasser gezogen. Und denen hat mein Dad es verboten.«

Ich knotete die Leine von ihrem Fußgelenk, dann stand ich auf und reichte ihr die Hand. »Komm, wir lassen die Boards hier und gehen einfach so ins Wasser.«

Sam stand auf und öffnete den Neoprenanzug. »Ne, ich habe keine Lust mehr.«

»Gibst du so schnell auf?«

»Erzähl es nicht meinen Brüdern.«

Ich lachte. »Okay. Schieben wir es auf die Booties. Ohne die Dinger hätte es bestimmt geklappt.«

Sammy – Überzeugung

Mein letzter Flug innerhalb der Vereinigten Staaten stand bevor und den wollte ich mit Jayden erleben. Die letzten Tage mit ihm waren toll gewesen, aber ich hatte es einfach nicht über mein Herz gebracht, ihm von meinem Abreisetermin zu erzählen. In einer Woche endeten die Ferien und da meine Eltern auf einen Direktflug bestanden, musste ich schon Donnerstag abfliegen. Dadurch verlor ich ganze drei Tage! Und das nur, weil sie Angst hatten, ich könnte in ein falsches Flugzeug umsteigen.

Inzwischen mutierte ich zu einer anhänglichen Klette, aber ich konnte es nicht verhindern. Jayden und ich hatten nur noch zwei gemeinsame Tage. Ich wollte so viel Zeit wie möglich mit ihm verbringen und ihm so nahe sein, wie er mich ließ. Ich glaubte daran, dass wir eine Zukunft haben könnten. Das mit uns funktionierte trotz des Versteckspiels. Aber ich kannte seine Meinung nicht und das machte mir Angst. Eine innere Stimme warnte mich davor, dass er sich von mir abwenden und sich eine andere suchen könnte, sobald er von meiner bevorstehenden Abreise erfuhr. Das hätte ich nicht ertragen. Ich fürchtete mich auch davor, dass er keine Zukunft nach der Tour für uns sah. Immerhin stellte sein bescheuerter Vertrag klare Regeln auf und je länger wir unser Spiel trieben, umso schwieriger wäre die Geheimhaltung. Es würde auffallen, wenn ich nach Florida flog oder Jayden nach Deutschland. Ella müsste er darüber informieren, damit sie die Bandtermine entsprechend planen konnte, und spätestens dann würde sie graben und Fragen stellen.

Diese Gedanken und all die unausgesprochenen Theorien bereiteten mir

Kopfschmerzen. Ich wollte heute nicht darüber nachdenken. Ich hatte einen Plan und den würde ich zur Not mit der Brechstange durchsetzen.

Wie immer hatte ich den Platz neben Chrissi im Flugzeug. Ich sah an ihr vorbei. Zwei Reihen hinter Chrissi entdeckte ich Paul, der sich gerade neben Jayden setzen wollte. »Paul?« Ich drängelte mich an Kev und Steve vorbei und stellte mich zwischen Paul und seinen Platz. »Können wir die Sitze tauschen? Es ist so laut, wenn Chrissi tippt, und ich bin total müde.« Mit weit geöffnetem Mund täuschte ich ein Gähnen vor. Das Schauspiel überzeugte sogar mein Gehirn und ich musste tatsächlich gähnen.

Paul griff nach seinem Rucksack. »Von mir aus.«

Den frei gewordenen Platz im Gepäckfach nutzte ich, um meine Tasche zu verstauen. Dann sah ich zu Jayden, der mich fragend musterte, jedoch schwieg. »Können wir Plätze tauschen? Am Fenster kann ich besser schlafen, sonst wecken mich die Stewardessen.«

Jayden stand auf und ließ mich vorbeirutschen. Erst als ich saß, beugte er sich zu mir. »Als ob du jemals schläfst. Du wirst mich die ganze Zeit über vollquatschen.«

Das hatte ich im Taxi auf dem Weg zum Flughafen gemacht, weil mir kaum etwas anderes blieb. Küssen konnten wir uns nicht, solange Logan ebenfalls auf der Rückbank saß.

Jetzt saß er zwar eine Reihe hinter uns, aber auch das reichte nicht, um ungestört zu sein. Aber ich hatte vorgesorgt.

Mit einer Decke machte ich es mir auf dem Fensterplatz gemütlich. Sobald das Flugzeug in der Luft war, zog ich die Beine auf den Sitz und kuschelte mich ein. Die Decke breitete ich über die Armlehne aus. Darunter zog ich heimlich Jaydens Hand zu mir. Schritt eins war geschafft. Niemand würde das bemerken. »Und schon schlafe ich«, flüsterte ich nach ein paar Minuten und ließ meinen Kopf langsam an Jaydens Schulter sinken. Unauffällig gab ich ihm einen kleinen Kuss auf den Hals, dann mimte ich wieder die schlafende Sam. Mit betont gleichmäßigen Atemzügen roch ich an Jayden. Er verwendete das Duschgel auch für die Haare, in die ich liebend gerne meine Finger vergraben hätte. Das musste warten, aber wenigstens konnte ich mich ankuscheln und den Geruch genießen. Ich mochte es, dass er immer das gleiche Duschgel benutzte. So war Jayden immer er selbst, egal an welchem Ort wir uns aufhielten. Von Kev wusste ich, dass er es aufgegeben hatte. Die Flughafenkontrollen nervten ihn und seitdem Neles Kosmetiktasche einmal während eines Flugs explodiert war und sich die Inhalte von Shampooflaschen und Cremedosen in Kevins Koffer verteilt hatten, verzichtete er auf alle unnötigen Flüssigkeiten. Shampoo und Seife gab es schließlich in jedem der Hotels, in die die Weeds eincheckten. Wenn Nele ihn begleitete, musste sie ihre Kosmetiktasche seither in einen eigenen Koffer packen.

»Schläft sie schon?«, fragte Kev.

Ich spürte, wie Jayden nickte und dabei meine Hand etwas fester drückte.

»Typisch Sam. Als Kind konnte sie auf jeder Party pennen. Entweder ist sie auf dem Stuhl eingeschlafen oder unter dem Tisch, wenn es ihr oben zu unruhig war.«

»Hauptsache, nicht allein sein.« Jayden streichelte mit den Fingerspitzen über meinen Handrücken. »Welches Kind verlässt die Party freiwillig?«

»Auch wahr.«

»Apropos Party«, sagte jemand. Ich tippte auf Noah. »Was machen wir heute Abend?«

»Ich hätte mal wieder Lust auf ein richtiges Steak.« Kev machte ein komisches Geräusch, das fast wie ein Würgen klang. »Das aufgewärmte Flugzeugessen ist zwar okay, aber gegen ein frisch gegrilltes Steak kommt es nicht an.«

»Redet nicht von Fleisch«, sagte Logan. »Ich bekomme Hunger.«

»Dann ist es abgemacht.« Noah klang aufgedreht. »Wir suchen uns ein Steakhouse und lassen es uns gut gehen. Wer ist dabei?« Einen Moment lang hörte ich nichts, offenbar nickten alle oder hatten plötzlich Gebärdensprache gelernt. Es war so still, dass ich fast die Augen geöffnet hätte, um nachzusehen. Doch dann sprach Noah endlich wieder: »Was ist mit dir, Jay?«

»Bin dabei.«

»Perfekt. Und so wie Sam an dir hängt, kommt sie bestimmt auch mit.«

Jayden zuckte kurz, aber mich störte die Bemerkung kein bisschen. Meine Güte, ich schlief doch nur. Noah konnte uns nichts vorwerfen. An Jaydens

Schulter nickte ich ganz leicht und drückte seine Hand. Das Steakhouse war eine gute Idee.

»Fahren wir direkt vom Flughafen aus hin?«

»Nee, lass uns erst mal ins Hotel«, sagte Logan. »Ich will nicht alles mitschleppen.«

»Die Roadies können deinen Koffer doch mitnehmen.«

»Die Roadies können ihre Finger von meinen Sachen lassen.«

***

Das Flugzeug setzte zur Landung an.

»Gut«, sagte Noah. »Ich gebe euch zehn Minuten im Hotel, aber dann müssen wir los. Das wird sonst zu spät.«

Jayden versteifte sich und entzog mir seine Hand. »Gib mir die Adresse. Ich komme nach.«

»Wie lang brauchst du, um deine Locken aufzudrehen? Ich würde für dich eine Ausnahme machen. Fünfzehn Minuten?«

Jayden schüttelte den Kopf und bewegte dabei seine Schulter, als wäre mein Kopf eine Fliege, die er abschütteln wollte.

Unter der Decke tastete ich die Armlehne entlang nach seiner Hand. Ich fand sie nicht mehr. Was sollte das?

»Ich treffe gleich einen Freund. Es wird nicht lange dauern.«

»Willst du dich drücken?«

»Nein.« Jayden atmete schneller. »Ich komme nach, versprochen.«

Die Räder des Flugzeugs setzten auf der Rollbahn auf und schüttelten uns alle einmal durch. Ich nutzte die Chance, um mein Aufwachen vorzutäuschen. »Was ist los?«, flüsterte ich Jayden zu.

»Nichts. Wir sind da.«

Etwas stimmte nicht und ich wollte wissen, was es war. Vor allen anderen konnte ich ihn aber nicht zur Rede stellen. Im Gedränge auf dem Weg nach draußen war es zwar so laut, dass vermutlich niemand unser Gespräch mitgehört hätte, aber ich wollte nichts riskieren. Erst am Gepäckband ergab sich endlich eine Chance.

»Warum hast du deine Hand weggezogen?« Das war es, was mich am meisten störte. Ich hatte alles so schön geplant und dann machte er einen Rückzieher.

»Sam, nicht jetzt.«

»Erzählst du es mir im Taxi? Wir könnten ein eigenes nehmen.«

»Du hast es doch gehört. Ich treffe noch jemanden.«

»Kann ich mitkommen?«

»Sam.« Er drehte sich zu mir und sah mich aus müden Augen an. »Du kennst die Regeln. Es wird jemandem auffallen und dann werden sie Fragen stellen. Wir sehen uns beim Abendessen. Und morgen haue ich so schnell wie möglich vom Interview ab. Den Abend haben wir für uns, versprochen.« Er sah sich um, dann sprach er weiter. »Um sechs in meinem Zimmer?«

»Einverstanden.« Ich fand es blöd, dass ich nicht mit zu seinem Freund durfte. Immerhin war es eine Gelegenheit, bei der seine Bandkollegen nicht dabei wären. Die Heimlichtuerei war nervig. Ich fühlte mich wie die Geliebte von der niemand – erst recht nicht die Ehefrau – etwas erfahren durfte. Jayden lebte ein normales Leben, von dem er mich ausschloss. Mich gab es nur im Verborgenen. Ich verstand das Problem, trotzdem wollte ich mehr. Uns blieben nur noch Stunden und die wollte ich auskosten.

»Ich muss los.« Jayden schnappte sich seinen Koffer, dann lief er davon. Auf einen Abschiedskuss durfte ich nicht hoffen.

Mein Koffer rollte über das Band. Steve hob ihn auf, bevor er mich erreichte. Plötzlich hatte ich das Gefühl, dass Steve mein Gespräch mit Jayden beobachtet hatte. Aber das war mir egal. Es gab nichts, was Jaydens Geheimnis verraten hätte. Leider. Ich schlurfte zu Steve und nahm ihm meinen Koffer ab.

»Schlecht geträumt?«, fragte er.

»Kann man so sagen. Kennst du das, wenn man wach ist und sich trotzdem wünscht aufzuwachen?«

Steve neigte den Kopf zur Seite und sah mich an. Erst mitleidig, dann belustigt. »Stell dich nicht so an. Du hast ein tolles Leben, darfst uns auf der Tour begleiten, hast mich als Freund und bisher hat dir niemand gesagt, dass dein T-Shirt einen dicken Fleck hat. Du hast keinen Grund, aufwachen zu wollen.«

Ich sah an mir hinab und suchte den Fleck.

»Reingelegt.« Steve stupste mich an.

»Haha. Du bist manchmal so lustig, dass du über eine Karriere als Comedian nachdenken könntest.«

»Möglich. Du solltest es sein lassen, denn falls das ein Witz sein sollte, war er nicht lustig.«

»Sarkasmus, Steve. Das nennt man Sarkasmus.«

»Orgasmus?« Steve legte einen Arm um meine Schulter und zog mich mit sich. »Du solltest hier nicht laut darüber sprechen. Die Amis reden nicht so offen darüber, wie du es von deinen Freundinnen gewohnt bist.« Er nickte zu Luna hinüber.

Auch wenn es gemein war, konnte ich nicht anders, als prustend loszulachen. »O ja, Luna und ich reden nur darüber, was sie und Dave ... Gut, dass sie das nie tun würde. Ich will es nicht wissen!«

Jayden – Aufzug

Sams Anblick hatte sich in meinen Kopf gebrannt. Sie hatte so traurig ausgesehen, als ich sie am Flughafen stehen lassen musste, dass ich sie am liebsten eingepackt und mitgenommen hätte. Doch dann hätte sie gleich zwei Vertragsbrüche bezeugen können. Nicht, dass ich ihr nicht vertraute, aber es kam mir nicht richtig vor, so viel von ihr zu verlangen. Einerseits wollte ich ihr alles erzählen, andererseits fürchtete ich sie damit zu belasten.

Am Anfang war es so einfach erschienen, aber mit jedem vergeblichen Versuch, es ihr zu sagen, wuchsen meine Bedenken. Sollte ich sie damit belasten? War es längst zu spät? Würde es sie abschrecken? So vieles sprach dagegen, doch wollte ich Sam nicht mehr belügen.

Ständig rang ich mit mir, legte mir die Worte zurecht und dann kam es doch anders. Die wenige Zeit, die wir allein für uns hatten, war viel zu schade, um sie mit meinen Problemen zu belasten. Deshalb hatte ich mir etwas ausgedacht: Nach dem Konzert am Donnerstag war eine große After-Show-Party geplant. Die Mitte der Tour war zwar längst überschritten, aber wir wollten den Wechsel von der Ost- zur Westküste feiern. Damit ging ein wichtiger Abschnitt der Tour zu Ende.

Mit dem Hotelrestaurant hatte ich ein Menü abgestimmt, das sie nachts auf mein Zimmer bringen sollten. Sam und ich mussten uns auf der Party zeigen, aber mein Plan sah vor, dass wir früh gingen und unsere eigene Party feierten. Beim Dinner wären wir ungestört und dann würde ich ihr endlich alles erzählen. Wie es dann mit uns weiterging, lag an ihr. Ich hoffte so sehr, dass sich ein Weg finden würde.

Das Taxi hatte mich vom Flughafen zum Krankenhaus gefahren. Dem Arzt erzählte ich eine meiner Storys und besorgte mir im Drugstore alles, was ich noch vor wenigen Stunden entsorgt hatte. Wenigstens hatte ich nicht lange warten müssen – offenbar war der Dienstag ein ruhiger Tag – und es hatte dieses Mal keine großen Nachfragen gegeben. Ich hatte bekommen, was ich wollte. Nur die Dosis war relativ knapp bemessen, aber sie reichte bis zum Flug nach Vegas. Den würde ich ohnehin wieder ohne verdächtiges Gepäck antreten müssen.

Ich schaffte alles in mein Zimmer und erkundigte mich an der Rezeption, ob meinem Plan nichts im Weg stand, dann rief ich ein Taxi zum Steakhouse.

Unser Kalender enthielt für New Orleans zwar nicht viele Termine, aber für das Dinner mit Sam bot sich nur dieser eine Abend an. Morgen hatte F-of-J das Interview, Donnerstag würde erst unser Konzert und dann die After-Show-Party stattfinden, Freitag wollte Noah etwas für alle organisieren und Samstag flogen wir schon nach Vegas.

Die After-Show-Party war die beste Gelegenheit für uns. So konnte ich mir sicher sein, dass keiner im Hotel auftauchte oder mir einen Termin reindrückte.

Schon jetzt war ich nervös, wenn ich nur daran dachte, was ich Sam bei dem Essen alles sagen wollte. Nur noch zwei Tage ... Aus dem Krankenhaus hatte ich extra Flyer einer Selbsthilfegruppe mitgenommen. Manchmal half es den Angehörigen, sich dort auszusprechen oder anderen zuhören zu können. Meine Mutter besuchte die Treffen jeden Donnerstag. Ich fand es merkwürdig, zu wissen, dass sie an den Abenden vermutlich fremden Menschen ihr Leid mit mir klagte, aber wenn es Sam half, würde ich sogar eines der Treffen mit ihr besuchen.

***

Das Interview am nächsten Tag dauerte mal wieder länger als geplant. Logan und Noah blieben in der Stadt zum Essen, ich musste zurück zum Hotel. Es war bereits kurz nach sechs, als ich die Lobby betrat. Zum Glück erwischte ich sofort einen der Aufzüge. Sam wartete bestimmt schon auf mich.

»... Foto ...«

Ich suchte die Taste für das dritte Stockwerk, aber sie war schon gedrückt.

»... Marc ... sexy ...«

Jemand telefonierte und ich verstand nur jedes fünfte Wort. Dann erkannte ich das Gesicht. Es war Paul.

Wir beide sahen uns an, als hätten wir einen Geist gesehen.

Musste ausgerechnet Paul mit mir im selben Aufzug stehen? Ich guckte noch einmal nach den Tasten für die Etagen. Hatte er die Drei gedrückt? Toll, sogar die gleiche Etage.

Das Smartphone vibrierte in meiner Hosentasche.

Bestimmt war Sam dran, die wissen wollte, wo ich blieb. Paul würde sie gleich vor meinem Zimmer stehen sehen. Wie sollte ich ihm das erklären?

Er beendete sein Gespräch und sah wieder zu mir. Sein Blick spiegelte meine Panik.

»Sag es keinem, okay?«, fragte er. »Das war Tina.«

Ich hatte keine Ahnung, wer Tina war. Es war mir gerade sogar vollkommen egal. Soweit ich wusste, hatten die Weeds keine Verbote. David hatte Luna, Kevin hatte Nele und Steve ... Bei ihm war ich mir nicht sicher.

Für mich sah es anders aus. Ich durfte keine Freundin haben und ich brauchte keinen Paul, der mein Geheimnis kannte. Ich hatte genug andere Dinge mit Sam zu klären. Mehr war jetzt nicht drin.

Die Türen öffneten sich und ich suchte nach einer Ausrede. Gab es etwas, das Sam von mir brauchen und ausleihen könnte?

»Bis später.« Paul stieg aus und bog in den Flur.

Ich folgte ihm und suchte sofort nach meiner Zimmertür. Linke Seite ein paar Meter weiter. Niemand stand davor. Sam war nicht auf dem Flur.

Das Smartphone vibrierte wieder. Sam hatte mir geschrieben, dass sie sich verspätete. Meine Sorge war also völlig unbegründet gewesen. Trotzdem wollte ich sichergehen, dass die Befürchtung nicht real werden konnte. Ich stieg wieder in den Aufzug und fuhr zur Rezeption. Dort ließ ich mir eine zweite Keycard ausstellen. Damit konnte Sam jederzeit in meinem Zimmer ein und ausgehen und brauchte nicht vor der Tür zu warten, wo jeder sie sehen konnte.

Sammy – New Orleans

»Paul ist ein Eigenbrötler.« Ich steckte Jaydens Keycard in meine Hosentasche. »Trotzdem hätte er uns nicht verraten.«

»Aber er hat so merkwürdig reagiert. Vielleicht lag das aber auch an seinem Telefonat.«

»Lass mich raten. Er hat mit Tina telefoniert.« Ich ahnte schon lange, dass zwischen den beiden etwas lief. Paul sendete ständig Nachrichten oder lächelte das Display seines Handys an.

»Das sollte ich dir nicht erzählen.« Jayden schüttelte den Kopf. »Und wer ist sexy Marc?«

»Keine Ahnung?« Hatte Tina gleich zwei Kerle am Start?

Jayden setzte sich aufs Bett. »Was hast du vor?«

Mit einer Hand zog ich ihn wieder hoch. »Ausgehen. Ich habe etwas organisiert.«

Unbemerkt huschten wir durch die Lobby hinaus und riefen ein Taxi.

»Wo fahren wir hin?« Jayden schielte auf den Zettel, den ich dem Fahrer reichte.

»Heute bin ich dran mit den Überraschungen.« Zum Glück las der Fahrer die Daten nicht laut vor, denn ich hatte die Adresse und zur Sicherheit auch den Namen notiert.

Jayden drehte sich auf der Rückbank, damit er mich besser ansehen konnte. »Sollte nicht der Mann die Frau zum Essen einladen?«

»Solltest du nicht im 21. Jahrhundert leben? Außerdem: Wer sagt, dass wir etwas essen werden?«

»Du hast mich gebeten, nicht mit den Jungs ins Restaurant zu gehen.«

Das war schlüssig, aber so leicht gab ich mich nicht geschlagen. »Und? Vielleicht gehen wir schwimmen. Das darf man nicht mit vollem Magen.«

»Ich habe keine Badehose mitgenommen und zum Nacktbaden bist du zu feige.«

Spielte er damit auf New York an? »Was?« Ich beugte mich zu ihm und setzte meinen Killerkatzenblick auf. »Niemand nennt mich feige!«

»Ich schon.« Jayden beugte sich ebenfalls vor und gab mir einen schnellen Kuss. »Aber ich weiß, dass du es nicht bist.«

Das Taxi hielt vor dem Lokal. Natürlich mussten wir unsere Ausweise vorzeigen, aber in das Restaurant durften wir ohne Probleme. Nur der Barbereich war tabu. Mich interessierte beides nur wenig. Mein Schlagzeuglehrer hatte mir die Adresse empfohlen. Er war selbst oft hier gewesen und kannte den Inhaber.

Das Lokal war in gedämpftes Licht gehüllt. Dunkles Holz und Samtbezüge erinnerten an Filme der Fünfzigerjahre, aber es fehlte der Gestank nach Zigarettenrauch, den ich mir immer dazu dachte.

In dem Wissen, dass hinten gleich vorne sein würde, führte ich Jayden an fünf freien Tischen vorbei zum Ziel meiner Wahl.

»Der einzige Tisch, der nicht abgeräumt ist, und genau den suchst du dir aus?«

Ich grinste und nickte. »Ja, hier ist es perfekt.«

Morgen würde ich schon kurz nach dem Konzert aufbrechen müssen. Die After-Show-Party hatten meine Brüder als Abschiedsfeier für mich organisiert. Eine Feier für mich, die ich nur zum Teil miterleben durfte, wenn ich pünktlich zum Flughafen kommen wollte. Und an das Wollen durfte ich nicht denken. Natürlich wäre ich lieber geblieben. Umso wichtiger war mir dieser letzte Abend allein mit Jayden.

Die Kellnerin kam sofort und räumte die Gläser ab. Jayden und ich bestellten Essen und beobachteten, wie sich langsam auch alle Plätze um uns herum füllten.

***

»Und jetzt gehen wir doch mit vollem Magen schwimmen?« Jayden hatte aufgegessen und wischte sich mit einer Serviette über den Mund.

Nach meiner Uhr war es zwei nach neun. Es müsste gleich losgehen. »Später vielleicht. Ich bin so satt, dass ich mich nicht bewegen kann.«

»Ich würde dich tragen«, er grinste, »aber nur bis zum Taxi. Der Weg zum Hotel ist zu weit.«

»Danke, aber ich bleibe lieber hier.« Ich gab der Kellnerin ein Zeichen, uns neue Getränke zu bringen.

Jayden lehnte sich zurück und musterte mich. »Was hast du ausgeheckt, sassy weasel?«

Jeffrey, der Inhaber des Lokals, der genauso aussah wie auf den Fotos seiner Website, trat neben unseren Tisch. In der Hand hielt er ein Mikro.

»Sehr verehrte Gäste«, Jeffreys Stimme klang rau. Sie legte sich wie eine warme Decke um die Besucher und hüllte uns ein, »heute darf ich Sie zu einem Abend einladen, der Sie für immer verändern wird. Schon nach dem ersten Stück werden Sie Mona und ihre Musiker nie wieder vergessen können. Ich freue mich diese Ausnahmekünstlerin heute zu unserem Jazz-Abend begrüßen zu dürfen.« Jeffrey machte zwei Schritte zur Seite und deutete auf den Samtvorhang hinter sich. »Ich bitte um einen herzlichen Applaus für Mona Ramirez und Band.«

Ich rückte meinen Stuhl an Jaydens Seite und klatschte.

Die Vorhänge wurden aufgezogen und die Band spielte den ersten Song.

Jayden legte einen Arm um mich. »Er würde nicht von Mona schwärmen, wenn er wüsste, dass Samantha Wilson heute unter den Gästen ist. Aber mit einem hat er recht ...« Er zog mich näher zu sich. »Den Abend werde ich nicht vergessen.«

Ich spürte, dass er mehr sagen wollte, und schwieg geduldig.

»Vielen Dank für die Einladung, Sam.« Er sah mir in die Augen und war mir so nah, dass unsere Nasenspitzen sich beinahe berührten. »Ich liebe Jazz.« Er lächelte.

Mir entglitten die Gesichtszüge. Nur für einen Moment, dann zwang ich mich, sein Lächeln zu erwidern. »Schön, dass ich dich dafür begeistern konnte.«

Jeffrey hatte mir aus der Seele gesprochen. Dieser Abend sollte alles verändern. Ich wollte Jayden von meinen Plänen erzählen und ihm sagen, dass ich ihn liebte. Und was tat er? Er gestand dem Jazz seine Liebe? Was war mit mir?

Ich tat so, als würde ich zur Bühne sehen und drehte mich von ihm weg. Jayden sollte nicht sehen, wie es mir plötzlich ging. Am liebsten wäre ich auf die Toilette gerannt und hätte Nele angerufen, aber ich blieb tapfer. Außerdem – das wusste ich genau – hätte ich dann die Tränen nicht zurückhalten können.

Mona stach mit jedem Ton ihrer melancholischen Stimme in meine Wunden. Ich brauchte nicht zu hören, von welchem Schmerz sie sang, ich fühlte ihn bereits.

Das war nicht der Jazz, den ich in New Orleans hören wollte. Auf das Original hatte ich gehofft, auf Jeffrey und seine legendären Freunde, die mit meinem Schlagzeuglehrer ganze Nächte durchgespielt hatten. Wegen ihnen war ich hergekommen, nicht für Mona und vor allem nicht, damit Jayden sich in den Jazz verliebte. Mich sollte er lieben. Richtig und nicht nur als Ferienflirt oder als Groupie während der Tour.

»Jayden?«, flüsterte ich.

Er drückte mich. »Ja?«

»Wie soll es mit uns weitergehen?« Auch wenn es schmerzte, ich musste es wissen.

Es dauerte einen Moment, bis er antwortete: »Ich weiß es noch nicht. Nach der Tour wird sich vieles verändern. Ella wird Termine für uns machen, ein zweites Album ist geplant. Aber das hat noch Zeit. Uns bleiben noch ein paar Wochen, bis wir uns darüber Gedanken machen müssen.«

»Stunden, nicht Wochen«, flüsterte ich so leise, dass er es nicht hören konnte.

***

Noch im Taxi verabschiedete ich mich von Jayden und ging direkt auf unser Zimmer. Luna war nicht da. Stattdessen lag ein Zettel auf meinem Bett. »Ich bin bei David und könnte dort versehentlich einschlafen. Genießt euren letzten Abend. Ihr habt sturmfrei.«

Das war das Süßeste, was sie für mich tun konnte. Eigentlich sollte sie mich nur für den Abend in der Jazzbar decken, damit niemand merkte, dass ich mit Jayden verschwunden war. Ich hatte ihr noch in New York von meiner Versöhnung mit Jayden im Central Park erzählt. Sie hatte uns einige Male gedeckt. Dass Luna daraus heute eine ganze Nacht machte, war wirklich lieb von ihr. Doch was sollte ich nun damit?

Neles Worte kamen mir in den Sinn. »Spaß haben!«, hätte sie mir geantwortet. Und warum auch nicht?

Ich erweiterte den Text um ein »Danke« und ging aus dem Zimmer. Obwohl ich die Keycard noch immer in meiner Hosentasche hatte, klopfte ich: eine Viertel, zwei Achtel, eine Halbe.

»Hey!« Jayden öffnete. Er trug nur noch die Jeans, die ihm knapp auf den Hüften hing.

»Hey, darf ich reinkommen?«

Er trat zur Seite. Ich wartete, bis er die Tür geschlossen hatte, dann legte ich meine Hände um seinen Hals. »Wir sollten den Abend noch nicht enden lassen.« Ich küsste ihn und streichelte über seine nackte Haut. Seine Muskeln spannten sich unter der Berührung meiner Finger an. Jeden Zentimeter seines Rückens erkundete ich, zog ihn mit zum Bett und widmete mich dann seinem Bauch. Als ich den Hosenbund erreichte, umschloss Jayden meine Handgelenke und hielt sie fest. »Was wird das?«

»Luna ist bei David. Niemand wird mich heute Nacht vermissen.« Ich versuchte meine Hände zu befreien und den Hosenknopf zu erreichen. »Lass uns Spaß haben.«

»Nein.«

Dieses eine Wort traf mich so hart wie eine ganze Ansammlung von Flüchen. Er liebte den Jazz, aber nicht mich. Küssen war okay, aber nicht mehr?

Jayden legte eine Hand an meinen Hinterkopf, rollte sich zur Seite und zog mich zu sich auf die Matratze. »Ich mag dich viel zu sehr, um es jetzt zu überstürzen. Lass mir etwas Zeit.«

Aber ich hatte doch keine Zeit mehr …

Er zog mich an seine Seite und schlang die Arme um mich. Seine Brust lag an meinem Rücken. Meine Arme lagen nutzlos vor mir auf der Decke.

»Bleib trotzdem bei mir, bitte.«

Er vergrub seine Nase in meinen Haaren und küsste meinen Nacken.

Jayden – Besuch

Wir waren in der Position aufgewacht, in der wir gestern eingeschlafen waren. Ich hatte Sam noch immer in den Armen gehalten. In der Jeans war es furchtbar unbequem gewesen. Ihr musste es ähnlich gegangen sein, trotzdem war sie geblieben.

Ich wünschte mir sehr, dass wir das wiederholen könnten. Heute Abend wäre es perfekt. Das Essen war genau die richtige Einstimmung. Alle Geheimnisse wären anschließend gelüftet und wenn Sam mich dann noch immer wollte, wäre ich der glücklichste Typ auf diesem Planeten.

Wir hatten dank des Zimmerservices noch gemeinsam gefrühstückt. Und vor einer Stunde war Sam dann gegangen. Viel Zeit blieb mir nicht bis zum Soundcheck, also sprang ich unter die Dusche und konzentrierte mich auf den Auftritt, den wir im Anschluss haben würden. Es blieb nur eine kleine Pause, deshalb durfte ich jetzt nichts vergessen.

Einen schwarzen Pullover und das Bandshirt hatte ich bereits rausgelegt. Darauf lag mein Spritzbesteck.

Ich stieg aus der Dusche, rubbelte mir mit einem Handtuch einmal über den Kopf und wickelte es mir dann um die Hüften. Wassertropfen rannen an mir hinab und sammelten sich auf den Marmorfliesen.

Auf meinem Smartphone wählte ich die Aufnahme von Sams Auftritt aus und drehte den Ton auf maximale Lautstärke. In ihrem Spiel steckte so viel Leben und Gefühl, dass ich mich daran niemals würde satthören können.

Ich bereitete die Spritze vor und legte sie auf das kleine Handtuch neben der Seifenschale. Dann wickelte ich den Stauschlauch um meinen Arm.

»Jayden, ich muss dir etwas sagen!«

Die Worte übertönten die Musik. Ich sah zur Tür und im gleichen Moment trat Sam auch schon in den Rahmen. Ihr Blick glitt an meinem Körper hinab, sie quietschte auf und verschwand. »Ich wusste nicht, dass du halb nackt bist. Sorry!«

»Kein Problem.« Ich machte einen Schritt Richtung Tür, dann rutschte ich über die nassen Fliesen. Mit einer Hand versuchte ich das Waschbecken zu erreichen und mich festzuhalten, die andere Hand streckte ich zum Boden. Mein Kopf prallte gegen die Kloschlüssel.

»Jayden?«

Ehe ich antworten konnte, sah ich das Blut. Erst danach setzte der Schmerz ein.

»O Scheiße!« Sam kam ins Bad und kniete sich zu mir auf den Boden. »Das sieht übel aus.«

Ich zog ein zweites Handtuch vom Ständer, presste es an meine Stirn und stand auf. Dann betrachtete ich die Wunde im Spiegel. Über der Augenbraue war die Haut aufgeplatzt und Blut floss hinaus. Ich presste das Handtuch wieder dagegen.

»Das muss genäht werden.« Sam wurde bleich.

Ich schob sie aus dem Bad und setzte sie aufs Bett. »Alles gut, ich hab das im Griff.«

»Jayden!« Sie sprang wieder auf. »Du brauchst einen Arzt.«

»Gleich.« Zuerst brauchte ich die Injektion. Ich sah auf die Uhr. Nur noch fünfzehn Minuten bis zum Soundcheck. Das würde ich niemals schaffen. Sam hatte recht: Die Wunde musste genäht werden. »Ich brauche deine Hilfe.« Ich legte meine freie Hand auf ihre Schulter und sah ihr in die Augen. »Kannst du mich beim Soundcheck vertreten? Ich fahre ins Krankenhaus und bin zum Konzert wieder da.«

Sam nickte, aber ich war mir nicht sicher, ob sie alles verstanden hatte. »Kannst du dafür sorgen, dass der Soundcheck stattfindet? Die Jungs dürfen nicht herkommen. Sag ihnen nur, dass ich gleich wieder da bin. Wenn das rauskommt ...« Fuck, das Blut, die Spritzen, sie würden es sofort wissen. »Versprich es mir, Sam. Bitte.«

Wieder nickte sie nur.

»Du weißt doch, keine Drogen, keine Freundin, keine Krankheiten. Ich erkläre dir das alles später. Die ganze Wahrheit. Aber du musst jetzt gehen.«

Ich küsste sie zum Abschied, aber sie erwiderte den Kuss nicht. Vermutlich stand sie unter Schock. Sie wäre nicht die Erste gewesen, die kein Blut sehen konnte. Hoffentlich kam sie beim Soundcheck an, ohne selbst zusammenzuklappen.

Mir blieb keine Zeit, es zu überprüfen. Das Handtuch war längst blutgetränkt. Ich ging zurück ins Bad und suchte den Stauschlauch. Erst jetzt bemerkte ich, dass er noch immer an meinem Arm hing. Meine Hand war schon blau. Ich löste ihn, wartete einen Moment, dann zog ich ihn erneut zu und spritzte die gesamte Dosis. Mehr hatte ich nicht.

Um die Wunde notdürftig zu verbinden, kramte ich das Verbandszeug aus meinem Rucksack. Dann zog ich mich an. Das Krankenhaus war zum Glück nicht weit entfernt. Wenn sie mich nicht warten ließen, könnte ich sogar noch einen Teil des Soundchecks mitmachen.

Sammy – Deckung

Den Gang entlang zum Aufzug und durch den Tunnel rüber zur Konzerthalle. Dort in den Backstagebereich und durch den schmalen Flur zur Bühne. Ich konnte Jayden vertreten. Ich kannte jeden Song von F-of-J.

Die Sorge um Jayden zog mich mit aller Macht zurück zu seinem Zimmer, aber ich zwang mich einen Fuß vor den anderen zu setzen. Den Gang entlang zum Fahrstuhl … Wie in Trance drückte ich den Knopf, um den Aufzug zu rufen. Dann blickte ich zurück zum Zimmer. Wo blieb Jayden nur? Müsste er nicht längst nachkommen, um zum Krankenhaus zu gehen? Oder hatte er einen Krankenwagen gerufen?

Die Aufzugtüren öffneten sich. Ich trat vor und sah mich im Spiegel der gegenüberliegenden Wand. Meine Hände waren blutverschmiert und auch mein Shirt hatte einiges abbekommen.

Ich wählte die oberste Etage und rannte zu unserem Zimmer. Wenn ich pünktlich zum Soundcheck kommen wollte, musste ich mich beeilen. Mit dem Ellenbogen öffnete ich die Tür, um keine Flecken zu hinterlassen, und stürzte ins Zimmer.

»Sam, was ist passiert?«

Luna sprang vom Bett auf, aber ich stürmte an ihr vorbei ins Bad und drehte den Wasserhahn auf.

»Mir geht es gut. Ich muss das nur abwaschen.« Großzügig verteilte ich Seife auf meinen Armen und schruppte sie.

»Warst du bei Jayden?«

»Ich habe ihn überrascht. Als ich reinkam, stand er nur im Handtuch dort.«

»Seit wann bist du schüchtern? Sieh es als gutes Omen. Ganz am Anfang habe ich David versehentlich im Wellnessbereich des Hotels überrascht. Er trug auch nicht mehr als ein Handtuch um die Hüften. Das hat uns nicht geschadet.«

»Uns aber. Jayden hat sich verletzt und ist auf dem Weg ins Krankenhaus.«

»Das ist Blut?«

Was sonst? »Ja. Er hat eine fiese Platzwunde an der Stirn. Ich muss ihn beim Soundcheck vertreten und mir schnell eine gute Ausrede einfallen lassen.«

»Die Wunde werden sie eh sehen. Erzähl ihnen von der Verletzung. Du musst ja nicht erzählen, wie es passiert ist.«

»Stimmt! Danke, Luna.« Ich wechselte das Shirt und stürmte vom Hotelzimmer zur Bühne. Dank Luna brauchte ich nicht lügen, nur einen Teil der Wahrheit verschweigen.

Auf den Aufzug wollte ich nicht warten, also rannte ich die Treppen hinunter durch den Tunnel zum Backstagebereich. Außer Atem erklärte ich, dass ich für Jayden den Soundcheck machen müsste.

»Dann leg mal los«, sagte Noah. Ihm reichte der Hinweis, dass Jayden gleich zurück sei. Auch Logan schien das Ganze nicht sonderlich zu interessieren, solange der Auftritt nicht gefährdet war.

Das Schlagzeug stand bereit. Ich setzte mich dahinter und griff nach den Sticks. Solange der Tontechniker nichts anderes verlangte, blieb ich still sitzen. Nur auf seine Anweisungen spielte ich die Becken und Trommeln einzeln an. Meine Gedanken drehten sich um Jayden und die Versprechen, die ich ihm gegeben hatte. Luna wusste von uns. Das war schon eine Person zu viel, auch wenn ich ihr vertraute. Natürlich würde ich Logan und Noah nicht erzählen, dass ich mit Jayden zusammen war. Es war nachvollziehbar, dass ich ihn nicht ins Krankenhaus begleiten konnte. Es war logisch. Das hätte verdächtig gewirkt. Und doch fühlte es sich völlig falsch an. Ich wollte bei ihm sein und sichergehen, dass es ihm gut ging.

Jayden – Krankenhaus

Eine Schwester untersuchte mich und versorgte die Wunde. Kurz danach kam der Arzt ins Behandlungszimmer. »Herr Campbell, Sie sind gestürzt?«

Er sah von der Akte zu mir. »Sie sind doch der junge Mann, der sein Gepäck verloren hat, oder?«

Ich nickte. Direkt nach der Landung war ich hier gewesen, um alles Notwendige zu besorgen. Da ich dem Arzt schlecht erzählen konnte, dass ich meine Medikamente vor dem Flug entsorgt hatte, war mir nur die Lüge geblieben.

»Haben Sie das Faktorpräparat gespritzt?«

»Sofort nach dem Sturz. Ich bin hier, um die Wunde nähen zu lassen.«

»Darum kümmern wir uns gleich. Wie viele Ampullen haben Sie noch?«

»Nichts mehr.«

»Dann stellen wir Ihnen ein Rezept aus. Sie sollten immer etwas für den Notfall vorrätig haben.«

»Ich weiß.« Und ich hatte es eilig!

Der Arzt zog sich Handschuhe an und tastete über meine Stirn. »Wir werden das nähen und eine Aufnahme vom Kopf machen. Wenn alles in Ordnung ist, können sie gleich wieder gehen.«

Dafür hatte ich keine Zeit. Wer wusste schon, wie lange es dauern würde, bis ich zum Röntgen kam. Ein CT wäre noch schlimmer. Allein die Aufnahmen würden ewig dauern.

»Ich muss in zwei Stunden auf der Bühne stehen. Die Untersuchung muss bis dahin warten.«

Die Schwester lächelte mich an. »Keine Sorge, so lange wird es nicht dauern.«

Sie führte mich aus dem Raum und ließ keinen Widerspruch zu.

Ich sah auf die Uhr. Der Soundcheck war vermutlich vorbei. Jetzt hatten die Jungs Pause. Zur Sicherheit hatte ich die Spritzen und Medikamentenverpackungen ganz unten in meiner Tasche versteckt. Sollte Logan mich in meinem Zimmer suchen, würde er nur das Blut sehen. Das allein konnte ich erklären, trotzdem hoffte ich, dass Sam die Jungs hinhalten könnte.

Ich zog mein Smartphone aus der Tasche und tippte eine Nachricht:

Bin gleich fertig. Alles klar bei dir?

»Mobiltelefone sind hier verboten.« Eine andere Krankenschwester, die kurz vor ihrer Rente stehen musste, zeigte auf mich. »Bitte schalten Sie es aus.«

Ich steckte das Handy zurück in die Hosentasche, dachte aber nicht daran, es auszuschalten.

***

Die erste Schwester hatte nicht zu viel versprochen. Ich wurde schon bald aufgerufen und konnte in den Behandlungsraum zurückgehen. Trotzdem hatte ich fast eine Stunde verloren, als der Arzt endlich wiederkam.

Ich sprang von der Liege. »Wo muss ich unterschreiben?«

»Diane wird die Aufnahmepapiere gleich vorbereiten. Bis dahin besprechen wir die Bilder.« Er deutete auf die Liege und zog einen Hocker heran.

Aufnahme? »Ich muss gehen. Jetzt.«

»Herr Campbell, das ist keine gute Idee. Sie haben eine Einblutung hinter dem Auge.«

»Dann spritze ich noch eine Dosis. Ich muss gehen. Nur ein paar Stunden, dann komme ich zurück.«

»Sie leben seit Jahren mit der Hämophilie. Ihnen muss ich die Risiken nicht erklären, oder?«

»Nein.« Trotzdem würde er es tun. Das taten sie alle. Als wüssten sie es besser als ich, nur weil sie Medizin studiert hatten. Keiner von ihnen wusste, wie es war, mit der Krankheit zu leben.

Mein Smartphone klingelte. »Ich muss da rangehen.« Sams Foto lächelte mir vom Display aus entgegen. Bevor mich jemand aufhalten konnte, ging ich aus dem Raum in einen der Flure. »Hey!«

Ich sah mich nach einem Ausgang um.

»Jayden, wie geht es dir? Ich habe mir Sorgen gemacht. Soll ich ins Krankenhaus kommen?«

»Nein.« Auf keinen Fall! Sie sollte die Wahrheit erfahren, aber nicht hier. Ich musste zurück. »Ich muss nur noch die Papiere unterschreiben, dann kann ich gehen.«

»Warum hat das so lange gedauert?«

»Sie wollten weitere Untersuchungen machen.«

»Und jetzt ist alles in Ordnung?«

»Ich habe das im Griff.« Ich würde hier noch einmal spritzen und dann würde es schon für das Konzert reichen.

»Jayden!« Ihre Stimme wurde schrill. »Was ist los?«

»Nichts, ich bin gleich wieder da.«

»Herr Campbell«, die Schwester baute sich vor mir auf, »der Arzt möchte Sie noch einmal sprechen. Es ist wichtig.«

»Gleich«, zischte ich ihr zu und drehte mich weg, damit Sam sie nicht hörte.

»Was ist los, Jayden? Hast du dir etwas gebrochen?«

»Nein.«

»Herr Campbell!«

»Sam, ich rufe dich gleich wieder an, okay?« Ich betete, dass sie nicht herkam.

Die penetrante Schwester führte mich zurück in den Behandlungsraum. Meine Medikamente lagen schon breit. Immerhin etwas.

»Ich glaube, Ihnen ist das Ausmaß Ihrer Verletzung nicht bewusst.« Der Arzt verzichtete dieses Mal auf den Hocker. »Wir müssen die Blutung beobachten. Sie drückt auf den Sehnerv und wenn sie sich weiter ausbreitet, müssen wir dringend etwas dagegen unternehmen.«

»Ich muss zu meinem Konzert. Danach komme ich wieder. Wenn es schlimmer geworden ist, können Sie danach tun, was Sie für notwendig halten.«

»Wenn es schlimmer wird, werden Sie erblinden.«

»Was?« Ich setzte mich auf die Liege. »Aber das ist unwahrscheinlich, oder?« Shit! Ich konnte die Jungs nicht hängen lassen. Wie sollte ich das Ella erklären? Sie würde mich rauswerfen, wenn wir den Gig meinetwegen absagen müssten.

»Das kann ich Ihnen nicht sagen. Wenn wir Sie nicht sofort behandeln, befürchte ich, dass ihr Auge Schaden nehmen wird.«

»Ich werde blind?«

»Auf einem Auge. Aber das werden wir verhindern, wenn Sie uns lassen.«

Hatte ich eine Wahl? »Einverstanden. Geben Sie mir noch zwei Minuten.«

»Herr Campbell …«

Ich kannte meinen Namen, verdammt! »Ich muss meine Leute informieren!«

Sam reagierte auf das erste Klingeln. »Sag mir die Wahrheit!«

»Mache ich, versprochen. Jetzt ist eh alles egal. Es ist vorbei. Ich kann nicht spielen.«

Ich hörte sie nach Luft schnappen. »Du hast dir doch deinen Dickschädel gebrochen.«

»Nein, dem geht es gut. Aber ich hab da was am Auge, was die Ärzte behandeln müssen. Shit!«

»Alles wird gut.« Plötzlich klang sie ganz ruhig. »Mach dir keine Sorgen.«

»Sam, das ist das Ende. Wir müssen das Konzert absagen. Ella wirft mich raus.«

»Ich kläre das mit Steve. Er springt für dich ein.«

Den Gedanken hatte ich auch schon gehabt, aber nur kurz. »Er hat die Songs noch nie gespielt.«

»Und? Dann klingt es nicht nach dir, aber es wird klappen. Oder ich springe ein.«

»Ohne Monitoring?« Es war unmöglich, ohne die Kopfhörer ein Konzert zu spielen. Der Sound auf der Bühne war nicht ausreichend. Die Tontechniker mussten den Klang aller Instrumente auf ihre Ohren übertragen, denn auf der Bühne war der Ton völlig verfälscht. Mein Equipment konnte sie vergessen. Die In-Ear-Hörer waren an die Form meiner Ohren angepasst.

»Kev muss Kopfhörer von mir haben. In Charlines Gitarrenkoffer.«

»Wer ist Charline?« Ich verstand kein Wort.

»Seine Lieblingsgitarre. Die hatte er schon damals und ich glaube nicht, dass er jemals unter das Futter geguckt hat. Da ist alles Mögliche von mir drin.«

Das hatte alles keinen Sinn mehr. »Samantha ...«

»Jason! Nur meine Mum darf mich so nennen. Ich schaffe das. Vertraust du mir?«

»Ja, aber ...«

»Kein Aber! Werd schnell wieder gesund. Wir sehen uns nach dem Konzert.«

Sie legte einfach auf.

Sammy – Konzert

Die Stagehands versuchten mich aufzuhalten, als ich Kevs Gitarrenkoffer zerlegte. »Ich brauche nur ein paar Dinge.«

Mit dem Schraubenzieher, den ich aus einem der Werkzeugkoffer gemopst hatte, hebelte ich die Verkleidung auf.

»Security!«, rief ein ziemlich breit gebauter Kerl mit Dreitagebart. Er packte mich am Oberarm.

»Lass mich los!« Ich versuchte ihn abzuschütteln. »Meine Sachen sind da drin.«

Der Bartträger nahm mir den Schraubenzieher ab. Zwei der Sicherheitsleute und ein paar der Roadies liefen über den Gang zu uns. Leider wollte ich kein gemeinsames Kaffeetrinken veranstalten. Ich hatte es verdammt eilig.

»Bitte, ich brauche meine Sachen aus dem Koffer.«

»Ist okay, ich kenne sie.« Tom stellte sich vor mich und zeigte Dreitagebart seinen Ausweis. »Sie gehört zur Crew.«

Mein VIP-Ausweis hätte mir vielleicht weitergeholfen, aber der lag im Hotelzimmer.

»Danke«, sagte ich zu Tom. Ich holte mir den Schraubenzieher zurück und machte mich erneut an der Verkleidung von Kevs Gitarrenkoffer zu schaffen. Das kleine Fach war kaum zu erkennen, aber ich wusste, wo ich ansetzen musste.

Tom hockte sich zu mir. »Sam, ich hoffe, du weißt, was du tust.«

»Ja.«

»Ich habe eine Frau und zwei Jungs, die nicht begeistert wären, wenn ich deinetwegen meinen Job verliere.«

»Tust du nicht.« Der Deckel löste sich und gab meine Sammlung preis. Ein alter Lipgloss, eines von Kevs Plektren, Kaugummi und Kopfhörer. Letztere zog ich an den Kabeln heraus und zeigte sie Tom. »Die brauchte ich. Machst du alles wieder zu?« Ich gab ihm den Schraubenzieher und einen Kuss auf die Wange. Dann eilte ich weiter.

Ich hatte keine Ahnung, was Jayden sich alles auf die Kopfhörer legen ließ. Das Monitoring war nicht für mich eingestellt. Aber es würde schon funktionieren. Ich würde es immer noch besser hinbekommen als Steve, aber im Zweifel sollte die Band entscheiden, wen sie haben wollte. Hauptsache, das Konzert konnte stattfinden.

»Steve?« Ich trommelte an seine Zimmertür.

Im Backstagebereich hatte ich ihn nicht gefunden, also müsste er hier sein. Bevor ich mit Noah und Logan sprach, brauchte ich seine Zustimmung. Mir blieben nur noch wenige Minuten.

»Sammy.« Er öffnete mit einem Stück Pizza in der Hand.

»Rein theoretisch: Könntest du für Jayden einspringen?«

»Hä?«

»Keine Zeit für Erklärungen. Jayden braucht Ersatz. Ich kann es tun, aber Logan ... Ich glaube, er wird es mir nicht zutrauen.«

»Ich soll jetzt einspringen?« Er sah auf die Uhr.

»Komm mit, bitte!«

Er folgte mir. Das Pizzastück nahm er mit und aß es unterwegs. »Ich hatte kein Abendessen«, murmelte er mit vollem Mund.

»Habt ihr Jay gesehen?« Logan kam uns hinter der Bühne entgegen.

»Jayden muss im Krankenhaus behandelt werden«, erklärte ich.

»Woher weißt du das?«

Mist, hatte ich mich gerade verplappert? Ich zeigte auf Steve. »Er hat ihn gefragt, ob er einspringen kann.«

Zum Glück spielte Steve mit. »Und hier bin ich.«

Logan sah sich um, als würde er nach jemandem suchen, den er fragen könnte. Außer ein paar Technikern war niemand in unserer Nähe.

Steve wischte sich mit dem Handrücken über den Mund. »Pass auf: Ich kann einspringen und bekomme das schon irgendwie hin, aber wenn ihr einen Schlagzeuger braucht, der das Beste aus eurer Show herausholt, dann nehmt Sammy.«

»Sie?« Logan zeigte auf mich, als wäre ich nur eine Schaufensterpuppe, die Steve als Bühnendeko verwenden wollte.

»Sie kann selbst reden!« Ich baute mich zwischen den Jungs auf und funkelte Logan mit meinem Ninja-Assassinen-Blick an. Auch wenn er locker über mich hinwegsehen konnte, wollte ich, dass er mit mir sprach, nicht über mich. Trotzdem wusste ich nicht, was ich tun sollte. Wenn es darum ging, Jayden zu decken und eine gute Show zu liefern, wäre ich eine gute Wahl. Ich konnte ihn vertreten, besser als Steve. Aber egal, wie schlecht Steve die Songs spielte, ihn konnte man als *Special Guest* verkaufen, mich nicht. Andererseits konnte er kaum den ganzen Abend durchspielen. Ihm würden die Arme vor Erschöpfung abfallen.

»Und wenn wir tauschen?«, fragte ich Steve. »Du spielst für Jayden und ich für dich?« Dann könnte ich vorher noch ins Krankenhaus fahren und meinen Brüdern alles erklären. »So brauchst du nur einen Gig lang spielen.«

Logan verdrehte die Augen. »Jetzt dreht sie völlig durch.«

»Sie dreht nicht durch. Sammy rettet euch gerade den Arsch. Etwas Dankbarkeit wäre angebracht. Oder wollt ihr die Show ruinieren?«

So hatte ich Steve noch nie reden hören. Allein seine Statur reichte, um Leute einzuschüchtern. Er brauchte niemandem zu drohen.

Logan schluckte. »Trotzdem wäre es mir lieber, wenn du einspringst.«

»Versucht es mit Sammy. Wenn sie mich braucht, bin ich da.«

Er beugte sich zu mir, um mir die nächsten Worte ins Ohr zu flüstern. »Du packst das. Ich warte an der Bühne.«

»Danke.« Ich gab ihm einen Kuss auf die Wange. »Erklärst du es meinen Brüdern?«

»Sobald sie hier auftauchen.«

»Brauchst du die Setlist?«, fragte Logan.

»Kenne ich.« Ich hatte fast jedes Konzert gefilmt und die Songs nachgespielt, wenn ich nicht mit Jayden geprobt hatte.

Obwohl ich erst vor Kurzem an seinem Schlagzeug gesessen hatte, fühlte es sich jetzt anders an. Einerseits fühlte ich mich wie im Drogenrausch, nichts schien real, aber dazu gesellte sich die Angst, dass ich es versauen könnte.

Ich sah zur Seite und erkannte Steve hinter einem schwarzen Vorhang. Er zeigte einen Daumen nach oben.

Zweimal atmete ich tief ein und aus. Dann konzentrierte ich mich auf das, was gleich kommen würde.

***

Das Intro war nicht schwer zu spielen. Der Hauptteil lag bei Logan. Er spielte ein paar verzerrte Akkorde auf seiner Gitarre. Ohne Distortion würde es wie ein Kinderlied klingen, aber dem Publikum präsentierte sich Logan als großer Metal-Gitarrist. Das gab mir Zeit, mich an das Monitoring zu gewöhnen. Die alten Ohrhörer passten nicht mehr richtig und die Kick-Spur musste ich runterdrehen, aber sonst war es machbar.

Logan richtete seine Worte an das Publikum. Es gab eine kurze Begrüßung und eine lahme Erklärung, warum ich am Schlagzeug saß: »Wir wollten den Männern unter euch einen hübscheren Anblick bieten.«

Zum ersten Mal sah ich in die Menge. Noch nie hatte ich vor einem solchen Publikum gespielt. Ein paar Kerle grölten etwas. Nur zum Spaß spielte ich ein Mini-Solo. Wenn Logan schon über mich sprach, stand mir das zu, fand ich. Nun jubelten auch ein paar Mädels auf und aus der Richtung des Vorhangs hörte ich Steve, der lauter als alle anderen pfiff.

Es war berauschend!

Logan kündigte den nächsten Song an und nun war es an mir zu beweisen, dass ich es konnte. Ich liebte es. Der Song spielte sich wie von selbst und auch die Double Bass hatte ich inzwischen im Griff. Ich war nicht ganz so schnell wie Jayden, aber das konnte ich durch Variationen im Spiel ausgleichen.

Falls es F-of-J-Fans in der Menge gab – die meisten trugen ›Bad Weeds‹-Shirts – würden sie den Unterschied nicht bemerken. Dessen war ich mir sicher. Es juckte mir in den Fingern, ein eigenes Solo hinzulegen und zu improvisieren, aber ich hielt mich an das, was Jayden ausgewählt hatte.

Nachdem ich drei Songs hinter mir hatte, wurde ich lockerer. Jetzt schweiften meine Gedanken wieder zum Krankenhaus. Ich fragte mich, was die Ärzte mit Jayden anstellten und wie es ihm ging. So gern wäre ich bei ihm gewesen. Sobald ich den Gig hinter mich gebracht hätte, würde ich hinfahren. Zwar durfte niemand merken, dass wir ein Paar waren, aber ich hatte die Hoffnung, dass Noah und Logan erst einmal in Feierlaune sein würden. Lange würde ich sowieso nicht bleiben können. Mein Flieger ging noch heute Nacht und Jayden wusste immer noch nichts davon.

Eigentlich war ich nur deshalb noch einmal zu ihm gegangen. Ich wollte es ihm unbedingt noch vor dem Konzert erzählen. Doch dann war alles anders gekommen.

Es hatte mich völlig aus dem Konzept gebracht, ihn nur in ein Handtuch gewickelt im Bad zu sehen. Wenn er die Tür wenigstens geschlossen hätte, aber so war gar nichts anderes möglich gewesen, als hineinzusehen. Das Handtuch hatte alle wichtigen Stellen verdeckt. Eigentlich war gar nichts dabei gewesen. Trotzdem hatte ich mich plötzlich geschämt und die Erinnerungen an die Nacht, in der er mich abgewiesen hatte, hatten es nicht besser gemacht. Er musste mich für eine Nymphomanin gehalten haben, die sich auf ihn hatte stürzen wollen.

Wenn ich mich bloß nicht so blöd angestellt hätte, wäre nichts passiert. Oder wenn er mein Klopfen gehört hätte. Die Musik war zu laut gewesen. Vorhin hatte ich nicht darauf geachtet, aber jetzt ...

Ich spielte die ersten Takte des nächsten Songs und versuchte mich daran zu erinnern, wie ich ins Zimmer gegangen war. Die Musik war so laut gewesen, dass ich sie bis in den Flur hatte hören können. Deswegen hatte ich meine Keycard benutzt und die Tür selbst geöffnet. Vom Flur ging es zum Schlafraum, vorbei an dem Badezimmer. Dort hatte Jayden gestanden. Die Haare waren nass und durcheinander gewesen. Sein Kopf hatte im Takt der Musik genickt. Mein Song, den ich mit Kev und Paul bei ›Sam Ash‹ gespielt hatte. Wasser war aus Jaydens Haaren an seiner Brust und seinen Armen heruntergeronnen. Und ... Irgendetwas war an seinem Arm gewesen.

Ich hatte es in meiner Aufregung gar nicht beachtet, aber jetzt verstand ich, was ich gesehen hatte. Denn gleichzeitig fiel mir wieder ein, was noch im Raum gelegen hatte, direkt neben dem Waschbecken. Eine aufgezogene Spritze.

Das war es, was die Jungs nicht sehen durften. Keine Drogen, keine Krankheiten, keine Freundinnen. Natürlich! Wie konnte ich so dumm sein? Er hatte gar keine Angst davor, dass sie mich entdeckten. Er wollte ihnen die Drogen verheimlichen! Deshalb hatte er schon das Ende seiner Karriere heraufbeschworen.

Der rechte Stick prallte auf den Kessel und flog aus meiner Hand. Am liebsten hätte ich den zweiten gleich hinterhergeworfen.

Ich sah nach, wo Jayden seine Sticks hatte, dann zog ich einen aus der Tasche und spielte weiter.

Wie konnte ich so blöd sein ihn zu decken? Hatten sie ihn deshalb im Krankenhaus behalten? Weil er high war? Sollte er ausnüchtern? Musste er jetzt einen Entzug machen?

Verdammt! Das war sein Problem! Die ganze Zeit schon ... Ich würde die letzten Songs noch irgendwie hinter mich bringen, aber das war es dann. Keine weiteren Gefallen!

Und er wollte mir die Wahrheit erzählen ... Ein Kichern rutschte mir heraus. Wieder verspielte ich mich. Mein Blick huschte zu Steve, der mich fragend ansah. Ich schüttelte den Kopf zum Zeichen, dass ich ihn nicht brauchte, und machte weiter.

Es tat mir leid, dass ich ihn in Jaydens Probleme hineingezogen hatte. Meinetwegen hatte Steve gelogen. Er hatte bestätigt, dass Jayden ihn um Hilfe gebeten hatte. Jetzt sah es im schlimmsten Fall so aus, als würde Steve ihn decken. Verdammt! Ich hoffte, dass Steve das Ganze aufklären könnte, falls der Verdacht aufkäme. Vielleicht ging alles gut. Hoffentlich. Zumindest für Steve. Was aus Jayden wurde, war jetzt nicht mehr mein Problem.

Der letzte Song endete und ich stieg sofort von der Bühne. Alle Weeds nahmen mich in Empfang, gratulierten mir zu einer guten Show, aber dafür hatte ich jetzt keinen Kopf. »Wir sehen uns auf der After-Show-Party.« Ich musste hier weg.

***

Wie erhofft war Luna in der Konzerthalle geblieben. Niemand war in unserem Zimmer. Ungestört konnte ich duschen, frische Klamotten anziehen und meine Sachen in einen Koffer stopfen. Dann rief ich ein Taxi.

Noch bevor ich den Flughafen erreichte, klingelte mein Handy. Jayden. Ich drückte ihn weg. Wieder klingelte es. Ich schaltete das Handy aus.

Mein Magen rumorte. Ich hätte mir etwas von Steves Pizza klauen sollen, denn ich hatte ebenfalls ewig nichts gegessen. Während des Konzertes hatte ich davon nichts gespürt, aber nun fühlte ich mich, als würde ich noch vor dem Abflug verhungern.

Es war zu früh für den Check-in. Genügend Zeit, um Essen aufzutreiben. Es gab verschiedene Flughafenrestaurants und ich entschied mich von den Hot Dogs bis zum Cheesecake durchzufuttern. Beides fand ich im Concourse D und konnte mir somit unnötiges Gerenne durch die Gänge sparen.

***

Der Flug hatte fast zehn Stunden gedauert. Viel Zeit, um über Jayden nachzudenken. Jeder Versuch zu schlafen hatte damit geendet, dass ich ihn am Schlagzeug gesehen hatte, am Lincoln Memorial, bei den Schmetterlingen, im Central Park oder an einem der vielen anderen Orte, die ich nun mit ihm verband.

Hoffentlich konnte ich diese Erinnerungen in Deutschland hinter mir lassen. Ab Montag musste ich wieder zur Schule und dann würde es besser werden. Bestimmt.

Nele und meine Mum holten mich vom Flughafen ab.

»Wie war der Flug? Hat dir Amerika gefallen?« Mum stellte tausende Fragen. Nele hielt sich bedeckt. In ihrem Blick lag Mitleid und ich ahnte, dass Kev sie angerufen hatte.

»Ich habe Essen für uns vorbereitet.« Mum stürzte sofort in die Küche, kaum dass wir zu Hause angekommen waren. »In zwei Minuten ist es aufgewärmt.«

»Hab keinen Hunger.«

»Hast du im Flugzeug gegessen?«

Ich nickte, obwohl es nicht stimmte. Keinen Bissen hatte ich herunterbekommen.

Nele folgte mir in mein Zimmer. Fast alles war so, wie ich es verlassen hatte. Nur das Bett war frisch bezogen. Ich legte mich darauf und atmete den vertrauten Lavendelduft des Weichspülers ein.

Nele legte sich neben mich. »Du hättest ihnen sagen sollen, dass du zum Flughafen fährst. Kev hat sich Sorgen gemacht.«

»Er stand auf der Bühne, als ich gefahren bin.«

»Zettel? SMS? Luna?«

»Ja, schon klar.« Sie hatten mich zwischen Hot Dog und Käsekuchen am Flughafen abgefangen, mir eine Szene gemacht und sich dann verabschiedet.

»Kev glaubt, dass es an dem Auftritt lag und dir plötzlich alles zu viel wurde.«

»Gute Ausrede.« Meinetwegen konnten alle das glauben.

»Luna sagte etwas anderes ...«

Ich setzte mich auf. »Ja?«

»Du sollst sie anrufen. Dann kann sie es dir selbst sagen.«

Darauf hatte ich keine Lust, aber das schlechte Gewissen überwog.

»Warum bist du ohne ein Wort abgehauen?«, fragte Luna ohne Umschweife. »Ich habe überall nach dir gesucht.« Sie klang enttäuscht.

Mir fiel das Gespräch mit Jayden wieder ein, in dem er mir erklärt hatte, dass man sich erwachsen verhalten solle, wenn man auch so behandelt werden wolle. Mal wieder hatte ich es verbockt.

»Tut mir leid.«

Mein Blick glitt an der Wand entlang und stoppte an der Uhr. Fünf Uhr nachmittags. Musste Luna nicht bald los? Der Flieger nach Vegas sollte um halb sechs abheben. »Wie spät ist es bei euch?«

»Gleich zehn. Wir haben gerade gefrühstückt.«

Komisch. Das Zeitgefühl hatte ich irgendwo über dem Atlantik verloren.

Aber es war gut, dass sie noch im Hotel waren. Ich hatte etwas vergessen. »Kannst du beim Check-out Jaydens Zimmerkarte abgeben? Die liegt in meinem Nachttisch.« Durchs Telefon hörte ich, wie Luna die Schublade aufzog. Hoffentlich fand sie die Karte. Auf keinen Fall sollte jemand vom Hotel danach fragen und meine Brüder auf dumme Gedanken bringen.

»Hab sie.«

»Danke!«

»Wo ist Jayden? Ich habe ihn noch nicht gesehen. Habt ihr euch gestritten?«

»Nein.«

»Was dann?«

Nele rutschte näher zu mir, damit sie mithören konnte.

»Er ist im Krankenhaus. Sie haben ihn dabehalten.«

»Warum?«

Konnte ich hellsehen? »Entzug?«

»Jayden nimmt Drogen?« Luna klang entsetzt.

»Ich hab die Spritze selbst gesehen.« Meine Augen füllten sich mit Tränen. Ich fühlte mich benutzt und hintergangen. Als ob sein Vertrag ihm eine Freundin verboten hätte ... Jayden hatte sich das alles ausgedacht, damit niemand von seinem dunklen Geheimnis erfuhr. Deswegen durfte ich ihn nicht begleiten, wenn er Termine hatte. Es ging nicht darum, dass jemand mich hätte sehen können. Jayden wollte nicht, dass ich seine Dealer sah.

»Sam, wenn er ...« Die Verbindung brach ab. Ich drückte auf Wahlwiederholung, aber Luna ging nicht ran.

Nele nahm mich in den Arm. »Sammy, es tut mir so leid.«

Jayden – Geheimnisse

Der Arzt hatte mich einen weiteren Tag im Krankenhaus behalten wollen, aber ich war entgegen seiner Empfehlung noch vor dem Frühstück gegangen. Gleich nach dem Konzert hatte ich mit Noah telefoniert. Sam hätte den Job sehr gut gemacht, erzählte er mir. Angeblich überlegte Logan, mich gegen sie auszutauschen. Ich hoffte, dass er ihr das ebenfalls gesagt hatte. Ein Lob aus Logans Mund war selten und Sam hatte es sich verdient.

Ich war verdammt stolz auf sie und unendlich dankbar. Bisher hatte ich sie noch nicht gesprochen. Ihr Smartphone war ausgeschaltet und in ihrem Zimmer hatte niemand auf mein Klopfen reagiert.

Unser Flug nach Vegas ging erst am Abend. Es blieb also genügend Zeit, ihr vorher von der Krankheit zu erzählen und mich zu bedanken. Bis dahin wollte ich tun, was der Arzt mir geraten hatte: Die Intervalle der Faktorsubstitution erhöhen, damit das Risiko von Nachblutungen minimiert wurde.

Doch vorher brauchte ich frische Klamotten. Die Nacht im Krankenhaus hatte ich unvorbereitet verbringen müssen. Da hatte es nur wenig geholfen, dass ich dort frisch geduscht erschienen war. Ich hasste es, dieselben Sachen zweimal nacheinander zu tragen.

Es war komisch, aber allein die Gewissheit, dass ich Sam gleich alles erzählen konnte, war befreiend. Obwohl gestern alles so schnell gehen musste, hatte sie zu mir gehalten. Mehr noch: Als ich längst alles verloren geglaubt hatte, war sie diejenige, die das Konzert rettete. Sie war unglaublich. In diesem kleinen Wesen steckte so viel Energie, wie sie sich jeder Spitzensportler wünschte. O yes! Sie war der Hammer und ich hatte mich unwiderruflich in sie verliebt.

Noch einmal wählte ich ihre Nummer, erreichte aber nur die Mailbox. Hatte sie vergessen den verdammten Akku zu laden?

Auf dem Bett bereitete ich die Injektion vor, während ich überlegte, wo ich nach Sam suchen könnte. Da Luna von uns wusste, konnte ich es noch einmal am Zimmer der Mädchen versuchen. Sams Brüder wollte ich lieber heraushalten.

Der Piepton an der Zimmertür holte mich aus den Gedanken. Niemand hatte geklopft oder »Housekeeping« gerufen. »Sam?« Nur kurz rechnete ich damit, sie zu sehen, dann knallte die Tür gegen die Wand.

»David!« Luna stolperte ihrem Freund hinterher. Der dachte nicht daran, auf sie zu warten und kam direkt auf mich zugestürzt. Ich sprang auf.

»Warum musste Sammy gestern für dich einspringen?« David hatte mich fast erreicht. Automatisch machte ich einen Schritt zurück. »Die Wahrheit!«

Hatte Sam ihm eine Lüge erzählt? »Ich war im Krankenhaus.« Mit dem Finger deutete ich an meine Stirn. »Platzwunde.«

»Falsche Antwort.« Davids Faust schoss in mein Gesicht. Luna schrie auf.

»Fuck!« Ich hielt mir die Hände vors Gesicht, aber es war zu spät. Blut rann aus meiner Nase.

Ich hätte sauer sein sollen, aber als Erstes hatte ich Angst um Sam. »Was ist passiert? Geht es Sam gut?« Dachte David, ich hätte ihr etwas getan? Warum war er hier und Sam nicht? Was stimmte nicht mit ihr?

»Das geht dich einen Dreck an.« David hob die eingeschweißte Butterflykanüle auf. Dann entdeckte er die Spritze mit der vorbereiteten Infusionslösung. »Sie hatte einen Verdacht und das ist der Beweis. Damn! Du widerst mich an!«

Luna redete auf David ein, aber er ließ sich nicht beirren.

»Ich wollte die Wahrheit sagen.« So oft hatte ich es Sam schon sagen wollen.

»Unglaublich!« David sah aus, als wollte er noch einmal zuschlagen. »Wir hätten dich Junkie niemals in ihre Nähe lassen dürfen.«

»Junkie?« Wie kam er denn auf den Scheiß? »Ich nehme keine Drogen.«

»Und was ist das?« David zeigte angewidert auf die Spritze, als würde er sich durch eine bloße Berührung mit HIV infizieren.

»Gerinnungsfaktor. Den sollte ich jetzt spritzen, wenn du nicht zusehen willst, wie ich verblute.«

Luna fand die kleine Plastikdose mit dem Label der Krankenhausapotheke. »Das sieht nicht wie eine Droge aus.«

Vom Boden schnappte ich mir ein altes T-Shirt, hielt es vor meine Nase und setzte mich aufs Bett. »Kann mir jetzt bitte jemand sagen, was mit Sam ist?«

Luna sagte etwas zu David, das ich nicht verstand. Von da an ging es vermutlich auf Deutsch weiter. Außer meinem Namen erkannte ich kein Wort.

Plötzlich riss Luna die Augen auf, sah zu mir und redete auf David ein. Der holte ein Handtuch aus dem Bad, warf es mir zu und verschwand.

Luna blieb mitten im Raum zurück. »Du bist Bluter? Ich bin nicht gut in Erster Hilfe, aber wenn du mir sagst, was ich tun soll ...«

»Schon gut.« Ich nutzte Davids Abwesenheit, um endlich den Faktor zu spritzen, sonst würde die Blutung nie stoppen.

Luna sah besorgt aus. So wie sie zwischen der Zimmertür und mir hin- und hersah, wusste ich nicht, um wen sie gerade die größere Angst hatte. »Geh schon und sieh nach David!«

»Kann ich dich kurz allein lassen?«

»Klar.«

Sie musterte mich kritisch, dann eilte sie David hinterher.

***

Die Blutung stoppte und ich ging ins Bad, um mich zu waschen. Meine Klamotten, der Boden und auch das Bett hatten einiges abbekommen. Das Zimmermädchen musste mich für einen Serienkiller halten, der jeden Tag einen Mord beging und die Leichen unbemerkt wegschaffte.

Es klopfte an der Tür. Bei meinem Glück war das Ella, die gleich sehen würde, was hier passiert war.

»Ja?«

»Wir sind es wieder.« David.

Da er mit *wir* vermutlich sich und Luna meinte, ging ich davon aus, dass er sich nicht prügeln wollte. Trotzdem trat ich sofort zur Seite, nachdem ich die Tür geöffnet hatte. Ein gewisser Sicherheitsabstand war mir lieber.

Luna sagte etwas über meine blauen Augen, das ich nicht kapierte.

»Sie meint dein Veilchen«, sagte David.

Daran wollte ich gar nicht denken. Der Arzt würde mich gleich in die Psychiatrie überweisen, wenn er von der nächsten Einblutung erfuhr. Wenigstens war es dieses Mal das andere Auge, um das sich die Farbe von der Nase aus ausbreitete.

»Es tut mir leid.« David sah eher verwirrt als reumütig aus. »Ich hätte das nicht tun dürfen. Und dann ausgerechnet bei dir. Ich wusste nichts von deiner Krankheit.«

»Keiner weiß es und es wäre gut, wenn es so bleibt.«

»Warum? Wir sollten es wissen, um darauf Rücksicht nehmen zu können. Was ist, wenn du dir in den Finger schneidest?«

Der Kerl hatte mir beinahe die Nase gebrochen und sorgte sich jetzt um einen kleinen Kratzer? »Dann klebe ich ein Pflaster drauf.«

»Trotzdem.«

»Es geht nicht. Bitte behaltet es für euch. Ich bekomme sonst Probleme.«

David ließ nicht locker, bis ich ihm von dem Vertrag erzählte.

»Sie verlangen das gesamte Geld zurück?« Er sah mich an, als behauptete ich, dass die Erde eine Scheibe sei. Selbst konnte man es zwar nicht nachprüfen, aber glauben wollte man es auch nicht. Dafür war jemand wie David viel zu schlau. Nur wir waren es nicht gewesen. Noah, Logan und ich hatten diesen Mist unterschrieben.

»Haben die Jungs keine Angst, dass es auffliegt?«, fragte Luna.

»Sie wissen es nicht.«

»Du hast es ihnen nicht gesagt?« Spätestens jetzt war ich bei David unten durch. Ich erkannte es an seinem Blick und dem abfälligen Tonfall.

»Ich stelle mich nicht mit meiner Krankheit vor. Es hat sich nie ergeben und als es darum ging, den Vertrag zu unterschreiben, war es zu spät.«

Ich erwartete einen schlauen Satz wie »Es ist nie zu spät«, aber David sagte nichts mehr.

Sein Schweigen traf mich brutaler als der Faustschlag. Den Schmerz hatte ich zuordnen und verdrängen können. Jetzt wusste ich nicht, was ich tun oder denken sollte.

Luna reichte mir eine Plastikkarte. »Die soll ich dir von Sam geben.«

Jetzt machte ich mir ernsthaft Sorgen. Was war mit ihr, dass sie mir die Keycard nicht selbst geben konnte und David so durchdrehte? »Wo ist sie?«

»Zu Hause«, sagte Luna. »Wir haben vorhin telefoniert. Sie ist gut angenommen.«

»Sie ist in Deutschland?«

»Ja. New Orleans war ihr letztes Konzert. Die Schule geht zwar erst Montag wieder los, aber es wäre unsinnig gewesen, wenn sie von der Westküste aus geflogen wäre.«

»Seit wann war der Flug geplant?«

Luna sah zu Boden. »Alle Flüge wurden vor Ostern gebucht.«

Mir schwirrte der Kopf. Hieß das, dass Sam die ganze Zeit über gewusst hatte, dass sie die Weeds nur bis New Orleans begleiten würde? Mir hatte sie nichts davon gesagt. Nicht einmal etwas angedeutet. Ich konnte nicht fassen, dass sie ohne ein Wort abgereist war. Wie lange hatte sie das geplant? Hatte es ihr in die Hände gespielt, dass ich im Krankenhaus war? Sie hatte mich total verarscht. Warum? Sollte ich nur ein nettes Abenteuer für ihre Ferien sein?

»Das geht so nicht«, sagte David. »Du musst das klären.«

»Wie?« Es gab nichts, was ich Sam sagen könnte. Mir fehlten schlicht die Worte. Außerdem hatte sie mit ihrem Verhalten in aller Deutlichkeit gezeigt, dass sie nicht reden wollte.

»Ich kenne mich nicht mit Verträgen und solchen Dingen aus.«

Erst jetzt kapierte ich, dass es David noch immer um die Vertragsklauseln und nicht um Sam ging.

»Mein Dad muss sich das ansehen.«

Irgendetwas an Davids Worten hatte Luna gefallen. Sie griff nach seiner Hand und lächelte ihn stolz an.

»Nicht noch jemand«, bat ich. »Schlimm genug, dass ihr es wisst.« Ich hatte

Sam verloren. Wenn ich als Nächstes aus der Band flog ... Das würde ich nicht ertragen.

»Ich bin dir etwas schuldig.« David zeigte auf mein Gesicht. »Lass es mich wiedergutmachen.«

SAMMY – SCHULANFANG

»Ab heute geht es um jeden Punkt«, erklärte unser Beratungslehrer Herr Steinkamp. Die Noten zählten für das Abitur und wenn ich mich nicht ausgesprochen dämlich anstellte, hatte ich es in etwas weniger als zwei Jahren in der Tasche. Darauf wollte ich mich jetzt voll und ganz konzentrieren. Die Schule hatte Priorität und alles, was mit der USA-Tour zusammenhing, wollte ich hinter dem Atlantik zurücklassen. Die Erinnerungswellen, die immer wieder zu mir rüberschwappten, schmerzten, aber ich konnte sie zurückdrängen. Anders als bei den Wellen im Lake Michigan, hatte ich jetzt die Kontrolle. Zumindest kämpfte ich darum, sie zu behalten.

»... und die Leistungskurse.«

Meine Freundinnen nickten, ich wusste nicht, was ich verpasst hatte. Egal. Ein kurzer Rückfall, aber es würde besser werden.

Nur zur Vorsicht ging ich sogar Nele aus dem Weg und sagte Luna, dass ich keine Zeit für einen Anruf hätte. Beide Mädels waren zu nah an der Tour. Ich wollte keine Verbindung, aber Luna gab nicht auf.

Die erste Schulwoche war noch nicht vorbei, als mein Handy ihr Foto anzeigte.

»Wie könnt ihr sagen, dass ich nerve, wenn ihr doch diejenigen seid, die ständig anrufen?«

»Wir machen uns Sorgen.«

»Wenn du damit anfängst, lege ich wieder auf.«

»Wie ist es, wieder in die Schule zu gehen?«

Komisch. »Wie ist es, nie wieder in die Schule zu gehen?«

Luna lachte. »Weiß ich noch nicht.«

»Anderes Thema?«

»Gut, dann erzähle ich dir, dass ich nicht spielen durfte. Ständig laufen wir an Glücksspielautomaten vorbei, aber Vegas erlaubt den Eintritt in die Casinos erst ab einundzwanzig.«

»Warum gehst du dann hin?«

»Auf dem Weg zum Hotel kommen wir daran vorbei.«

»Dann schick Dave vor. Er soll auch für mich eine Münze einwerfen. Mehr nicht und den Gewinn kriege ich.«

»Er hat Jack *Dad* genannt.«

Luna schwieg. Dave tat das sonst nie, aber nur weil es ihm einmal herausgerutscht war, würde ich daraus kein großes Ding machen. Den Gastvater nannte er auch Dad, soweit ich das mitbekommen hatte. »Und?«

»Er hat ihn um Hilfe gebeten.«

»Unseren Dad? Ist die Hölle zugefroren? In Washington glaubte er noch, dass Dad wieder trinken würde.«

»Dafür hat David sich entschuldigt. Die beiden sind ein gutes Team. Du solltest sehen, wie sie zusammenarbeiten. Beide wollen Jayden …«

»Stopp!« Hatte ich es ihr nicht deutlich genug gesagt? »Ich will nichts von oder über Jayden hören.«

Jayden – Ehrlichkeit

Jack hatte mir sehr deutlich zu verstehen gegeben, dass ich nicht über die Krankheit reden sollte. Mit niemandem. Offenbar galt das aber nicht für die Weeds.

»Warum hast du das nicht gleich gesagt?«, fragte Steve.

Was sollte ich darauf antworten? Wäre alles anders gelaufen, hätte ich den Weeds trotzdem nicht gleich alles auf die Nase gebunden. »Woher weißt du davon? Ich soll es für mich behalten, aber ihr wisst es?«

»Ich weiß, Jack ist dran. Glaub mir, er ist der Beste. Wenn jemand eine Lösung für dich findet, dann er. Außerdem erklärt das endlich, warum du immer den Außenseiter gespielt hast.«

»Hab ich nicht. Wenn ihr ausgegangen seid, war ich dabei, oder nicht?«

»Das glaubst nur du. Schon am ersten Tag bist du plötzlich verschwunden und erst in Logans Garage wiederaufgetaucht.«

»Erinnere mich nicht daran. Da war ich noch ziemlich naiv. Ich dachte ernsthaft, dass wir mit einem Bus durchs Land fahren würden und ich die Medikamente auf Vorrat mitnehmen könnte. Als ich von den Flügen erfahren habe, wollte ich mir bei meinem Therapeuten Rezepte holen, um sie dann nach jeder Landung einlösen zu können, aber auch das ging schief.«

»Warum?«

»Man kann die Rezepte nicht in einem anderen Bundesstaat einlösen. Deshalb hat mein Therapeut mir einen Emergency-Ausweis ausgestellt. Darin war genau vermerkt, was ich warum brauchte. Mit den Dokumenten darf man Medikamente und Spritzbesteck im Flugzeug mitnehmen.«

»Wenigstens hast du verantwortungsvoll gehandelt. Du hast nach einer Lösung gesucht, dich beraten lassen und alles richtig gemacht.«

Ich schämte mich in Grund und Boden. »Ehrlich gesagt hab ich den anderen Weg gewählt: Jeder hätte den Ausweis gesehen, wenn ich ihn am Flughafen vorgezeigt hätte. Ella wäre der Vertragsbruch sofort aufgefallen. Also habe ich vor den Flügen alles entsorgt. Nach jeder Landung war ich bei einem Arzt oder im Krankenhaus, habe erzählt, dass ich mein Gepäck verloren habe, und hab mir neue Rezepte ausstellen lassen.«

»Du bist ohne deine Notfallmedikamente geflogen?«

Ich nickte.

»Und wenn etwas passiert wäre?«

»Vor einem Absturz hätten sie uns auch nicht retten können.« Ich seufzte. »Ja, es war bescheuert, aber was sollte ich machen?«

Steve stand auf. »Das Problem erledigt sich bis zum nächsten Flug von selbst. Jack müsste gleich hier sein.« Auf dem Weg zur Tür sah Steve auf mein Smartphone, das auf dem Schreibtisch lag. »Auf meine Anrufe reagiert sie auch nicht. Gib ihr Zeit. Für sie ist es auch nicht leicht.«

Es war beinahe unheimlich, wie er es sagte. Ich hatte mit niemanden über Sam gesprochen. Nur sie allein konnte wissen, wie oft ich schon versucht hatte sie zu erreichen, und wenn sie selbst mit Steve nicht sprach, konnte sie es ihm nicht erzählt haben.

Das Display blieb wie so oft schwarz und schien mich zu verhöhnen. Mit Steves Worten im Ohr blieb ich zurück und fragte mich, was Sam wohl gerade tat.

***

Nur wenige Minuten später standen alle Weeds, samt Jack und Luna, in meinem Zimmer. Es gab nur einen Stuhl und das Einzelbett. Zu wenig Platz für so viele Personen. Ich fühlte mich bedrängt, aber da musste ich jetzt durch.

»Um drei bekommst du Besuch«, sagte Jack. »Chrissi bereitet gerade die Pressekonferenz vor.«

Das ging schneller als erwartet.

»Wir stehen alle hinter dir, aber die Entscheidung musst letztendlich du treffen.« Jack legte mir eine Hand auf die Schulter. »Willst du diesen Schritt wirklich gehen?«

»Ja, Angriff nach vorn.« Viele Möglichkeiten blieben mir nicht. Jack hatte den Vertrag an zwei Anwälte übergeben, damit sie ihn prüften, aber das konnte noch Monate dauern. So viel Zeit hatte ich nicht. Das Risiko, entdeckt zu werden, war allgegenwärtig. Deshalb war ich auf Jacks anderen Vorschlag eingegangen.

»Gut. Ella wird das natürlich nicht freuen. Mach dich auf eine harte Zeit mit ihr gefasst.«

Das tat ich. Mit dem Presseauftritt überrumpelte ich sie. Jack hatte eine der größten Hämophilie-Gruppen in den USA mobilisiert, damit sie mit mir an die Öffentlichkeit gingen. Ich sollte ihr neues Gesicht werden. Danach würde jeder davon wissen. Es wäre ein Seelenstriptease vor dem ganzen Land. Ich fürchtete den Gedanken, aber dennoch war es meine einzige Chance. Wenn ich mich der Pressekonferenz stellte, standen die Krankheit und ich im Zentrum der Aufmerksamkeit. Ella konnte mich unmöglich deswegen aus der Band werfen.

»Ich bin mit allem einverstanden. Unter einer Bedingung.«

»Okay.« Jack rieb sich die grauen Bartstoppeln.

Ich erwartete, dass er mich als undankbaren Jungen abstempelte, und suchte nach den richtigen Worten.

»Spuck's aus und ich versuche zu helfen, wo ich kann.«

»Zuerst muss ich mit Logan und Noah sprechen. Sie dürfen es nicht von der Presse erfahren. Bevor Ella sie zur Rede stellt, will ich sie vorwarnen.«

Sammy – Freunde

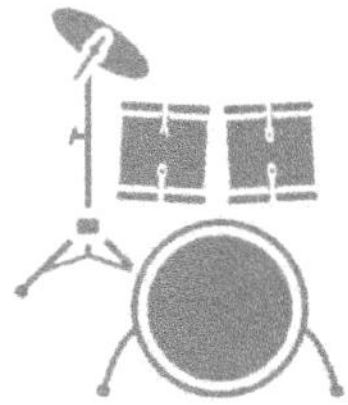

Die zweite Schulwoche begann und damit auch die letzte Woche der Tour.

»Läuft es gut bei euch?«, fragte ich Luna. Mir fiel nichts anderes ein, das ich hätte fragen können. Eigentlich wollte ich es gar nicht wissen. Mir fehlte das Tourleben. Trotz allem, was passiert war, vermisste ich Amerika und Jayden ging mir immer noch nicht aus dem Kopf.

»Etwas chaotisch. Jack hat viele Pressetermine organisiert. Chrissi schuftet deshalb rund um die Uhr und seit gestern haben wir Ella an der Backe.«

Also wusste sie inzwischen von Jayden und seinen Problemen. Hatte sie ihn aus der Band geworfen?

»Jack hält sie an der kurzen Leine, aber die Frau ist anstrengend. F-of-J können einem leidtun. Und Jayden ... Er sagt, dass du nicht ans Telefon gehst.«

Sie sprach noch mit ihm? Ausgerechnet Luna? »Ich will nicht mit ihm reden und ich will nicht über ihn reden.«

»Sam, er nimmt keine Drogen. Hat er nie.«

Klar doch! Das konnte nur eine weitere Lüge sein. Ich hatte die Spritze selbst gesehen. Und warum sonst sollte Ella schon wieder durchdrehen und Chaos verbreiten?

Ich atmete tief durch. »Davon will ich nichts hören.«

»Deine Entscheidung.«

Obwohl Luna es nicht sehen konnte, nickte ich. »Grüß die Jungs.« Ich legte schnell auf und stellte mich ans Fenster.

Immer wieder sah ich diese Spritze vor mir. Was sonst hätte er damit tun wollen, als die Nadel in seinen Körper zu stechen? Und sicher war er kein

Diabetiker. Wir hatten Eis gegessen. Außerdem spritzte man Insulin in den Bauch und brauchte sich dafür nichts um den Arm zu binden. Doch für Drogen brauchte man eine Vene.

Mir fiel kein anderer Grund ein und trotzdem hatte ich plötzlich Zweifel. Wenn er Luna vom Gegenteil überzeugen konnte, stimmte es vielleicht. War es möglich, dass Jayden seine Gründe hatte?

Mein Laptop war noch eingeschaltet. Ich setzte mich damit aufs Bett und suchte auf den einschlägigen Portalen nach den neuesten Interviews. Es gab Artikel über die Auftritte in Vegas und Phoenix, einen Bericht über Kevin und dann fand ich einen Link zu dem Presseartikel einer Selbsthilfegruppe.

Die Seite öffnete sich in einem neuen Reiter. Mitten auf dem Bildschirm erschien ein Bild von Jayden. Es war eines der Standardpressefotos, wie sie oft verwendet wurden, aber was hatte es dort zu suchen?

Ich überflog den Text: »Jayden Campbell, Schlagzeuger der Band F-of-J … Testimonial … Hämophilie …«

Weniger als die Hälfte kapierte ich. Stattdessen schossen mir unzählige Fragen durch den Kopf. Sofort rief ich Nele an. Sie hatte im Moment oft Nachtschicht, aber inzwischen war es dreizehn Uhr. Sie musste längst wach sein.

Weder auf dem Handy noch auf dem Festnetz erreichte ich sie. Sie sagte mir ständig, dass man Krankheiten nicht im Internet suchen sollte, aber was blieb mir schon anderes übrig, wenn die einzige Person, die ich hätte fragen können, nicht ans Telefon ging? Irgendwo zwischen Onlineforen und Pharma-Websites musste die Wahrheit liegen.

Mein Handy klingelte.

»Du hast angerufen?«

»Ja. Warst du shoppen?«

»Nein, im Krankenhaus.«

»Ach so.« Kaum hatte ich es ausgesprochen, bemerkte ich meinen Denkfehler: Nele hatte in der Nacht gearbeitet. Sie konnte keine Frühschicht haben.

»Was hast du da gemacht?«

»Der kleine Junge ist wieder da. Der, von dem ich dir schon einmal erzählt habe.«

»Der, der nicht spricht?«

»Ja, er ist sehr eingeschüchtert. Redet und isst nicht. Aber bei mir taut er langsam auf. Ich war zum Mittagessen dort, damit er wenigstens etwas isst.«

»Hat er keine Eltern, die sich um ihn kümmern?«

»Genau das ist das Problem. Sie kümmern sich nicht und wenn sie ihn mal beachten, dann mit Schlägen, zumindest vermute ich das.«

»Dann musst du das Jugendamt einschalten!«

»Das ist alles nicht so einfach. Die Stationsschwester und der Oberarzt prüfen den Fall. Außerdem darf ich nicht darüber reden. Schweigepflicht.«

»Den Fall? So nennen sie ein kleines, misshandeltes Kind?« Ich wurde wütend.

»Sam ... Wir haben unsere Vorschriften.«

»Schon klar.« Und trotzdem tat sie mehr, als in den Vorschriften stand, sonst wäre sie wohl kaum zum Mittagessen dort gewesen. »Ich hoffe, ihr findet eine Lösung.«

»Wir tun alles dafür ... Und was ist mit dir? Warum hast du angerufen? Langeweile?«

Plötzlich kam ich mir mit meinem Anliegen blöd vor. Es schien so belanglos neben dem kleinen Jungen.

»Hat sich schon erledigt.«

»Wenn du es so sagst, dann liegt dir etwas auf dem Herzen. Bist du zu Hause? Ich bin in zehn Minuten bei dir.«

***

Nele wusste es bereits. Kevin hatte ihr alles erzählt. »Du hast mir verboten über Jayden zu reden.«

»Wir reden nicht über ihn, sondern über die Bluterkrankheit.«

»Okay.« Nele streckte sich auf meinem Bett aus.

»Ist das ansteckend?«

»Quatsch. Aber es kann genetisch vererbt werden. Manchmal wissen die Mütter nichts davon, weil sie selbst nicht betroffen sind. Trotzdem können sie das defekte Gen an ihre Kinder weitergeben. Mädchen werden dadurch ebenfalls zu Trägern.«

»Und Jungen erkranken?«

»Richtig.«

Plötzlich kamen mir Jaydens Worte wieder in den Sinn: »Als sie erfahren hat, dass ich nicht in Ordnung bin, hat sie sich dafür die Schuld gegeben.« Jetzt verstand ich die Bedeutung. Seine Mutter wollte keine weiteren kranken Kinder bekommen.

Der Gedanke schnürte mir die Kehle zu. Wenn sie es schon vorher gewusst hätte, gäbe es Jayden nicht. Sie hätte niemals Kinder bekommen.

»Kann man es heilen?«

»Nein.« Nele legte einen Arm um meine Schulter und zog mich an sich. »Aber mit den Medikamenten kann man so alt wie jeder andere werden.«

»Es war meine Schuld, dass er vor dem Konzert ausgerutscht ist.« Und dann hatte ich ihn einfach sitzen lassen. Eine Glanzleistung, echt!

»Ach was! Außerdem geht es ihm wieder gut.«

***

Hoffentlich behielt Nele recht. Ich vertraute darauf, dass es Jayden wieder besser ging. Er hatte nur noch einmal bei mir angerufen, aber seit vier Tagen hörte ich nichts mehr von ihm. Sie hatten das letzte Konzert in Houston erfolgreich gerockt. Jayden musste Florida längst erreicht haben. Von dort waren die anderen in den Flieger nach Deutschland umgestiegen. Es wurde Zeit, dass wir zum Flughafen aufbrachen, um sie abzuholen.

Nele und meine Mum wollten jeweils mit ihrem eigenen Auto fahren, damit wir genug Sitzplätze hatten, um alle wieder nach Hause zu schaffen.

Von Paul und Steve abgesehen standen mir nur Treffen von Paaren bevor. Kev und Nele würden sich um den Hals fallen, Dave und Luna klebten eh aneinander und selbst meine Eltern würden sich mit einem Kuss begrüßen. Bei denen fand ich es besonders komisch. Schön, dass sie sich noch mochten, aber ich wollte ihnen nicht dabei zusehen. Am liebsten wollte ich überhaupt keine Liebesbekundungen sehen, egal von wem.

»Kommst du?« Mum hatte sich bereits ihre Handtasche über die Schulter gehängt. Ihre Kleidung verströmte den Duft von frischen Tomaten und Schinken.

»Nein.« Heute Abend gab es bei uns zu Hause ein gemeinsames Willkommensessen für alle. Es reichte mir, sie dann zu sehen. »Ich warte hier.«

Mum sah mich mit ihrem »typisch Teenager, das habe ich dir nicht beigebracht«-Blick an. »Du solltest mitkommen.«

»Aber ich will nicht.«

»Samantha, alle freuen sich auf dich. Du würdest auch nicht allein am Flughafen ankommen wollen.«

»Sie sind nicht allein!«

***

Ich schaffte vier Folgen ›Vampire Diaries‹, ehe ich Stimmen auf dem Flur hörte.

»Vorher will ich sie begrüßen.«

»Aber dann darf ich es erzählen.«

»Niemand verrät was!«

Meine Familie war zurück. »Ihr klingt wie eine Schar von Kleinkindern«, rief ich ihnen zu.

Meine Zimmertür öffnete sich und etliche Köpfe verteilten sich im Rahmen.

»Kommt rein.«

Ich setzte mich hin und rutschte ans Kopfende. David, Luna, Kevin und Nele machten es sich auf meinem Bett gemütlich. Steve verharrte im Türrahmen und sah noch einmal in den Flur. Nur Paul hatte sich ganz offenbar gedrückt, aber er war immer der Erste, der ging, wenn die Jungs sich nach einer Probe bei uns breitmachten. »Habt ihr Paul verjagt?«, fragte ich.

»Nope.« Steve kam auf mich zu. »Der hatte es so eilig, dass er sich am Flughafen ein Taxi genommen hat.«

»Ein Date mit Tina?« Ich hatte ihn beinahe täglich mit dem Handy gesehen, aber bestimmt hatten die beiden sich noch viel häufiger unbemerkt geschrieben.

»Vielleicht.« Steve plumpste auf mein Bett. Der Lattenrost federte, hielt jedoch zu meinem Erstaunen.

»Die maximale Tragkraft der Zimmerdecke dürfte gleich erreicht sein.« Ich verschränkte die Arme vor der Brust und rutschte noch etwas weiter zurück.

»Gib doch einfach zu, dass du uns vermisst hast«, sagte Steve.

»Warum warst du nicht am Flughafen?«, fragte Luna.

»Ihr habt den Weg auch ohne mich gefunden.«

»Sammy, die Gute-Laune-Prinzessin.« David stand auf. »Ich gehe lieber wieder.« Er reichte Luna eine Hand und zog sie vom Bett.

Kev folgte ihm. »Unser Job ist getan.«

Steve wartete, bis auch Nele ging, dann beugte er sich zu mir. »Versau es nicht, Wiesel!«

Plötzlich hatte ich ein flaues Gefühl im Magen. »Was zum Henker …?«

Steve zwinkerte mir zu und ließ mich allein zurück.

Jayden – Proberaum

»Vielleicht solltest du erst mit uns essen und es später versuchen«, flüsterte Steve mir zu.

»Nein.« Ich hatte schon so viel Zeit verloren.

»Deine Entscheidung. Wir sind unten. Wenn du Hilfe brauchst, ruf einfach.«

»Es gibt Situationen, da muss man allein durch.«

»Dann viel Erfolg.«

»Danke! Für alles.«

Ich klopfte an die Tür. Sam rief etwas auf Deutsch. Wie sollte ich nun wissen, ob ich in ihr Zimmer gehen oder warten sollte?

Millimeter für Millimeter öffnete ich die Tür. Wieder sagte Sam etwas, aber es klang nur genervt. Offenbar wollte sie mich damit nicht am Eintreten hindern. »Sam?«

Etwas raschelte, Schritte erklangen, dann zog sie die Tür auf und stand vor mir. »Jayden?« Sie trug eine Jeans und ein verwaschenes T-Shirt. Die Haare hatten längst wieder ihre natürliche Farbe und waren zu einem unordentlichen Zopf gebunden. Sie sah noch hübscher aus, als ich sie in Erinnerung hatte.

Sam riss die Augen auf, musterte mich von oben bis unten, dann fiel sie mir um den Hals. Sofort schloss ich sie in meine Arme und zog sie näher an mich.

Sie lehnte den Kopf zurück und sah mich mit einem breiten Lächeln an. »Du bist es wirklich!«

Mit einer Hand stützte ich ihren Rücken. Ihr Bauch berührte mich noch immer, aber zwischen unseren Nasen lagen ein paar Zentimeter. Ich sah in Sams Augen, in denen Feuchtigkeit glänzte. So gerne hätte ich mich vorgebeugt und sie geküsst, aber dieses Mal wollte ich es richtig machen. Es gab so viel zu klären.

»Können wir irgendwo hingehen, wo wir in Ruhe reden können?«

»Hier?« Sie zeigte mit einer Hand in den Raum. »Sie werden nicht reinkommen, wenn die Tür zu ist.«

Trotzdem fühlte ich mich hier nicht wohl. Es war Sams Zimmer. Neutraler Boden wäre mir lieber gewesen. »Selbst bei geschlossener Tür höre ich Steve bis hier. Gibt es ein Café in der Nähe?«

»Da weiß ich etwas Besseres.« Sams Augen leuchteten und ich ahnte, dass sie bereits etwas in ihrem Köpfchen ausgeheckt hatte.

Mit einem mulmigen Gefühl im Magen folgte ich ihr die Treppe hinunter, vorbei an den vielen Stimmen, bis in den Keller. Sam schaltete das Licht ein und mir verschlug es die Sprache. Jetzt wusste ich, warum Steve so gerne hier spielte. Es gab einen großen Bandraum voller Equipment und daneben kleinere Bereiche hinter Glasscheiben. Die mussten für Aufnahmen sein. Alles war in hellen Farbtönen gehalten, überwiegend in Weiß, aber an einigen Stellen durch geometrische Formen in dezenten Blau- und Grüntönen abgesetzt. Die Räume wirkten sauber und einladend.

Wir waren schon stolz darauf, Logans Garage zu haben, aber ein solcher Proberaum war das Paradies.

»Garantiert schallisoliert.« Sam ging in den großen Raum und setzte sich dort auf eines der Kissen, die am Boden lagen. »Wir hören sie nicht und sie hören uns nicht.«

Ich schloss die Tür hinter mir und setzte mich ebenfalls auf den Boden. Unweigerlich streifte mein Blick das Schlagzeug.

Sam musste es in dem Moment ähnlich gehen, denn sie angelte mit ihren Fingern nach einem Stick, der unter der Bass Drum lag. »Ihr steckt alle unter einer Decke, oder?«

Aus ihrem Mund klang es wie eine Verschwörung, aber so war es nicht. »Sie haben mir sehr geholfen.« Mit dem Daumen fuhr ich über meine Unterlippe. »Sie wissen Bescheid. Eigentlich wollte ich es dir als Erste erzählen.«

Sammy – Zukunft

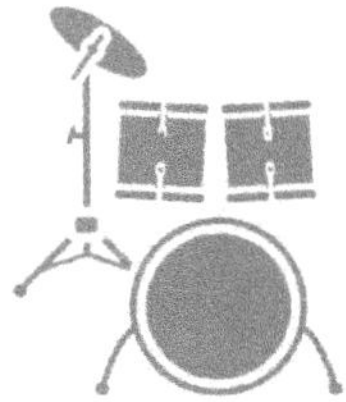

Obwohl ich vieles bereits aus dem Netz wusste, erklärte mir Jayden alles ausführlich und beantwortete jede meiner Fragen.

»Als ich die allergische Reaktion hatte und du mich in dem New Yorker Krankenhaus getroffen hast, warst du nicht Blut spenden?«

Jayden blickte zu Boden. Heute trug er keine langen Ärmel, sondern ein normales T-Shirt. Statt des Ärmels wickelte er nur den Saum über die Spitze seines Daumens und gab damit den Blick auf seinen gut trainierten Bauch frei. »Zweimal habe ich dich angelogen. Den Sonnenbrand habe ich vorgetäuscht, um eine Ausrede für die langen Ärmel zu haben. Die mussten die blauen Flecke verdecken. Und im Krankenhaus war ich, um mir neue Rezepte zu holen.« Er sah mich mit einem Blick an, den ich nicht deuten konnte. »Ich habe mir Sorgen um dich gemacht und als du mich dann weggeschickt hast … Ich musste später noch einmal los, weil ich in dem Durcheinander ganz vergessen hatte das Rezept einzulösen.«

Ehe er sich für die Lügen entschuldigen konnte, ergriff ich das Wort: »Dann sind wir wohl quitt. Du hast gelogen und ich habe dich hängen lassen. Keiner von uns hat sich mit Ruhm bekleckert.«

Er nickte. »Ich habe mich nie getraut zu fragen, aber warum hast du mich im Central Park plötzlich geküsst?«

Die Frage traf direkt in mein Herz, das ich doch so gut verschlossen wie nur irgend möglich halten wollte. »Weil mir klar geworden ist, dass wir keine Lügen nötig haben. Wir können uns immer die Wahrheit sagen.«

»Aber ich habe dir an dem Tag nicht die Wahrheit gesagt.«

»Du wolltest es und hättest mich nicht belogen. Nur darauf kommt es an. Ich habe dich gebremst, weil ich Angst vor der Wahrheit hatte. Vielleicht gerade, weil ich wusste, dass du nicht lügen wolltest, weil ich mich nicht mit Problemen belasten wollte, weil ich dich küssen wollte.«

Wieder nickte er. »Danke für deine Ehrlichkeit. Das bedeutet mir sehr viel. Ich musste wissen, was zwischen uns war.«

Das wusste ich selbst nicht wirklich. Ich hatte alles kaputtgemacht. In New York hatte ich mich für Jayden entschieden und ihn dann hängen lassen. In den Interviews der letzten Tage hatte ich gelesen, dass er sich Unabhängigkeit wünschte. Er selbst hatte mir oft genug erzählt, dass seine Mutter ihm vieles verboten hatte und er die Tour gegen ihren Willen angetreten war. Jetzt musste er sich allem stellen: der Krankheit, seinen Bandkollegen, seiner Familie, Ella. Und er musste es allein tun. Ich war seit meinem Auftritt mit F-of-J nicht für ihn da gewesen.

»Du hast das wirklich gut hinbekommen.« Ich hoffte, dass er wusste, was ich meinte. »Ich finde es gut, dass du nun zur Wahrheit stehen kannst.«

»Es war höchste Zeit, reinen Tisch zu machen.«

»Und dafür bist du hergekommen?« Ich lachte, um meine Unsicherheit zu verbergen. Wenn er mir jetzt sagte, was er von meinem plötzlichen Verschwinden hielt, war es sein gutes Recht. Kein Wunder, dass er die Begrüßung so abrupt beendet hatte. Ich hätte ihn beinahe geküsst, aber dabei nicht daran gedacht, wie sehr ich ihn verletzt haben musste.

»Ja.« Er fuhr sich mit einer Hand durch die Locken. »Offiziell arbeite ich mit Steve ein paar Sachen für das neue F-of-J-Album aus. Er hat sich schon ein paar Dinge überlegt, die er mir schnell beibringen kann.«

»Und inoffiziell?«

»Wollte ich mit dir reden.«

»Okay, aber dafür hättest du nicht extra herkommen müssen.« All die Gefühle und Hoffnungen, die sein Wiedersehen bei mir ausgelöst hatten, wären mir erspart geblieben.

»Aber ich hatte darauf gehofft, dass wir uns sehen. Ich wollte mit dir persönlich reden. Ein Telefonat hätte mir nicht gereicht und außerdem bist du nie rangegangen.«

Am liebsten hätte ich geschrien und getobt. Jayden saß nur wenige Zentimeter von mir entfernt und ich musste mich zusammenreißen. Meine Seele, mein Herz wollten zerspringen unter all den Gefühlen, die in mir tobten. Die Nähe war unerträglich. Jayden war nicht mehr tausende Kilometer von mir entfernt. Er war mir so nahe, dass ich nur eine Hand hätte ausstrecken müssen, um ihn zu berühren.

Machte ihm das nichts aus? Wie hatte er mich nach dem Kuss im Central Park fragen können? Jetzt musste ich ständig daran denken. An den Moment, in dem ich mich für ihn entschieden hatte, mit allem, was dazu gehören würde. Ich wusste, dass er ein Geheimnis mit sich trug, ahnte in New York aber noch nicht, was es war. Trotzdem war ich bereit gewesen jedes Problem mit ihm gemeinsam durchzustehen. Auch jetzt noch.

»Ich kann das nicht, Jayden.« Ich stand auf und ging zur Tür. »Ich kann nicht mit dir reden, als wäre nichts gewesen.«

Er folgte mir, sagte aber nichts.

Sein Schweigen machte es noch schwieriger. »Danke, dass du mir alles erzählt hast. Ich wünsche dir viel Erfolg bei der Arbeit mit Steve, ehrlich.«

»Sehen wir uns wieder? Ich bleibe noch eine Weile in Deutschland.«

»Wir sollten das nicht tun.« Es wäre nicht gut für uns. Zumindest mich würde es zerreißen. »Außerdem hast du die zweite Vertragsbedingung offiziell noch nicht gebrochen. Lass Ella keinen Verdacht schöpfen!«

»Einen Schritt nach dem anderen. Die Krankheit ist öffentlich und dein Vater hilft mir mit den anderen Klauseln. Außerdem kennt mich hier niemand. Ella glaubt, dass ich nur wegen Steve hier bin. Sie wird nichts merken.«

»Aber warum bist du hier?« Ich verstand es noch immer nicht. »Mein Vater kann die Verträge allein prüfen. Was willst du?«

»Dich?«

Ich spürte, wie mir Tränen in die Augen stiegen. Die ganze Anspannung brauchte ein Ventil. »Was?«

»Ich bin nur deinetwegen hier.«

»Dann küss mich endlich!«

»Sicher?«

»Jayden, in meinem ganzen Leben war ich mir noch nie so sicher wie jetzt. Ich wusste, dass wir ehrlich miteinander sein können, ich wusste, dass ich mich in dich verliebt habe, und ich weiß, dass ich es nicht länger aushalte, Abstand zu halten. Entweder du küsst mich oder du siehst zu, dass du schnellstmöglich aus dem Land verschwindest. Jetzt, Jason!«

»Samantha?« Er beugte sich vor, legte seine Arme in meinen Rücken und küsste mich. Endlich.

Sammy – Kev becomes a TV-Star

»Wo sind denn alle?«, fragte Dave. Er hatte Luna von der Uni abgeholt, damit sie das Wochenende in Frankfurt verbringen konnte. Heute Abend wollten wir ein letztes Mal gemeinsam ausgehen.

»Mum ist einkaufen und Kev ist mit Dad unterwegs.« Ich angelte die Fernbedienung vom Couchtisch und zappte durch die Kanäle. »Paul und Steve tauchen bestimmt gleich auf.«

»Hallo!« Jayden kam mit einer Flasche Limo und zwei Gläsern ins Wohnzimmer. »Wollt ihr auch was?«

Luna schüttelte den Kopf.

»Nach oben?«, fragte Dave. »Oder willst du Sams Filmauswahl ertragen?«

»Klar. Jeder Film ist besser als mein Professor für Kunstgeschichte.«

Jayden setzte sich wieder zu mir, Luna und David machten sich auf dem anderen Sofa breit.

»Anstrengend oder langweilig?«, fragte ich.

»Beides. Das Studium ist ganz anders als das, was ich aus dem Kunstunterricht kenne. Und das sind erst die Vorkurse.«

»Nicht diese Vampire!« Jaydens Hand wanderte meinen Rücken hinauf und kitzelte meinen Nacken.

Sofort breitete sich ein Kribbeln über meinen ganzen Rücken aus, das nur er erzeugen konnte. Ich liebte dieses Gefühl und ich liebte ihn. Auch wenn er nicht für ›Vampire Diaries‹ zu begeistern war. »Na gut.« Auf dem nächsten Kanal lief eine dieser CBI-SCI-FCA-Polizei-Serien, die er mochte. Uns blieben nur noch zwei Tage, bis Jayden zurück nach Florida musste, und in denen war es mir völlig egal, was wir unternahmen oder uns im Fernsehen ansahen. Hauptsache, wir taten es gemeinsam.

Unter der Woche war es schon schlimm genug, in die Schule zu müssen. Jayden arbeitete dann meistens mit Steve und wir trafen uns dort, wenn ich mit den Hausaufgaben fertig war. Dann blieben uns noch immer die Nachmittage, Wochenenden und Nächte. Ab nächster Woche würde sich das ändern.

Eigentlich hatte ich geplant in den Herbst- und Weihnachtsferien zu Jayden zu fliegen und die Ferien bei ihm in Sunrise zu verbringen, aber meine Eltern hatten mir einen Strich durch die Rechnung gemacht.

Mum hatte Bedenken geäußert, dass ich Jaydens Familie zur Last fallen könnte, und Dad hatte mir den Geldhahn zugedreht. »Wir bezahlen dir den Führerschein. Das ist doch wohl genug«, hatte er gesagt. »Andere müssen dafür arbeiten. Und hast du mal nachgesehen, was allein der Flug nach Florida kostet?«

Das hatte ich. Immer wieder. Selbst wenn ich schon jetzt buchte, um an einen günstigen Flug zu kommen, würde der meine Ersparnisse auffressen. Das konnte ich genau einmal machen und wollte die Gelegenheit nicht schon in den ersten Ferien nutzen. Also musste ich bis zum Sommer warten. Dann hätten wir sechs Wochen, wenn Jayden in der Zeit freimachen könnte.

Zwei Jahre war Jayden an den Vertrag gebunden, von denen wir noch anderthalb durchstehen mussten.

»Woran denkst du?« Er gab mir einen Kuss in den Nacken und verstärkte das Kribbeln damit noch einmal.

»An das Auslandsjahr. Es muss klappen.«

Er entzog mir die Hand. »Aber das Jahr wird dir im Abitur nicht angerechnet. Du müsstest es in Deutschland wiederholen.«

»Und?« Den Preis war ich bereit zu zahlen.

»Dein Dad lässt die Verträge für uns prüfen. Bestimmt kommen wir eher raus und wenn Jack erst unser Manager ist, kann ich viel von Deutschland aus erledigen.«

»Und die Aufnahmen macht ihr in Manchester.« Ich liebte den Gedanken. »Dann lernst du endlich Granny kennen.«

»Genau.« Er schlang die Arme um mich und zog mich so nah wie möglich an sich heran. So fest, dass ich seinen Herzschlag spüren konnte und seinen Atem, der über meinen Nacken strich. »Wir finden eine Lösung. Wart's ab. Du hast es auch geschafft, mit uns auf Tour zu gehen.«

»Weil ich Chrissi unterstützt habe.« Das war zumindest das offizielle Argument, denn gearbeitet hatte ich in der Zeit nicht.

»Dann gehen wir halt auf Deutschland-Tournee.«

Ich drehte mich um und gab ihm einen Kuss. »Die deutschen Mädchen werden euch lieben und die Jungs werden den größten Moshpit ever vor eurer Bühne bilden.«

Jayden sah mich mit einem Blick an, der mir sagte, dass er längst nicht mehr zuhörte. Stattdessen strich er mit den Fingerspitzen die Konturen meiner Wange entlang und senkte seinen Kopf.

»Nehmt euch ein Zimmer!« Dave warf ein Kissen nach uns.

»Nehmt euch eine Wohnung.« Ich warf es zurück, verfehlte ihn aber um Längen. Es landete auf dem Boden. »Du bist zu alt, um bei Mama und Papa zu wohnen.«

Mit einem zweiten Kissen zielte Dave direkt auf mich, aber ich konnte es abwehren. Leider traf ich dabei Jayden. »Mist! Ist alles okay?«

»Nichts passiert.« Er lächelte und zog mich wieder zu sich.

»Aber ich habe auf dein Bein geschlagen.«

»Und? Ich bin doch nicht aus Zucker. Das war nicht fest.«

»Sicher?« Er nickte.

Seit ich von seinem leichtsinnigen Verhalten erfahren hatte, war die Angst, dass er sich schwer verletzen und bleibende Schäden davontragen könnte, in meinem Hinterkopf. Er hatte mir versprechen müssen, immer auf einen angemessenen Vorrat des Faktorpräparates und natürlich auf sich zu achten. Football spielen und andere Risiken waren verboten. »Siehst du?«, hatte er gesagt. »Wenn man jemanden wirklich mag, dann will man ihn beschützen. Auf ihn aufpassen und Regeln aufstellen, damit ihm nichts geschieht.« Das hatte er mir schon so oft gesagt, wenn ich meine Familie für ihre Fürsorge verteufelt hatte. Besser konnte er mich nicht daran erinnern, dass ich oft genauso handelte und wir einen Kompromiss finden mussten. Schließlich musste ich darauf vertrauen, dass Jayden in Amerika allein zurechtkam. Die letzten achtzehn Jahre hatte er schließlich auch ohne mich überlebt.

Die Haustür wurde geöffnet und Schritte polterten durch den Flur. Kev und Dad kamen ins Wohnzimmer. Paul und Steve folgten ihnen.

»Rückt mal«, sagte Steve und quetschte sich neben mich.

Paul musste aufs andere Sofa, Dad ging in die Küche und Kev blieb stehen.

»Du verdeckst das Bild.« Mit einer Hand scheuchte ich ihn zur Seite.

»Mach aus, Sam. Ich habe Neuigkeiten.«

Steve kam mir zuvor. Seine langen Arme waren schneller an der Fernbedienung.

»Dad hat eine Anfrage bekommen.«

»Für die Weeds?«, frage Luna.

»Leider nein. Aber die Weeds haben eigene Pläne. Die Anfrage war für mich und kam von einem Produzenten aus Kalifornien. Die drehen Reality-Shows.«

Ich richtete mich auf und konnte mir das Grinsen nicht verkneifen. Die Schadenfreude war einfach zu schön. »Du sollst ins Dschungelcamp?« Sofort stellte ich mir Kev mit Kakerlaken im Haar, einer Schlange um den Hals und Froschhoden im Mund vor. Nele und ich würden ihn vom Fernseher mit »Schlucken«-Rufen anfeuern.

»Nicht ganz. Sie planen eine Serie, in der sie alle Mitglieder einer Band casten wollen. Kein Playback, keine Band im Hintergrund, sondern echte Musik mit richtigen Musikern.«

»Und was wollen sie von dir?«, fragte ich. »Du hast die Weeds.«

»Sie suchen nach Jury-Mitgliedern und nach Coaches. Ich soll den Gitarrenpart übernehmen.«

Dave stand auf und klopfte Kev in einer halben Umarmung auf die Schulter. »Das wird großartig. Ich freue mich für dich.«

Jayden und ich standen ebenfalls auf. Ich drückte Kev. »Mein Bruder wird Filmstar.«

»Herzlichen Glückwunsch!« Jayden machte es wie Dave und kam Kev nicht so nahe wie ich.

»Danke.« Kev grinste. »Dann werden wir uns sehen.«

Jayden runzelte die Stirn. »Kalifornien liegt auf der andren Seite der USA. Oder brauchen sie einen Schlagzeugcoach?«

»Den Job hätte ich Steve gegeben.« Kev zuckte mit den Schultern. »Sorry, aber die Band geht vor. Vielleicht besuchst du mich trotzdem. Sie drehen alles in Miami.«

»Nimm mich mit«, bat ich. Miami war von Sunrise nur eine halbe Stunde entfernt. Das war meine Chance auf Zeit mit Jayden.

»Sorry, Sam, aber der Dreh dauert drei Monate. So lange werden Mum und Dad dich nicht aus der Schule nehmen. Es geht im Frühjahr los, da hast du keine Ferien.«

Drei Monate? Das war länger als die USA-Tour! Nicht nur meine Eltern, auch Nele würde mir einen Strich durch die Rechnung machen.

Noch glaubte er vielleicht daran, nach Miami zu gehen, aber bisher hatte er nicht mit ihr gesprochen. Wo blieb sie denn? Ein Blick auf die Uhr verriet mir, dass sie längst hätte hier sein sollen. Sie hatte schon vor einer Stunde Feierabend gemacht. Vielleicht ahnte sie was und blieb lieber zu Hause.

Aber in Wirklichkeit war Nele schon längst da. Ich hatte es nur nicht bemerkt. Jetzt hörte ich ihre Stimme und die meiner Mum aus der Küche. Mein Dad musste sie dort in Empfang genommen haben, denn alle drei kamen vollgepackt ins Wohnzimmer. Mum balancierte ein Tablett mit Gläsern, Dad trug die Sektflaschen und Nele den Kindersekt, den wir früher immer getrunken hatten, als wir noch keinen echten Sekt trinken durften. Nele reichte ihn David. »Der ist für dich, damit du mit uns anstoßen kannst.«

Ich schlich mich zu ihr. »Du weißt es schon?«

»Ja, Kev hat mich sofort angerufen.«

»Und du hast es ihm noch nicht ausgeredet?« Während der USA-Tour war es manchmal schwierig zwischen den beiden gewesen, wie sollten da erst drei Monate werden?

»Wie kommst du darauf? Das ist eine großartige Chance für ihn. Ich freu mich sehr. Niemals würde ich ihm im Weg stehen.«

Tja, das machte wohl eine gute Beziehung aus. Leicht stellte ich mir das allerdings nicht vor. »Drei Monate können lang werden.« Ganz zu schweigen von anderthalb Jahren.

»Werden sie nicht. Kev kann einmal im Monat nach Deutschland kommen. Die Produzenten übernehmen die Kosten. Aber ich dachte, es wäre viel netter, wenn du und ich nach Miami fliegen und unsere Männer besuchen würden.«

»Sag das noch mal!«

Sie grinste. »Samantha Wilson, willst du mit mir nach Miami fliegen, um deinen Jayden zu treffen?«

»Ja, jedes verdammte Mal.« Ich suchte Jayden, der längst hinter mir stand. »Hast du das gehört?« Ich legte meine Arme in seinen Nacken. »Im Frühjahr sehen wir uns an den Wochenenden. Mindestens einmal im Monat und in den Sommerferien komme ich nach Sunrise.«

»Ich sagte doch, wir finden eine Lösung.«

So streng wie möglich sah ich ihn an. »Tu nicht so, als wäre das dein Verdienst.«

»Doch, dann kannst du mich dafür belohnen.«

»Erst, wenn du endlich aus dem Vertrag raus bist.«

»Ich nehme dich beim Wort.« Er senkte den Kopf und küsste mich. Dann schnappten auch wir uns Gläser und stießen mit Kev auf seine Chance und unsere Zukunft an.

ENDE von Band 2

Verliebt und verloren

Veronika Mauel
Kai und Annabell 1:
Von dir verzaubert
Softcover
224 Seiten
ISBN 978-3-551-30069-0

Sie gehen schon seit Jahren auf dieselbe Schule und haben noch nie miteinander gesprochen: Annabell, die behütete Arzttochter, und Kai, der jede Nacht mit seiner Gang um die Häuser zieht. Doch was sie voneinander trennt, ist letztendlich, was sie verbindet. Während Annabell ihre wahre Familiengeschichte hinter einer Sonnenbrille versteckt, verbirgt Kai sein Leben hinter einem abgewetzten Punk-Look und einer Null-Bock-Einstellung. Dass ihn gerade die blonde Schulschönheit um Hilfe bitten würde, hätte er sich niemals träumen lassen. So wenig wie Annabell jemals geglaubt hätte, dass sie gerade beim Bad Boy der Stadt Zuflucht finden würde. Wie sehr sie einander brauchen, merken sie jedoch erst, als sich die ganze Welt gegen sie stellt …

www.impress-books.de

Impress
Tauch ein in romantische Geschichten

Impress
Ein Imprint der CARLSEN Verlag GmbH
April 2019

Umschlaggestaltung: formlabor
Satz und Umsetzung: readbox publishing, Dortmund
Druck und Bindung: CPI Books GmbH, Birkach
ISBN 978-3-551-30165-9
Printed in Germany
www.carlsen.de/impress

Alle Bücher im Internet: www.carlsen.de